모던 걸즈, 달을 쏘다

김해숙 장편소설

모던 걸즈, 달을 쏘다

차례

체육 시간

"좌궁수는 불길해!"

오른손으로 줌통을 잡아 태산을 밀듯 앞으로 버티고, 왼손으로 호랑이 꼬리처럼 펴서 시위를 잡아 끌어당겼다. 밀고 당기는 힘이 거의 같았을 때 마음속으로 하나, 둘, 셋을 세며 지사(遲射)했다. 깍짓손을 놓을 때 들이마셨던 숨을 내쉬면 화살은 과녁에 닿을 수 있었다. 찰나의 짧은 순간이지만 집중해야 했다. 마음이 흐트러지면 몸이 바로 알아채 화살은 과녁을 빗나가게 된다.

습사무언(習射無言)이었으나 학생들은 아랑곳하지 않고 떠들어댔다. 이럴 때는 귀를 닫고 가슴을 비워내야 한다. 깍짓손을 놓았을 때 바람을 가르며 날아가는 화살이 쏜살같이 사라졌다.

피융.

"관중이오!"

고전(告傳)이 깃발을 흔들었다.

만월은 그제야 환하게 웃었다. 좌궁수라 놀리던 학생들은 코웃음을 치면서도 은근히 불안했다. 이번 학교 개교 50주년에 만월이 국궁 대회에서 1등이라도 하면 경성 사람으로서 체면이 서질 않았다. 어디에 있는지 들어 보지도 못한 곳에서 올라온 만월이었다. 《신여성》 창간호를 붙들고 살면서 자신은 늘 신여성이 되겠다고 외치던 만월은 신여성과 거리가 멀었다. 창간호에 실린 인력거꾼과 여학생의 옳지 못한 만남이라는 사진에 나오는 여학생처럼 천박했다.

쏘리, 내 모습이 마음에 안 들면 패스하시게.

만월은 학생들이 곱지 않은 눈으로 볼 때면 어설픈 영어를 섞어 쓰면서 아랑곳하지 않았다.

만월은 원동에서 올라왔다. 아버지가 원동에서 유명한 제빵소를 한다고 했다. 만월은 작년에 입학하면서 자기 반 학생들 몇몇에만 빵을 돌렸다. 빵을 먹지 못한 학생들은 만월을 탐탁지 않게 생각했다. 그러거나 말거나 만월은 신경 쓰지 않았다. 영어 선생 존을 졸졸 따라다니며 미스터 존? 하며 말을 걸었다. 영어를 배우면 어려운 단어는 다 잊어버리고 쉬운 단어들만 따라 했다.

"다들 봤지? 봤지? 다섯 발 쏘아서 다 맞혀서 몰기(沒技)를 했네. 난 오늘부터 접장(接長)이다. 내가 너희들보다 선생이라는 뜻이지."

"못 봤어. 다시 해!"

"그런 억지가 어딨어? 여기의 눈이 몇 개여? 접장이 되려면 세 사람만 증인을 서면 되는디. 한 놈, 두 놈, 세 놈. 나머지는 짐승이라 쳐도 셋은 넘어."

만월의 말에 학생들은 사람이 되느냐, 짐승이 되느냐에 처한 자신들의 상황에 피식 웃었다. 무조건 만월의 승! 만월은 장난스레 눈을 찡긋했다.

"춘년이 체육 시간만 되면 아주 많이 신났네. 신났어!"

국화가 만월의 등짝을 가볍게 내리쳤다. 만월이 요란하게 몸을 움직이더니 팔짝팔짝 뛰었다. 그 모습에 학생들도 웃음을 참지 못했다. 조금 전까지 으스대던 만월은 얼굴까지 빨개져 눈물을 찔끔거렸다.

"암만해도 넌 사내여. 사내지? 네 안에 사내가 들어앉았다. 손에 무쇠라도 달고 다니는 거야?"

"내 손에는 수백 가지 비밀이 있다."

"비밀? 무슨 비밀?"

"내 손은 학교에 오기 전까지 수를 놓던 손이지, 나머지는 비밀이다."

국화가 다시 한번 만월의 등짝을 내리쳤다. 만월이 어리둥절한 사이 국화는 학교 쪽으로 멀리 달아

났다. 국화를 쫓아 달리던 중에 체육 시간이 끝났다는 종이 울렸다. 종소리가 울리자 만월의 가슴에도 종소리가 울렸다. 종소리의 진동이 오장육부를 쥐고 흔들었다. 속이 메스껍고 따끔했다. 종소리는 뱃속을 돌아다니다가 목을 통해 입 밖으로 나와 구린내를 풍겼다.

"제기랄, 이제는 죽음의 국어 시간인가?"

그 말에 함께 뛰던 학생들이 만월의 옷소매를 잡아끌었다. 눈으로 언덕 아래에 있는 교실 쪽을 가리켰다.

활터에서 죽도록 달려 운동장에 들어섰을 때, 멀리서 얽은 얼굴의 이치카가 출석부를 들고 교실로 성큼성큼 걸어오고 있었다. 아직 쉬는 시간이 남아 있었으나 이치카는 매번 쉬는 시간에 교실로 와서 학생들을 감시했다. 수업 준비를 하는 자기만의 방법이라 했지만, 이치카의 눈은 아이들을 쫓고 있었다. 특히 쉬는 시간이 조금이라도 남아 있으면 운동장을 뛰어다니던 만월은 이치카의 적이었다. 이치카는 만월의 단정치 못한 옷을 타박했고, 단정치 못한 머리를 지적했으며, 단정치 못한 일본어 발음을 질타했으며,

단정치 못한 눈빛이 마음에 들지 않는다며 출석부로 만월의 머리를 톡톡거렸다.

멀리서 이치카와 눈이 마주쳤다. 만월은 반사적으로 손바닥으로 머리를 가렸다. 그러고는 활짝 웃으며 뛰는 걸 멈추고 구십 도로 허리를 꺾어 인사했다. 이치카는 만월을 보자마자 고개를 휙 돌려 그대로 교실로 들어가 버렸다. 만월은 그제야 참았던 숨을 몰아 내쉬었다.

'이번 시간에는 고난의 십자가가 무겁겠구먼. 주여, 아니 아버지시여. 소녀가 갑자기 원동으로 내려가거든 제 잘못이 아니라 이치카 탓임을 널리 양해해 주시옵소서.'

만월은 주먹을 세게 쥐었다. 자신은 절대 원동으로 내려갈 수 없었다.

만월이 공부하러 경성에 가겠다고 했을 때 아버지 정배는 빵을 만들기 위해 반죽을 하고 있었다. 함지박에 담겨 있던 밀가루 반죽을 펴 놓고 홍두깨로 한 주먹씩 떼어내어 밀려던 참이었다. 평생 학교에 다닌 적이 없었던 정배는 빵을 외상으로 사 가는 일본인들을 위해 장부를 적어야 했다. 조선인들은 그다음 날이면 어김없이 돈을 들고 왔다. 일본인들은 달랐다. 장부를 내밀어도 시큰둥했다. 셈을 잘한다던 직원을 들였으나 그는 정배가 일이 바빠 셈을 할 시간이 없다는 걸 알고는 장부에 손대기 시작했다. 정배는 빵을 굽기 위해 반죽을 하고 노릇노릇한 빵이 잘 팔리는데도 가겟세를 내지 못한 상황을 이해할 수 없었다. 만월이 선교사를 따라다니며 학교에 다니고 나서야 그 이유를 알았다. 그 뒤로는 만월에게 사무를 보게 했다.

만월은 온종일 장부를 들여다보며 의자에 앉아 있는 게 싫었다. 빵 냄새를 맡는 것도 고단한 일이었다. 빵이 나오면 냄새에 반했다가도 금세 질렸다. 어느 날은 자신이 밀가루 덩이가 되어 빵 굽는 기계 안으로 들어가는 느낌이었다. 만월은 더는 참을 수 없어 보름달 빵을 입에 가득 문 채 정배에게 하소연했다.

"아버지, 아버지가 만드는 빵이 세상에서 제일 맛있어."

"당연하지. 내가 이걸 배우려고 일본 오사카까지 갔다 온 놈이여."

"알지, 알아. 한번은 밀가루 반죽에 물을 너무 많이 넣어 죽이 되었다지. 그래서 영혼이 죽이 될 때까지 맞았다지?"

"흠, 흠, 흠. 그 뒤에도 숨겨진 이야기는 많아. 해 줄까?"

"아버지, 소녀같이 모자란 딸을 낳아 얼마나 고생이 많으십니까? 그리하여 소녀는 아버지의 딸이 될 자격이 없습니다."

"만월이 어디 아프냐? 때 되면 나갔다가 오든지 해라. 난 네가 그럴 때마다 무섭다."

"모든 게 제 탓이옵니다."

만월은 눈을 내리깔면서 슬픈 듯 옷고름을 눈에 갔다 댔다. 머릿속에 그동안 서러웠던 모든 일을 담았다. 정배한테 말대꾸해서 반죽하는 손으로 어깨를 맞아 저고리가 누렇게 된 일, 순이하고 싸웠는데 정배가 순이 편을 든 일, 기껏 놀려고 기다렸는데 순이는 논에 풀 뽑는다며 가 버린 일, 빵집 딸이라고 빵순이라고 놀림받던 일. 그런데 생각보다 슬픈 일이 아니라 웃긴 일이 되어 버렸다. 우는 척하다 피식 웃음이 쏟아져 버렸다.

"우리 만월이가 아버지한테 할 말이 있는구먼. 뭣
이여?"

정배는 만월을 알아도 너무 잘 알았다. 몇 번 속아
주더니 오늘은 그냥 넘어가지 않고 물었다. 만월의
비위를 맞춰야 할 시점이 왔다는 걸 눈치챘다.

만월은 가게에서 얌전히 일하다가도 한번씩 성질
을 부렸다. 빵을 사러 온 사람들한테 빵 맛이 없다는
둥, 아버지가 밀가루 반죽을 할 때 손을 안 씻었다는
둥, 진열대에 빵을 잔뜩 쌓아 놓고도 빵이 없다며 으
름장을 놓았다. 손님들은 만월의 말을 무시하고 빵을
사 갔다. 만월이 괜한 트집을 잡는 이유가 있었다. 밖
에 나가고 싶을 때마다 억지를 부렸다. 어렸을 적부
터 만월을 봐 왔던 사람들은 만월의 말에 아무도 신
경 쓰지 않았다. 게다가 정배는 빵만 잘 만드는 게 아
니라 가게 안을 매일 쓸고 닦았다.

"나는 원동을 떠날 거야. 경성으로 보내 줘."

"경성? 경성이 여기서 얼마나 떨어진 곳에 있는
줄 아냐? 그건 안 돼. 심심하면 밖에 나갔다가 와. 단,
마을을 벗어나면 안 돼."

"그게 아니란 말이야. 이번에는 진짜란 말이야.

나 돈도 있어. 아버지가 월급 준 거 이 년 동안 하나도 안 쓰고 모아 뒀어. 더는 늦으면 안 돼. 나도 나이가 있단 말이여."

"그건 니 시집갈 밑천이여. 내가 괜히 줬겠냐? 시집을 가도 비상금을 갖고 있어야 혀."

정배는 가게 문을 열어 만월의 등을 떠밀었다. 이럴 땐 밖으로 내보내는 게 최선이었다. 가게 안에 가둬 두면 만월이 발작을 일으켜 손님에게 행패를 부릴 수 있었다. 동네 사람들이야 웃으며 넘어가지만, 일본인들은 달랐다. 도끼눈을 하고 허점을 찾으려 애썼다. 마주 보이는 곳 빵집 주인은 늘 '만월'을 흘끔거렸다. 정배가 만든 빵은 보름달처럼 동글동글하고 도톰해서 인기가 많았다. 그래서 하나뿐인 딸 이름과 제빵소 이름을 '만월'이라 지었다.

"난 분명히 말했어. 동네에 가는 게 아니라 경성으로 갈 거야."

"만월아, 해가 지기 전에는 돌아와야 한다. 아버지가 참아 줄 수 있는 한계가 저녁 일곱 시여. 그때까지는 돌아와야 하루 마감을 하고 가게 문을 닫을 수 있어."

정배는 문 앞에서 발걸음을 떼지 못했다. 애걸하듯 쳐다보는 만월의 눈을 피했다. 만월은 아쉬운 게 있으면 눈물부터 쏟아냈다. 가짜 울음인 줄 알면서도 억실억실한 눈에 눈물이 고이면 마음이 약해졌다. 만월은 그걸 이용했다. 알면서도 속아 준 적이 여러 번이었으나 이번만은 물러설 수 없었다.

오랫동안 적자였던 제빵소에 단골이 생겼다. 동네잔치에 떡 대신 빵을 돌리는 사람이 늘었고, 새로운 빵을 구울 때마다 신기해하는 사람들이 많았다. 덩달아 주문이 늘었다. 당장 만월이 없으면 믿을 사람이 없었다. 만월이 떼를 부리지 않아도 원하는 걸 들어주지 못한 미안함이 컸다. 만월보다 믿을 사람이 생기면 그때 보내 줄 생각이었다.

정배의 굽은 등을 보자 만월은 잠시 머뭇거렸다. 자신이 떠나면 아버지는 공벌레처럼 몸을 동그랗게 웅크릴 것이다. 아버지는 점원들을 두고도 직접 반죽하고 빵을 구워야 하는 성격이라서 몸을 혹사했다. 점원한테 일을 시키라고 몇 번이나 말했으나 고개를 저었다. 주인이 시키기만 하면 점원들은 시키는 것만 한다고 말했다. 그래서 아버지가 빵을 굽는 동안 스스로 일을 찾아서 하는 사람에게 기술을 가르쳐 줄 것이라 다짐했다.

그런 사람이라면 시백이 적당했다. 시백은 빵집에 들어온 지 이 년이 지났으나 지각 한번 한 적이 없고 늘 말끔했다. 형편이 어려워 보통학교를 졸업하고 시장을 돌며 짐을 날랐다. 그러다가 아버지의 눈에 들었다. 아버지는 시백에게 일을 시키지 않았다. 그냥 알아서 하라며 덩그러니 가게에 내버려 두었다. 시백은 반죽이 끝난 그릇을 물에 불려 씻거나 가게 주변을 돌며 청소했다. 만월이 흘린 빵 부스러기를 치웠으며 만월이 아버지와 싸우고 씩씩거릴 때면 가게 문을 열어 두고 은근히 만월을 내보내기도 했다.

만월은 밀가루를 사러 간 시백을 쫓아갔다. 마침맞게 시장 모퉁이를 돌아 시백이 오고 있었다. 밀가루 때문에 어깨가 짓눌렸는데도 보폭이 일정하고 단단했다. 시백은 만월을 보고는 손을 들어 인사했다. 그러고는 만월을 그냥 지나쳐 가게 쪽으로 가려고 했다. 만월은 양팔을 벌려 시백이 빠져나가지 못하도록 앞을 가로막았다. 시백은 무춤하다가 마지못해 걸음을 멈췄다.

"나랑 말 좀 하자."

"아저씨가 기다리신다. 벌써 시간이 지체됐어. 나 혼날지도 몰라."

"내가 안 혼나게 해 줄게."

"뭔데?"

"나 오늘부로 원동 뜬다. 나 없으면 아버지가 믿을 사람은 오라버니밖에 없어."

시백은 만월의 이마를 짚었다. 다행히 열은 없었다. 시백은 골목길을 살폈다. 장난꾸러기 만월의 친구들도 없었다. 미간을 찡그리며 진심이라고 말하는 만월이 의심스러웠으나 딱히 트집 잡을 만한 것도 없었다. 만월의 말이 진짜라면 그게 더 문제였다. 만월은 만월이 되어야 했다. 요란하고 시끄럽게 가게 안을 돌아다니며 짜증을 부려도 만월만큼 계산을 잘하고 야무진 사람은 보지 못했다.

"난 못 들었다. 아저씨가 물으면 난 널 못 봤다고 말할 거여."

"당연하지. 지금부터는 날 못 볼 테니까 그렇게 말해도 돼."

"우리 아버지는 한량이었다. 너는 저리 성실한 아

버지를 두고 왜 그러냐?"

"한량이 뭔데? 나쁜 거 아냐? 그건 오라버니네 아버지 일이니까 됐고. 문제는 내가 없는 동안 아버지를 잘 보살펴 달라는 거지. 오라버니는 글씨도 읽을 줄 알고 셈도 잘하니까 나 대신 장부를 맡아. 내 탓, 아니지 내 도움에 승진한 거야."

"승진 따위는 필요 없어. 난 바쁜 사람이니까 비켜라. 오늘이 보름이구면."

"맞아. 만월이 뜨지. 그런데 오라버니는 흡혈귀야? 왜 보름달이 뜨는 날에만 사라지는데? 나한테만 말해 봐. 오라버니가 흡혈귀라고 해도 상관없어. 내 목만 물어뜯지 않으면 말이야."

"쯧쯧, 서양 책을 읽어도 너무 읽었어."

시백은 만월에게 귀엣말하고 다음 말이 나오기도 전에 잰걸음으로 멀어졌다. 그러다가 한 번씩 만월이 뒤에 있는지 확인했다. 시백이 세 번째 뒤를 돌아봤는데 그때는 만월 대신 순이가 광주리에 빨랫감을 잔뜩 이고 오고 있었다. 시백의 얼굴이 붉어졌다. 조금 전까지 가졌던 불안함과 두려움이 일시에 스르르 사라졌다. 시백은 움츠렸던 어깨를 펴고 순이가 가까이

오기를 기다렸다. 기다린 듯 기다리지 않았다는 걸 부러 보여 주기라도 하듯 제자리걸음을 걸으면서 바쁜 척했다.

만월은 지난날을 생각하니 눈물이 찔끔 나왔다. 우는 시늉을 하던 때와는 달리 이번에는 절로 눈물이 났다. 고향이 그리워서 우는 게 아니다. 자신에 대한 대견함에 눈물이 났다. 만월이 경성으로 와서 제일 먼저 찾아간 곳은 '내재봉소'였다. 재봉틀을 돌려 바느질하는 곳이다. 그곳은 여인들이 있는 곳이라 만월의 사정을 이야기하면 내치지는 않을 거라는 속셈이 있었다. 만월은 경성역에 도착하자마자 첫 번째로 보이는 간판을 따라 들어갔다. 그곳에서 국화를 만났다.

국화는 저의 집인 양 아무렇지도 않게 마당으로 들어선 만월에게 눈을 떼지 못했다. 단발머리를 하고 양장을 입었으나 제 몸에 맞지 않아 헐렁했다. 국화는 그때 어머니가 만든 양복을 전당포에 가져다주려는 참이었다. 집 앞에 간판이 있어 영업집이었으나 누구나 쉽게 들어올 수 있는 곳은 아니었다.

국화의 어머니인 두례는 바느질 솜씨가 좋았다.

예전에는 '여교사'라 불리기도 했다. 재봉틀이 조선에 처음 들어왔을 때 재봉틀 교육을 받아 다른 사람에게 파는 사람이었다. 집금원하고 같이 다니면서 재봉틀을 할부로 팔고 돈을 수금했다. 두례는 국화를 임신하고서 혼자 생계를 이어 왔다. 남편은 두례가 애를 낳은 것도 모른다. 만주로 떠나는 남편에게 차마 아이를 가졌다고 말할 수 없었다. 그 말을 듣고도 남편은 주저 없이 떠날 걸 알기에 차라리 말하지 않고 상처를 덜 받는 쪽을 택했다.

재봉틀을 팔다가 두례는 할부를 갚지 못하는 사람들을 일본인에게 넘기는 일은 도저히 하지 못하겠다고 선언했다. 돈을 덜 벌더라도 노동해서 벌어야 한다는 생각에 자신이 팔던 재봉틀을 샀다. 재봉틀에 대해 누구보다도 잘 알아서 두례가 만든 옷은 인기가 많았다. 두례는 단골손님들하고만 거래했고, 다른 이들은 겨우겨우 줄을 대야 주문할 수 있었다.

두례가 내재봉소를 차렸다는 소식이 만주로도 흘러갔는지 남편의 이름을 대고 찾아오는 사람들이 있었다. 두례는 그들이 오면 가게 문을 닫고 남편이 온 것처럼 손님맞이를 했다. 재봉틀을 돌리는 손보다 바쁘게 청국장을 끓이고 묵은김치를 내왔다. 그러면서도 가끔 부뚜막에 앉아 소금을 뿌리듯 긴 한숨을 뿌렸다.

가게에 함부로 들어올 수 있는 사람들도 그들이 전부였다. 뜨내기들은 국화의 허락을 맡아야 올 수 있었다.

"주문하려면 줄을 서야 한답니다. 어디에서 오셨어요?"

"주문이 아니라 일하러 왔습니다."

"일? 여기는 사람 안 구해요."

"저는 원동에서 올라온 만월입니다. 누가 여기에 가면 받아 줄 거라고 말하든디요."

"누구요?"

"그건 말 못 하겠고, 주인이 있으면 나와 보라고 하쇼."

만월과 국화는 비슷한 또래였다. 키도 비슷하고 옷차림도 비슷하고, 말할 때 습관적으로 사람을 위아래로 훑는 버릇까지 비슷했다. 국화는 안으로 들어가 두례를 불렀다. 두례는 낯선 사람의 방문에 잔뜩 긴장한 것처럼 보였다. 작업을 멈추고 팔짱을 낀 채 밖으로 나오지 않았다. 대신 헛기침을 하면서 옷감 속으로 손을 넣으며 손님을 들여보내라고 했다. 두례가 나오지 않는다는 것은 경계한다는 뜻이다. 국화는 만월을 안으로 안내하는 척하면서 일이 생기면 부엌으로 달려갈 준비를 하고 있다. 부엌으로 들어가 찬장 제일 위쪽 서랍에 숨겨 둔 걸 꺼낼 일이 없길 바랐다. 국화와 두례는 만약을 위해 집 안 곳곳에 흉기를 숨겨 두었다.

만월은 잔뜩 움츠린 채 안으로 들어섰다. 시백은 만월에게 경성역에서 첫 번째 출구로 나가면 바로 보이는 내재봉소로 가라고 했다. 그곳에 가면 도와줄 사람이 있다고 했다. 한 번도 원동을 떠나 본 적이 없던 시백이 경성을 알 리가 없었다. 그저 장난이려니 했다. 자신에게 아버지를 맡겨 두고 떠난 만월에게 농담을 한 줄 알았다. 그런데 경성역에서 길을 헤맬 때 내재봉소가 보였다. 그곳을 피해 다른 곳으로 가려 해도 어디로 가야 할지 몰랐다. 호기롭게 집을 나왔으나 막막했다. 만월은 들고 온 가방을 몸쪽으로 바짝 끌어안고 역 앞 설렁탕집에서 고춧가루와 파를 듬뿍 넣은 설렁탕 한 그릇을 먹은 뒤에야 시백의 말을 믿기로 했다.

"원동에 있는 시백이라는 사람이 여기로 가면 된다고 하던데요?"

"원동에 사는 시백?"

"네."

"무슨 사이요?"

사십 대 후반으로 보이는 두례는 묵묵히 반죽하는 아버지처럼 보였다. 부드러운 미소와 눈빛이 마음에 들었다. 아버지 같은 느낌이 드는 사람이라면 틀림없이 나쁜 사람은 아닐 것이다. 게다가 시백은 거짓이 없고 진지한 사람이라 그가 추천하는 사람이라면 무조건 믿을 수 있었다. 두례를 보기 전까지는 시백이 처음으로 만월에게 시답지 않은 농담을 한 거로 생각했다. 막상 보고 나니 시백을 잠깐 의심하고 욕했던 걸 후회했다.

사이? 사이.

시백과 만월은 주인집 딸과 일꾼이었다. 시백은 가게 문도 가장 먼저 열었고 가장 늦게까지 가게에 남아 문을 닫았다. 남을 쉽게 믿지 못하는 아버지도 시백이라면 무조건 믿었다. 원동 강변에 있는 오두막

집에 살던 어머니를 보러 외출했다가도 금세 돌아왔다. 대신 아버지와 함께 잠들었고 아버지와 함께 깼다. 만월은 시백이 자신이 모르는 아버지 자식일 거라는 의심에 아버지와 시백을 몰래 쫓아다니면서 염탐한 적이 있다. 둘 사이에 오가는 말은 고작 밀가루 몇 포대를 더 주문해야 하는지와 새로 생긴 제빵소에서는 빵을 많이 사면 전날 팔고 남은 빵을 얹어 준다는 것뿐이었다. 만월은 시백을 그냥 직원으로 치부하기에는 조금 미안한 생각이 들었다.

"같은 집에 사는디요."

"동생인가?"

"맞습니다. 시백이 제 오라비입니다."

만월은 머릿속으로 셈을 했다. 시백이라는 이름에는 상대에게 뭔가 믿을 만한 구석이 담긴 게 분명했다. 이름을 들었을 때 무표정하지만 살짝 입꼬리가 올라갔다. 시큰둥하던 국화도 집중하는 걸 보면 시백과 이 집이 어떤 사이인지 알 수 없었으나 일단은 내치지 않을 거라는 확신이 들었다. 시백은 이제 만월의 오라버니가 되어야 했다. 아쉬운 게 있을 때마다 콧소리를 내며 오라버니라 부르던 것과는 차원이 달랐다. 다정스러운 오누이처럼 굴어야 했다. 만월은 원동으로 돌아가면 시백이 밀가루를 가져오다 포대가 찢어져서 샌 밀가루의 무게를 따지지 않겠다고 결심했다.

'시백 오라버니, 쏘리. 마음에 들지 않더라도 패스하지 마시게.'

"국화야, 손님 오셨으니 차를 내오거라. 여기는 작업실이니 안방으로 드시죠."

"싫어. 난 옷 갖다주러 가야 해. 차는 마시지 말고 그냥 이야기만 해."

국화가 손에 들린 양복을 들이밀고 애원했다. 두례가 어깨를 들어 올리며 한숨을 내쉬는 사이, 만월은 국화를 째려보았다. 국화도 지지 않고 만월의 눈빛을 받아쳤다. 만월은 귀한 손님인 척 두례를 따라 안방으로 들어갔다. 두례는 기다리라는 말과 함께 부엌으로 가서 국화의 등짝을 때렸다. 둘이 속닥거렸으나 다 들렸다. 볼멘소리 하던 국화는 등짝을 한 대 더 맞고서야 만월에게 차를 내놓았다. 만월은 다소곳하게 고맙다는 인사를 했다. 국화가 도끼눈으로 만월을 쳐다봤고, 만월은 살짝 고개를 돌린 채 고소한 웃음을 지었다. 국화는 차만 놓고 사라졌다. 만월이 이것저것 물을 틈도 주지 않았다.

두례는 앞치마를 벗으며 옷을 맞출 손님에게 다녀와야 한다며 자리를 비웠다. 손님과 시백이 진짜 남매인지 확인해야 했다. 시백에게 여동생이 있다는 말은 듣지 못했다. 한 달에 한 번 보는 사이지만 시백은 정확하고 신중한 사람이라 국화나 정록도 좋아했다. 그런 시백이 연락도 없이 사람을 보냈다는 게 의심스러웠다. 그렇다고 아예 무시하고 내칠 수도 없었다.

주인이 없는 방을 둘러보는 게 예의에 어긋나는 줄 알면서도 점점 만월은 구석구석을 훑어보게 되었다. 방이 아니라 밖에 있던 사무실보다 더 사무실 같았다. 시렁에 옷이라곤 한 벌뿐이었다. 그것 외에는 이불도 없고 잡동사니도 없었다. 교자상 하나만 덩그러니 놓여 있었다. 만월은 교자상 위에 놓인 책을 펼쳐 보았다.《신여성》이라는 잡지였다. 거기에는 이제껏 보지 못했던 신기한 이야기들이 많았다. 만월은 자신이 경성으로 온 이유가 바로 이런 것들을 먼저 보기 위한 거였다는 걸 확신했다.

원동에서도 번화가에 살고 있으나 만월은 경성 사람이 부러웠다. 새로운 것들이 들어오면 경성 사람들이 먼저 차지했다. 원동만 세상 소식이 가장 늦게 전달되는 것 같았다. 제빵소를 드나들던 사람들이 전해 준 경성 소식은 만월에게 미지의 세계였다. 만월은 넓은 곳으로 가서 세상의 중심에 서고 싶었다. 만월이 잡지에 빠져 버둥거리고 있을 때 누군가 만월의 어깨를 두드렸다.

"어라? 국화가 아니네. 너! 아니 당신은 누구시오?"

눈앞에 낯선 남자가 서 있었다. 시큼한 땀 냄새가 났다. 남자는 다 해진 옷을 입고 빙그레 웃었다. 만월은 방금 유부녀의 사랑 이야기를 읽고 흥분했던 모습을 들킨 것 같아 얼굴이 붉어졌다. 콩닥콩닥 뛰는 심장 소리도 만월 밖으로 나와 나돌아 다니는 것 같았다. 남자를 봐서 그런 게 아니라 처음 접한 야릇한 이야기 때문에 흥분한 거라고 말할 수도 없었다. 만월은 눈을 동그랗게 뜨고 천연덕스럽게 남자를 쳐다보았다.

"그렇게 말하는 사람은 누구요?"

만월은 말끝이 흐리지 않게 단호하게 말했다. 우물쭈물하다가는 남자에게 허점을 보일 것 같았다. 만월은 두례가 오래도록 자신을 내버려 뒀다는 사실에 화가 났다. 남자는 만월이 당돌하게 나오자 히죽 웃더니 방바닥에 드러누웠다. 만월이 정신을 차리고 다시 남자를 쳐다봤을 때 남자는 코를 골며 자고 있었다.

대자로 뻗은 모양으로 봐서 키가 상당히 큰 편이다. 남자가 입은 옷은 허름했으나 재봉으로 단단하게 박힌 옷이다. 무엇을 하다 왔는지 모르겠으나 옷 군데군데 핏자국 같은 게 있고, 남자의 왼쪽 눈두덩이가 파랬다. 주먹을 쥐고 잠이 들었는데 주먹에도 상처가 나 있다. 막 싸움을 끝낸 싸움닭처럼 숨소리도 거칠었다. 남의 집에 들어와서는 바로 누워 코를 고는 모습이 누군가를 연상하게 했다.

'집금원?'

재봉틀을 사고 할부를 내지 못해 빚 받으러 온 사람. 두례가 오래도록 돌아오지 않는 것도 옆집으로 옷을 배달하러 간 국화가 돌아오지 않는 것도 다 이 남자 탓이라는 생각이 들었다. 만월은 들고 있던 잡지로 남자의 머리를 내리쳤다. 자다가 놀란 남자가 만월의 멱살을 잡았다.

"정록아, 너 손님에게 무슨 짓이냐?"

남자와 만월이 동시에 두례를 쳐다보았다. 그제야 남자가 만월의 몸에서 손을 뗐다. 만월은 캑캑거리며 남자를 흘겨보았다. 남자가 맞은 머리를 매만지며 억울한 듯 울상을 지었다.

"손님이 주인을 패는 건 아니지."

"이놈의 자식이 어디에서 또 싸움질하고 온 거야? 이 꼴로 나타나니 부랑자처럼 보여서 그런 거 아냐? 아가씨, 아가씨 덕분에 내 속이 다 시원하네."

만월은 두 사람의 오가는 대화에 낄 수 없었다. 대신 엄살을 부리면서도 살기를 띠고 있는 남자의 눈과 마주쳤다. 남자가 만월에게 눈을 찡긋했다.

한배가 띄워졌네

"한배가 띄워졌네."

만월은 사범이 한 말을 읊조렸다. 접장이 된 건 우연히 일어난 일이었다. 경성에 올라와서 처음 배운 활쏘기는 만월의 가슴을 뛰게 했다. 제발 전생에 무사였기를 바라는 마음에 체육 시간에 여러 가지 선택을 할 수 있었으나 만월은 국궁을 선택했다. 이미 다른 학생들은 활쏘기가 꽤 익숙한 듯 활시위를 잡아당기는 게 자연스러웠다. 처음에는 그들의 모습에 콧방귀를 뀌었다. 아버지의 빵집에서 밀가루 반죽을 한 만큼 굳어진 근육의 힘을 믿었다. 아버지는 사내처럼 우람한 근육을 자랑하면 안 된다고 했으나 만월은 딱딱하게 굳은 쇳덩이처럼 몸이 단단해지는 게 좋았다. 비쩍 마른 몸도 근육이 붙으니 튼튼해지는 것 같았다. 그 힘, 근육의 힘을 믿어서 콧방귀를 뀌었는데, 한 발도 맞히지 못했다.

첫 활을 잡았을 때는 힘만 있으면 되는 줄 알았는데 요령이 필요했다. 게다가 활은 다 같은 활인 줄 알았는데 활마다 시위를 잡아당기는 힘이 다르다는 사실을 몰랐었다. 그때는 사범이 오기 전이라 여경이 학생들을 가르쳤다. 여경이 내민 활을 잡아당겼다가 활시위를 반쯤 정도밖에 잡아당기지 못했다. 여경은 놀리듯이 오른손 엄지손가락을 흔들었다. 말뚝같이 생긴 고리가 끼워져 있었다.

"깍지. 만월이 니는 남자랑 깍지를 껴 봤냐? 그때 끼는 깍지처럼 손가락에 깍지를 끼워야지."

"치사하네. 그걸 미리 알려 줘야지. 너무 야비한 거 아냐?"

"야비 같은 소리 하네. 너같이 무모한 사람은 당해 봐야 해. 활을 쏘려면 활이 무엇인지부터 배워야지 한 번에 쏘려고? 괜히 우리는 몇 개월 동안 시위만 당기면서 힘을 키웠겠니?"

"나도 깍지 줘. 그것 끼고 나면 나도 활시위를 잘 당길 수 있어."

만월은 여경의 손가락을 비틀어 깍지를 뺐다. 여경이 몸을 뒤흔들면서 만월에게 일본어로 욕을 해댔다. 만약 이치카가 여경을 봤더라면 두 번이나 칭찬했을 것이다. 일본어를 쓴 것과 만월에게 욕을 해대는 것. 여경이 이치카에게 칭찬을 받는 건 실장이라서가 아니라 이치카가 싫어하는 조선인들을 알아서 처리해 줬기 때문이다. 만월은 무조건 그렇게 믿었다. 그러지 않고서 자신을 '무조건' 싫어할 리는 없다고 생각했다.

엄지손가락에 억지로 깍지를 끼워 넣었다. 약간 작아서 들어가지 않는 걸 침까지 발라 가면서 끼워 넣었더니 엄지손가락 둘레가 화끈거렸다. 손가락이 퉁퉁 부어 깍지가 빠지지 않아도 버틸 요령이었다.

만월은 줌손으로 태산을 밀듯 활시위를 잡아당겼다. 활시위는 호랑이 꼬리를 잡아당기듯 하라고 했으나 호랑이 꼬리를 잡아 본 적이 없어서 고양이 꼬리를 잡아당기듯 시위를 당겼다. 처음보다는 많이 당길 수 있었으나 몸의 힘을 앞과 뒤로 분산하는 일은 어려웠다. 그래도 오기가 생겨 힘껏 화살을 잡아당기고 깍짓손을 뗐다. 화살이 과녁 옆 풍기(風旗) 쪽으로 날아가 버렸다.

치사했으나 뭔가를 배우기 위해서는 꼴찌에서부터 출발해야 했다. 아무리 쉬워 보이는 것도 해 보면 여러 번 해 본 사람과 차이가 있었다. 만월도 처음부터 활 쏘는 걸 쉽게 생각한 것은 아니었다. 시백이랑 동네 뒷산에 올라 새총을 만들어 토끼의 뒷다리를 맞힌 적도 있었다. 시백이 소나무로 줌피를 만들고 벚

나무를 반쪽 잘라 화피단장을 꾸미며 임시 활을 만들어
준 적도 있다. 신우대로 화살을 만들어 앞을 뾰족하
게 해 소나무를 과녁 삼아 맞히기 놀이도 했다. 그걸
본 아버지가 활은 기생들이 쏘는 거라며 호통을 치
는 바람에 그만둘 수밖에 없었다. 그것도 경험이라고
큰소리친 게 살짝 창피해서 여경을 구슬렸다. 아쉬운
게 있을 때는 비굴해도 참아야 한다는 게 만월의 원
칙이었다.

"이보게, 프렌드. 활 쏘는 법을 가르쳐 준다면 내
가 일주일 동안 화장실 청소할게. 아니면 기숙사 청
소를 대신 해 줄까?"

"일주일이 아니라 이 주일."

"그러면 거래가 성사된 거야. 딴소리하지 마. 나
도 이 주일 동안은 참아 볼게."

그렇게 만월과 여경의 거래가 오갔으나 활을 배
우는 것은 만만치 않았다. 겨우 활시위를 당겼을 때
는 상사점도 몰라 대충 당기면서 쏘았다. 화살은 과
녁을 아예 빗나가 뒤로 넘어가거나 아니면 한참 과녁
에 못 미쳐 연전길 근처에 떨어졌다. 만월은 화살을
주우러 갈 때마다 분노의 대상자를 찾아 씩씩거렸다.

분노의 대상자는 그때그때 달랐는데 여경일 때가 많았다. 어느 때는 과녁 근처에 있는 개한테 화풀이한 적도 있었다.

"만월? 낮도깨비 알아?"

여경이 부드럽게 웃으며 만월을 불렀다. 학생들을 무시할 때마다 콧소리를 하는 여경이라서 이번에는 넘어가지 않으려 정신을 바짝 차렸다. 활쏘기 대회에서 1등만 한다면 수작에 능통한 여경의 코를 납작하게 만들어 주고 싶었다.

"난 지금 네가 낮도깨비 같은데?"

"바보야, 난 사람이고. 도깨비 몰라?"

"내가 아무리 바보라 하지만 도깨비를 모르겠어? 또 무슨 장난 치려고 하는 거야? 난 지금 진지하게 활 쏘고 있는 거 안 보여?"

"예로부터 활쏘기는 낮도깨비 같은 거라고 했어."

"진지한 순간에 낮도깨비가 왜 나와?"

"활은 쏠 때마다 달라. 감을 잡을 수가 없지. 오늘은 잘 쏘아도 내일은 안 될 때가 많아. 마치 낮도깨비가 장난하는 것처럼 말이야. 그래서 항상 겸손해야 하는 거지."

뻔한 소리를 뻔하게, 뻔뻔하게 하고 있었다. 그런데도 만월은 가슴 한쪽에서 우르르 모래가 쏟아지는 느낌이 들었다. 경성 학생들보다 뛰어난 것이라고는 튼튼한 몸밖에 없었다. 체력으로 경성 여자들을 이기고 싶었다. 촌에서 왔다고 무시하는 학생들을 아래로 보며 실컷 비웃어 주고 싶었는데 되는 게 하나도 없었다. 이쯤에서 활을 접고 국화를 따라 재봉하러 가고 싶었으나 얌전히 앉아서 바느질하는 건 조롱을 당하는 일보다 힘든 일이다. 게다가 만월은 덜렁대서 섬세하게 기계를 작동해야 하는 일에는 어울리지 않았다.

만월은 입술을 꽉 깨물고 여경에게 완전히 항복했다. 두 주일이 더 지나 한 달 동안 여경의 청소 당번을 대신했고, 여경이 기숙사를 나가 남자들을 만날 땐 가방을 들어 주기도 했다. 여경은 만월을 가게 밖에 놔둔 채 남자들을 만났다. 만월은 아버지의 빵집이 생각나 잠시 울적해지기도 했다. 여경이 나오면 언제 그랬냐는 듯 활짝 웃었다. 어쩔 땐 빵집으로 들어가 빵 진열을 바꾸면 좋겠다는 말을 덧붙이기도 했다. 주인은 낮도깨비를 만난 듯하면서도 다음에 가면 만월이 말한 것처럼 빵을 진열해 두었다.

"한배가 띄워졌으니 이제 과녁이 저를 사랑하겠지요?"

만월이 사범을 향해 히죽 웃었다. 사범은 만월의 성급함에 화가 났다가도 진지하게 웃는 모습에 참지 못하고 웃음을 터뜨렸다.

"만월아, 내가 솔직하게 말하면 나를 미워하지는 않겠지?"

"제가 사범님을 왜 미워해요? 사범님이랑 친하면 어떻게 알아요? 과녁에 안 맞았는데도 맞았다고 깃발을 들어 줄지도요."

"그건 절대 없는 일이지. 알지? 알 거야. 한배가 띄워졌다는 건 이제야 화살이 과녁을 향해 일정하게 간다는 뜻이야. 거리도 나오니까 조금만 더 하면 될 거야."

"칫, 누가 그런 소리 듣고 싶대요? 잘 쏜다고, 그러니까 이번 대회에서 충분히 1등 할 수 있다고 말해 줘야죠."

만월은 자신이 노력한 만큼 당장 성과가 나오지

않아 화가 났다. 열심히 습사했으나 도통 실력이 늘지 않았다. 좌궁수라 자세도 삐그덕거렸다.

"활은 예에서 시작해서 예로 끝난다. 항상 겸손하고 예의 바르게 행동해."

사범의 말이 바람에 흔들렸다. 조선의 예법을 없애려고 안달 난 일본이 갑자기 체육 시간을 늘리고 씨름이나 활쏘기 등을 하라고 하는 게 도통 이해가 되지 않았다. 게다가 조선의 예법을 익히라니. 예라는 말을 듣자 처음으로 활 쏘는 게 의심스러웠다. 멍하니 창문을 바라보며 한숨짓던 이치카가 생각났다.

국어 수업 시간인데도 이치카는 책을 펼치지 않았다. 창문 쪽으로 걸어가 운동장 쪽을 바라보았다. 비바람에 벚꽃이 아닌 눈이 내리는 것 같았다. 만월도 이치카가 바라보는 운동장을 바라보았다. 넓고 너른 운동장 둘레에는 벚꽃이 만발했다. 만월이 좋아하는 것은 특히 나무둥치에 떨어진 벚꽃이었는데, 벚꽃은 피는 모습도 아름다웠지만 지는 모습도 예뻤다. 이치카는 자신의 나라 국화를 보고도 한숨짓고 있었다.

"다들 교과서를 덮어라. 이번 국어 시간은 수신

교육으로 대체할 것이다."

"왜요?"

만월은 기어들어 가는 목소리로 손을 들고 말했다. 국화와 눈이 마주쳤을 때 국화는 고개를 가로저었다.

'제발, 눈에 띄지 마. 그냥 시키는 대로 해.'

만월의 귀에 국화의 목소리가 쟁쟁하게 들리는 것 같았다. 만월은 혼날 줄 알면서도 호기심에 손을 들었다. 이치카는 일본 선생이었으나 딱히 조선인과 일본인을 차별하지는 않았다. 일본에 혼을 놓고 온 사람처럼, 국화가 재봉틀을 돌리는 것처럼, 일정하게 말했고 일정하게 행동했다. 어긋남이나 일그러짐도 없었고 모난 데도 없었다. 대신 돈을새김처럼 도드라진 사람은 유난히 싫어했다. 그녀의 단정함과 규칙적인 행동이 일순간에 무너져 출석부로 머리를 때리는 행위로 이어지기도 했다. 그 대상은 만월일 때가 많았다.

"만월, 되도록 체육보다는 재봉에 집중하고 조금 더 여성스러운 태도를 기르기 위해 노력해 봐."

"그건 그렇지만 제 손이 워낙 웬만한 남자들 손보

다 커서 어렵습니다."

　주변 학생들이 고개를 숙이고 웃었다. 국화는 붉
으락푸르락해진 얼굴로 이치카와 만월을 번갈아 쳐
다보았다. 만월은 재채기처럼 쏟아진 마음의 소리를
주워 담을 수 없어 이치카에게 용서해 달라며 애원하
는 눈빛을 발사했다. 이치카는 웬일로 만월을 혼내지
않았다. 대신 교탁 위에 있던 다도 용기를 꺼냈다.

‘큰 아이’가 되는 길

"학습 일지를 걷을게. 다들 책상 위에 올려놔."

여경은 책상 사이를 지나다니며 학습 일지를 거뒀다. 반복되는 일이었으나 한 번이라도 빠트리면 큰일이 났다. 선생들은 매일 아이들의 글을 읽으며 사상을 점검했다. 그런 걸 알기 때문에 학습 일지를 사실대로 적은 학생들은 없었다. 일본어를 배웠다거나 일본식 예법을 따라 한 일, 이치카가 읽어 주는 하이쿠에 빠졌다는 등의 찬양하는 글을 썼다. 검사가 끝나야 기숙사로 갈 수 있었다.

여경은 '큰 아이'였다. 반의 실장이자 기숙사에서도 실장이었다. 학생들이 청소하거나 가사 실습을 할때 무조건 감시해야 했다. 여경은 자신이 실장을 하게 된 것은 아버지 덕분이라 생각했다. 아버지는 경성에서 포목점을 운영하는데 매번 투덜거리면서도 학교에 많은 돈을 기부했다. 기부라고 하지만 학교에서 요구하는 경우가 더 많았다. 아버지는 조선인의 의무를 이행하기 위해 솔선수범을 보여야 한다며 학교에서 요구한 것보다 더 많은 돈을 냈다. 지난번에는 한옥 열 채가 되는 큰돈을 일제에 국방헌금으로 납부하기도 했다.

"국화, 이번에는 왜 학습 일지가 없어?"

여경의 목소리는 차분했으나 날카로웠다. 묻기보다는 채근하는 목소리였다. 국화는 뭔가 불안해 보이는 모습으로 여경을 쳐다보았다. 늘 만월과 같이 다니지만, 국화는 만월과 달리 순종적인 친구이다. 새벽 여섯 시부터 시작되는 기상 시간과 묵상 시간, 식사 당번이나 수업 시간 등도 철저히 지켰다. 저녁 아홉 시 소등 시간이 되면 이불을 머리 위까지 덮고 새근새근 잠들었다. 흠을 잡으려고 해도 흠이 없었다. 오히려 우등생에 가까웠다.

학습 일지가 있어야 할 책상 서랍에 낯선 책이 있었다. 여경은 국화를 다그쳐 불순하고 불온한 게 없나 살폈다. 국화와 눈이 마주친 순간, 눈에 눈물샘이 깊게 파인 국화를 냉정하게 대할 수 없었다.

"미안, 어제 재봉틀 노루발에 손가락이 끼어 퉁퉁 부었어. 손이 전부 너덜너덜해져서 못 썼어. 담임한테는 미리 양해를 구했어."

"그랬다면 나한테도 미리 알려 줘야지."

여경은 눈을 흘깃거리며 국화에게 서랍에 삐죽 빠져나온 책을 넣으라는 눈빛을 보냈다. 국화가 다친

손으로 급하게 책을 밀어 넣었다.

"아야!"

국화의 손가락에 금세 피가 맺혔다. 국화는 손가락보다는 책이 먼저인 것 같았다.

"불온서적이면 안 돼. 얼른 치워!"

"실장, 나 집에 갔다 오면 안 될까? 손가락을 다치니까 엄마가 보고 싶어서 그래."

"정말 그 이유야? 누구랑 갈 건데? 만월?"

"응."

"만월은 감시 대상 1호란 거 알지? 만월 옆에 있으면 너도 감시 대상이란 것도 알지?"

"응."

"그 대답 안에는 통제가 되지 않았을 때 적용되는 벌칙에 대해서도 동의한다는 뜻이지?"

"응."

여경은 국화의 대답에 괜히 신경질이 났다. 국화의 오라버니인 정록이 아니었더라면 더 추궁했을 것이다.

정록을 생각하면 술집에서 만났던 때를 잊을 수가 없었다. 그와 얼굴이 맞닿았을 때 은근하게 풍기

던 술 냄새와 담배 냄새, 땀 냄새, 세상의 온갖 불온
한 것들을 껴안은 깊은 산속 웅달샘처럼 이끼 냄새
가 가득했다. 미성년자 금주 금연법이 있었으나 정록
은 그 법도 마셔 버린 듯했다. 술집 입구에서 잠깐 스
쳤으나 경성 지역 사람이라면 다 알 듯한 외모의 반
항아였다. 큰 키와 근육질의 몸. 남학교에서 달리기
를 제일 잘한다고 소문났고, 이치카를 따라 야간 외
출 금지를 단속하러 나갔을 때마다 기숙사를 이탈
한 여학생과 함께 있었고, 퇴학에 대한 엄포를 놓아
도 절대 기죽지 않았다. 경성보도연맹에서 집중적으
로 감시하는 대상이었으나 정록은 번번이 그 수위를
넘기고도 무사했다. 경성보도연맹에서 발행한 「보도
월보」에는 풍기문란의 주범으로 감시 대상이자 불량
학생으로 올라 있었다. 비상시국이라는 점을 강조해
학생들을 올바른 길로 보호한다고 했으나 불온한 학
생들을 선별하는 일이 더 많았다. 「보도월보」는 두레
에게도 배달되어서 두레도 익히 알고 있었다. 그러나
정록을 말릴 사람은 아무도 없었다.

"네가 덕희지?"

국화가 엄지손가락을 호호 불며 무심코 던졌다.

여경은 덕희라는 말에 움찔했다. 어릴 적 집에서 부르던 이름, 덕희. 아버지는 여경을 누구보다 예절 바른 아이로 기르고 싶어 했다. 아버지의 목표는 일본인이 되는 것이라서 여경은 일본식 예법에 따라 자랐다. 덕희라 불린 것도 그런 의미였다. 그건 아버지와 집안의 사람들만이 알 수 있는 이름이다.

"덕희가 누구야?"

"'경성연합소'에 청춘 남녀의 사랑에 관한 글을 올린 거 너지? 난 알 수 있어. 덕희란 이름을 써도 우리 학교에 대해 너무 잘 아는 사람이 쓴 글처럼 보였어. 게다가 덕희가 도현을 사랑했다는 대목에 나오는 사람은 우리 오라버니고."

"난 그딴 것은 몰라! 손을 다쳤건 아니건 난 몰라! 이치카가 널 봐줬다고 해도 교장 선생님께 이를 거야."

여경이 국화를 지나쳐 다른 학생에게 갔다. 국화도 여경이 덕희라는 걸 알지 못했다. 불리한 상황에 몰리자 떠본 거였다. 덕희라는 이름을 말했을 때 여경은 이맛살을 찌푸리며 눈썹을 파르르 떨었다.

여경은 불을 끄고도 잠을 잘 수가 없었다. 큰 아

이가 아니었더라면 몇 번이나 경고를 받았을 것이다. 책임감 하나로 버텨서 가능한 일이었다. 밥값을 해야 한다는 아버지의 은밀한 겁박이 아니었다면 진즉에 만월처럼 방방 뛰고 반항했을 것이다. 정록에게 사귀자며 고백했을 것이다. 여경은 만월이 미웠다. 잘난 것도 없으면서 당당했고, 한 번도 가 보지 않은 곳에서 올라왔는데도 경성 사람보다 경성을 잘 알았고, 매번 지적당하면서도 아무렇지도 않은 듯 웃음으로 일관했다. 게다가 정록과 만월이 아는 사이라는 사실은 더욱더 참을 수 없었다.

경성역은 학생들 사이에서 '연애 교환소'와 '연애 대합실'로 불렸다. 경성 학생들뿐만 아니라 지방에서 올라오는 학생들과 연애편지 등을 주고받으면서 사랑을 키워 가는 곳이다. 학생들 잡지인《경성연합소》에는 그런 학생들의 연애담이 올라오곤 했다. 학교에서 불온서적으로 다뤄 대대적으로 단속했으나 학생들 사이에서는 가장 인기 있는 잡지였다. 여경은 정록을 생각하면서 글을 썼다. 글을 쓰는 동안은 정록과 사랑했으며 아버지의 등쌀에 억지로 모범생 역할을 해야 하는 반듯한 '큰 아이'에서 벗어날 수 있었다.

만월은 여경과 국화의 이야기를 엿듣고 정록에 대해 생각했다. 정록은 워낙 내놓은 불량 학생이지만 여경이 다른 이름을 쓴다는 사실은 놀라웠다. 그걸 또 국화가 알고 있다는 것은 더더욱 의외였다. 둘이 한 조가 되어 외출할 때도 국화는 재봉틀을 돌려 군복을 만드는 이야기뿐이었다. 군용 가방인 란도셀을 이용해 학생들이 들고 다니기 쉬운 가방을 만들어 보겠다는 말도 했다. 솜씨가 좋은 터라 말만 해도 다 만들 수 있을 것 같았다.

만월, 넌 꼭 기생 같아.

정록은 만월이 한복을 입을 때마다 지나가는 소리로 말했다. 기생들이 자꾸 여학생인 척 동정을 바꾸었다. 경성에서는 기생과 여학생 구분이 어려웠다. 정록의 말에 기분이 상했으나 만월은 아랑곳하지 않았다. 옷으로 신분을 속일 수는 있으나 자세히 보면 구분할 지표는 많았다. 그걸 구분하지 못하는 것은 상대의 탓이라 여겼다. 기생과 구분 짓기 위해 자신이 좋아하는 색깔을 포기한다는 것은 어리석은 일이었다. 그걸 빌미로 사람을 판단한다는 것은 본인의 잘못이 아니라 상대의 잘못이라고 생각했다.

정록 앞에서는 굳은 마음이 흔들렸다. 복장 불량으로 단속을 당해도 괜찮았다. 정록이 똑같이 지적하면 그때는 달랐다. 학교에서 정해진 규칙보다 더 신경 쓰였다. 아무리 괜찮은 일이라도 정록 앞에서는 괜찮지 않았다. 정록에게는 잘 보이고 싶었고, 괜찮은 사람으로 불리고 싶었다. 사실 소등이 된 상태에서 누구나 촛불을 켜고 책을 읽기도 하고 묵독 시간에는 정록에게 보내는 편지를 쓰곤 했다. 정록에게 닿지 못하는 편지였으나 글을 쓰는 동안에는 신여성이었다. 짧은 치마에 구두를 신고 거리를 또각또각 걷는 느낌. 이상하다고 쳐다보지만, 그 안에는 경이로움이 가득 찼다. 만월은 자신의 존재 이유가 신여성이 되는 일이라 생각했다.

만월은 자신에게 부과된 예의범절 교육이 싫었다. 여학생과 남학생이 교과서를 달리 배우는 것도 싫었다. 그동안 여자가 당한 만큼 남자들보다 우월하다는 것을 주장하는 것도 싫었다. 나는 나고, 너는 너였다. 그런 자유가 보장되는 사회가 좋았다. 신여성이 되고자 하는 이유도 그런 이유 때문이었다. 규칙과 규율로 일거수일투족 감시하는 것은 아버지 밑에 있을 때보다 더 힘든 일이었다.

여경이 '큰 아이'가 된 것도 규칙과 규율을 잘 지켰기 때문이다. 그런 여경이 규율을 어기고 술집에 드나드는 것, 「인형의 집」이나 「사랑의 불꽃」 같은 소설을 읽고, 그보다도 더한 소설을 써서 금지된 잡지에 글을 싣고 있다. 여경은 국화가 책상 서랍에 급하게 집어넣은 책을 안다. 금지된 책, 「인형의 집」. 여경은 국화와 함께 주인공 노라에 관해 이야기하고 싶었다. 이 시대의 여성이 노라처럼 자신의 삶을 찾아갈 수 있을지 궁금했다.

만월은 소나무 껍질처럼 입술이 갈라지는 듯했다. 입 안이 바짝바짝 탔다.

정록을 마음에 두고 있는 여경을 알게 되자 그동안 알았던 모습이 낯설어 보였다. 좋아하는 마음이 같은 길에 있다고 해서 여경을 미워하고 싶지는 않았다. 여경 또한 규칙과 규율을 잘 지키지만, 사람을 사랑하는 일에는 마음이 규칙적으로 가지 않는다. 여경의 마음이 정록에게 간다고 하더라도 그건 여경의 마음이었다.

사대에 섰으나 오늘따라 사범이 나타나지 않았
다. 습사하는 학생들에게 물어도 모른다고 할 뿐 관
심도 없었다. 사범이 없으면 서로 돌아가면서 깃발을
들어 주면 그만이었다. 작년까지는 체육 과목에 국궁
이 없었다. 그런데 이번 학기에는 뜻밖에도 국궁이
개설되었다. 활터에 온 학생들은 체육 시간이나 과외
활동 시간에도 활을 쏠 수 있었다. 만월은 이번에 개
교 50주년 기념으로 열리는 대회에서 선수로 뛸 참
이었다. 우승하면 상금이 있다고 하지만 무엇보다 당
당하게 경쟁해서 이기고 싶었다.

처음 활을 배울 때 습사하는 동안 고무줄로 만든
연습용 줄을 매일 당기고 또 당겼다. 사범은 바로 활
을 잡을 수 있는 것은 아니라고 했다. 연습용 고무줄
을 잡아당기고, 잡아당기다 지루해져서 그만두는 학
생들도 있었다. 차라리 현모양처가 되기 위해 국화
처럼 재봉 반으로 옮겨 가는 학생들도 많았다. 만월
은 그곳에 가지 않기 위해 무작정 기다렸다. 고무줄
이 끊어지고 끊어질 때까지 사범이 보는 앞에서 연
습했다.

활만 쥐면 연습한 것처럼 부드럽게 잡아당겨서 활을 쏘고, 그 화살이 전부 과녁에 맞을 줄 알았다. 사대와 과녁의 거리는 백사십오 미터. 기숙사에서 학교 운동장까지의 거리와 비슷했다. 기숙사에서 일어나 학교에 닿을 때까지 그 거리가 가깝게만 느껴졌는데 막상 활을 쏘고 나니 너무 먼 거리였다. 그나마 활시위를 당기는 것도 힘에 부쳤다. 사범의 말로는 만월이 다른 학생들에 비해 힘이 센 편이라고 했다. 사범은 다른 학생들보다 무게 높은 활을 쏠 수 있을 거라면서 만월을 꼬드겼다. 이번 대회에 우승만 한다면 만월의 체력이 우수하다는 걸 인정받아 장학금도 탈 수 있다고도 말했다.

"네가 우승하면 조선 여인들이 체육미가 부족하다고 깔보는 일본인들에게 한 방 먹여 줄 수 있어."

사범이 바투 다가와 귓속말했다. 만월은 음흉하게 웃으며 사범에게 구십 도로 인사하며 장난을 쳤다. 만월이 열심히 습사하는 이유가 사범이 갖는 이유와 똑같다는 생각에 동질감이 느껴졌다.

아버지에게 한마디 상의도 없이 집을 나왔으나 만월이 가진 돈으로 경성에서 버틸 수 있는 건 한 학기도 못 되었다. 집안일을 도와주고 대신 두례의 도움을 받긴 했으나 그도 눈치가 보였다. 두례는 쉴 틈 없이 양복을 많이 만들었으나 겨우 허기를 면할 정도만큼 벌었다. 그런데도 학기마다 갖가지 이유를 대며 꼬박꼬박 돈을 보태 주었다. 말로는 시백을 통해 고향에서 보낸 것이라고 했다. 자신은 대신 받아 주는 것이니 신경 쓰지 말라는 말도 덧붙였다. 시백이 아버지를 어떻게 설득했는지 알 수 없으나 만월은 확인도 못 한 채 고향에서 오는 돈을 썼다.

국궁과 달리 학교에서 제일 인기가 많았던 종목은 정구였다. 대회가 있을 때마다 후원품이 많았다. 사무용품도 있었고, 자수 실도 있었고, 라켓이나 공도 있었다. 정구부 학생들이 다치면 일본인 간호사들이 와서 진찰해 주기도 했다. 조선 학생과 일본 학생이 나눠 팀전을 치르기도 했다. 만월이 이리저리 뛰어다니며 공을 치는 정구보다 활을 선택한 것은 활을 쏘는 동안에는 일본인들과 마주치지 않아도 된다는 점 때문이었다. 일본이 전통 무예를 스스로 금지해 놓고 다시 적극적으로 권장하는 이유가 의심스러웠으나 이번 기회가 아니면 국궁을 배울 기회가 없다는 점도 한몫했다.

사범이 없으면 큰 아이인 여경이 사범을 대신했다. 만월은 여경이라서 다행이라고 생각했다. 다른 아이들은 만월에게 눈을 흘기는 경우가 많았다. 만월도 경성 아이들에게 지지 않으려고 눈을 동그랗게 뜨고 대들었다. 그런 아이들이 심판을 본다면 과녁에 맞아도 안 맞았다고 할 수 있었다. 아니, 무엇보다도 만월은 그들을 믿을 수가 없었다. 공과 사가 확실한 여경이 제격이었다. 적어도 치사하게 다른 학생들처럼 감정에 휩쓸려 거짓말할 사람은 아니었기 때문이다.

국화라면 더 좋을 텐데 국화는 체육과는 거리가 먼 사람이었다. 종일 재봉틀 앞에서 꼼지락거리며 식탁보나 학생들의 교복을 만들었다. 만월의 속바지나 속옷도 만들어 줬다. 국화는 친구의 옷을 한 벌 만들 때마다 무명천에 단추를 달아 놓았다. 앞치마 앞이 전부 단추로 채워졌다. 만월이 절대 할 수 없는 것 중 하나였다.

주말 내내 비가 왔다. 일요일이었으나 습사가 필요해 비가 잠깐 갠 사이 활터에 갔다. 활터에는 이미

여경과 학생들이 있었다. 만월은 처음 한 순에서 불,
두 순에서도 불을 쐈다. 열 발을 쏘았는데 단 한 발도
맞히지 못해 잔뜩 골이 났다. 아무리 활이 낮도깨비
같다고는 하나 적어도 한 순에 한 발이라도 명중해야
흥이 났다. 학생들도 비슷했다. 구시렁거리는 소리에
집중력이 떨어졌다.

비가 왔다가 멈췄다가 하는 사이 운무가 밀려들
어 왔다. 학교 제일 꼭대기에 자리 잡은 활터는 다른
지대보다 높아 운무가 많이 꼈다. 대회가 얼마 남지
않았다. 운무가 껴서 보이지 않아도 마음으로 과녁을
봐야 한다는 사범의 목소리가 들리는 듯했다.

만월은 과녁이 보이지 않으나 보인다고 생각했다.

'전추태산 후악호미'

줌손과 깍짓손에 힘이 나뉘도록 양쪽으로 분산시
켰다. 활시위를 당기고 나서 호흡을 고른 다음 하나,
둘, 셋을 세었다. 깍짓손이 봉황의 눈이 되었는지 알
수 없었다. 사범은 매번 깍짓손이 봉황의 눈이 되어
야 하는데 가재미 눈이 되었다고 놀렸었다.

'피융'

화살이 날아감과 동시에 하나, 둘, 셋 정도를 세었

을 때 만월은 분명히 보았다. 흰 용이 꿈틀거리는데 용의 정수리 쪽을 향해 정확히 날아가는 화살. 운무가 피어오르는 게 마치 용트림 같았다. 숱한 그림에서 보았을 용이 바로 눈앞에 있었다. 여경의 깃발은 올라오지 않았으나 화살이 과녁에 맞는 소리가 들렸다. 만월은 다시 한번 활시위를 당겼다. 이번에도 똑같았다. 운무가 걷히고 화살을 주우러 갔을 때 과녁 앞에 나란히 놓인 화살 세 개를 보았다. 전부 같은 깃을 써서 누구인지는 정확히 가릴 수는 없었다. 모두 깃간띠를 흰색으로 감아 두었다. 그건 여경도 아는 사실이었다. 여경은 애써 만월의 눈을 피했다.

"여경, 봤지? 아니 들었지? 관중한 거 말이야."

"운무 때문에 잘 모르겠어."

"이보게, 프렌드. 프렌드를 믿은 나를 배신할 셈인가?"

"무슨 소리야? 운무가 이렇게 끼었는데 어떻게 알아?"

"희미한 안개 속에서 들리는 용의 울음소리를 외면하는 프렌드라? 상당히 의심스러워."

만월이 여경의 주변을 맴돌며 자꾸 되물었으나

여경은 끝까지 만월을 외면했다. 여경은 분명 화살이 과녁에 맞는 소리를 들었다. 보이지 않아도 분명 소리가 들렸는데 모른 척했다. 본 걸 말해도 보지 않은 게 되는 세상이었다. 안개 속에서 들리는 소리가 분명해도 증거로 내밀 수 없으면 가만히 있는 쪽이 유리했다. 여경은 상대가 만월이라 인정하기 싫었다. 그래서 모른 척했다. 만월은 치사했으나 따져 본들 상황은 바뀌지 않았다. 바뀌지 않을 상황이라면 억지로 바꿀 생각은 없었다. 억지로 바꾼다고 해도 그건 잠시, 였다.

교무실 쪽에서 요란한 사이렌이 울렸다.

전쟁이 일어나지도 않았는데 요즘에는 걸핏하면 비상 상태였다. 사이렌이 울리면 어쩔 땐 비상시라며 몸빼를 입혔다. 언제든지 바로 전쟁에 참여할 수 있도록 미리 준비해야 한다는 말을 수시로 강조했다. 비상시에 맞지 않는 행동을 하면 벌은 두세 배 높았다. 교장실에 끌려가 반성문을 쓰고 벌점이 매겨졌다. 벌점이 쌓이면 학교에서 주는 머릿니를 죽이는 약도 받을 수 없었고, 회충약도 받지 못했다. 학교에서 주는 혜택을 받지 못한 채 단체 벌을 받을 원인을 제공한 사람이 되는 치욕을 감내해야 했다.

이번에는 소리가 다른 날보다 요란했다. 마치 학교를 다 집어삼키기라도 하듯 크고, 길게 이어졌다. 매일 아침에 시작되는 교장의 훈시보다 날카로운 소리였다. 학생들이 운동장 쪽으로 뛰어갔다. 만월과 여경도 화살을 줍지도 못한 채 뛰었다.

여기저기 흩어져 있던 학생들이 하나둘 모여들었다. 다들 과외 활동을 하다 중단하고 온 상태였다. 국화의 머리와 어깨에 흰 실밥이 가득했다. 인사할 겨를도 없이 교사들이 학생들 사이를 돌아다니며 단속했다. 큰 아이들이 따라다니며 인원을 파악했다. 여경도 반을 뛰어다니며 학생들 이름을 한 명 한 명 불렀다. 그런데 담임이자 생활 교사인 이치카가 보이지 않았다. 생각해 보니 이치카는 어젯밤부터 보이지 않았다. 여경은 이치카를 기다리다 아홉 시 삼십 분이 되어서야 불을 껐다.

사이렌이 요란하게 울리면 반드시 문제가 생겼다. 조선보도연맹에 걸려 붙잡혀 들어오거나 연애하다가 들켜서 부모들이 학교로 항의하러 오는 일도 있었다. 심지어는 기숙사 생활에 적응하지 못해 아무 말 없이 집으로 돌아가 버리는 경우도 있었다. 그런 경우에는 반드시 사이렌이 울렸다. 전교생을 운동장에 모이게 해서 그들을 단상에 올렸다. 걸린 사람들은 단상에 올라가 자신의 죄를 고백했으며 끝내는 훈계를 목적으로 모두가 보는 앞에서 매질을 당했다.

교장이 단상으로 올라가 흥분한 채 콧김을 불어 댔다.

"오늘 생활 교사 이치카와 체육 교사인 정환을 본 사람은 앞으로 나와라!"

이치카와 정환의 이름을 동시에 불렀다. 만월은 둘의 조합을 한 번도 상상하지 못했다. 이치카는 어 젯밤부터 안 보였고, 사범은 언제부터 안 보였는지 알 수 없었다. 체육 시간은 일주일에 세 번이었고 과외 활동 시간에는 자유롭게 활을 쐈기 때문에 사범이 나올 때도 있었고, 나오지 않은 때도 있었다.

앞으로 나서는 친구는 아무도 없었다.

"이치카 반, 큰 아이 앞으로 나오너라!"

교장의 목소리에 바늘이 수십 개가 붙어 있었다.

검은 뿔테 안경을 쓰고 말할 때마다 안경을 밀어 올리는 게 습관인 교장이었다. 일본에서 조선으로 온게 불만이어서 늘 인상을 쓰고 학생들을 째려보는 눈빛을 잊을 수가 없었다.

"하이!"

여경은 큰 숨을 몰아쉬고 앞으로 달려 나갔다. 여경이 불안한 듯 입술을 꽉 깨물었다. 사라진 둘 사이에 함께 들어갈 사람들은 만월과 여경뿐이었다. 활을 쏘는 다른 학생들은 사범과는 거리가 멀었다.

"이치카를 언제 보았나?"

"어제 석식 자유 시간까지는 보았습니다."

"소등 시간에는?"

"보지 못했습니다."

"그럼, 소등은 누가 했나?"

"제가 했습니다."

말이 끝남과 동시에 교장이 여경의 뺨을 후려쳤다. 피부와 피부가 닿은 소리가 마이크 때문에 사이렌 소리보다 더 크게 들렸다. 여경이 놀라 주저앉자, 이번에는 들고 있던 수첩으로 여경의 머리를 내리쳤다. 교장의 폭행은 한동안 이어졌다. 여경은 맞으면서도 무릎을 꿇고 잘못했다고 빌었다.

"여경, 너는 과외 활동으로 국궁도 하지? 사범은 언제 보았는가?"

"오늘은 보지 못했습니다. 체육 시간 외에는 활터에 올라오는 시간이 일정하지 않습니다."

"선생들이 없어졌는데도 보고를 안 해? 큰 아이라 불러 주니까 네가 선생인 줄 알아!"

교장이 뾰족한 구두로 여경의 몸을 짓밟았다. 여경의 얼굴에서 코피가 터지고 교복 밑으로 드러난 종아리에서 피가 났다. 만월은 그들과 멀리 떨어져 있었는데도 피가 터지는 게 보였다.

"교장 선생님!"

만월은 저도 모르게 손을 들었다. 멈추지 않는다면 여경이 죽을 수도 있었다. 둘이 나눠 맞는 게 나았다.

"뭔가?"

"이치카 선생님께서는 외출한다고 하셨습니다. 만약 소등 시간까지 돌아오지 않는다면 여경에게 마무리하라고 했습니다."

"뭐라? 그게 진짜야?"

"그렇습니다."

어디서 그런 거짓말이 튀어나왔는지 알 수 없었다. 거짓말을 한다고 해도 이치카는 할 말이 없었다. 사라졌든 아니면 일이 생겨 급하게 나갔든 우리를 버리고 간 것은 틀림없다. 돌아온다면 거짓이라도 여경에게 일을 맡겼다고 해야 체면이 설 것이다.

여경에게 매질하던 교장이 옷매무새를 고쳤다. 다른 교사에게 눈짓하자 단상으로 올라와서 여경을 데리고 나갔다. 교장은 머리까지 매만진 다음 부드러운 목소리로 말했다.

"두 사람을 봤거나 행방에 대해 알고 있는 사람이 있다면 어떤 것이든 말해라. 그 학생에게는 이번 경성운동장에서 열리는 종합체육대회에 무조건 학교 대표로 나가게 해 줄 것이다. 학교에서 치르는 예선전 따위는 필요 없다."

학생들이 웅성거렸다. 만월의 귀에는 교장의 말이 들어오지 않았다. 대신 교사들이 여경을 부축해 학교 안으로 들어가는 것만 눈에 들어왔다.

"만월, 단상으로 올라와라!"

국화가 만월의 옷소매를 잡아당겼다. 정신이 든

만월은 그제야 자신이 맞을 차례가 되었다는 걸 알았다. 맞아 죽더라도 거짓말은 거짓말로 숨겨야 했다.

만월은 단상으로 가는 길이 사대에서 과녁으로 가는 거리만큼인 것 같았다. 어느 때는 가깝고, 어느 때는 멀게 느껴지는 거리.

촉바람과 오늬바람을 잡아라

과녁 옆 노란 풍기가 난파선처럼 출렁였다. 깃발이 앞으로 펄럭이는 걸 보니 촉바람이었다. 촉바람이 불 때 바람을 잡기 위해서는 과녁 중앙의 홍심 위로 잡아야 한다. 만월은 온 신경을 집중해 조준했다. 그러나 활시위를 놓았을 때 이미 과녁을 멀리 빗나갈 거라는 걸 알았다. 깍지가 늦게 빠져서 시위가 뺨을 치고 가 버렸다. 따귀를 맞은 듯 볼이 얼얼했다. 예상했던 대로 화살은 과녁 근처에 가지 못했다.

그날 이후로 여경은 학교에 나오지 않았다. 이치카를 대신해 새로 온 미치코의 말로는 몸이 좋지 않아 휴학했다고 한다. 만월은 그 말을 믿지 않는다. 여경이 교장한테 맞고 쓰러진 후 여경의 아버지가 학교에 왔었다. 여경은 얼굴이 퉁퉁 부은 채 코피를 막기 위해 신문지를 돌돌 말아 푹 찔러 넣었다. 딸을 바라보는 아버지의 표정 안에 수십 가지 감정이 실려 있는 듯했다. 그러나 교장실 문을 여는 표정에서는 절대 쫓겨나지 않으리라는 확고한 결심이 엿보였다. 만월은 여경을 데리고 보건실로 가면서 교장실 안쪽을 흘깃거렸다.

여경의 아버지는 교장 앞에 무릎을 꿇고 얼굴이

바닥에 닿을 정도로 고개를 숙였다. 여경은 보건실 침대에 누워 물끄러미 그 모습을 쳐다봤다. 핏기가 하나도 없는 얼굴이 저절로 찡그려졌다. 고개를 돌리고 싶어도 다른 쪽에는 만월이 있어서 돌릴 수가 없었다. 만월은 여경의 눈동자를 좇았다. 무릎을 꿇은 여경의 아버지가 입고 있던 파란색 양복바지가 구겨졌다. 허리를 곧추세우고 엉덩이를 약간 들고 있는 모습이 고개를 숙인 모습보다 비참해 보였다. 구겨진 양복 주름만큼 이맛살이 구겨졌다.

한 시간쯤 지났을 때, 여경의 아버지는 보건실 문을 아예 열어젖혔다. 장사하기 위해 펼쳐 놓은 가판대를 접듯 여경에 대한 기대를 접은 사람처럼 무심히 말했다.

"일어나라."

차분하지만 무겁게 내려앉은 목소리가 보건실을 한 바퀴 돌기도 전에 여경이 일어섰다. 그는 여경이 침대에서 내려와 신발을 신기도 전에 성큼성큼 앞으로 걸어 나갔다. 교장실 문 앞에서 조신하고 조심스러웠던 모습과 달리 복도에 폭풍우라도 던져 놓고 가는 사람처럼 발걸음이 요란했다. 여경은 예상하였다

는 듯 아무런 저항 없이 따라나섰다. 여경의 날갯짓
이 위태롭다. 비에 젖은 나비처럼 비척거렸다.

새로운 체육 선생이 올 때까지는 알아서 연습하
라는 지시가 떨어졌다. 정구나 수영반에는 선생이 바
뀔 때마다 곧바로 다른 선생이 왔었다. 사범이 사라
지고 이 주가 지났으나 새로운 선생은 오지 않았다.

학생들은 할 일 없이 사대에 나와 활을 쏘았다. 정
구반으로 옮겨 가고 싶어 하는 이도 있었다. 정구는
인기 종목이라 대기자가 많았다. 학교에서도 온통 전
국대회에서 정구가 우승하느냐에 관심을 두었다.

"습사무언! 조용히들 하고 활을 쏘라고."

만월이 구시렁대는 학생들을 향해 일침을 날렸
다. 그러고 다시 활을 잡았으나 줌손의 하삼지가 풀
리면서 활시위가 팔 안쪽을 쳤다. 금세 오른쪽 팔뚝
이 부풀어 올랐다. 혈관이 살을 찢고 튀어나올 것 같
았다. 만월은 활을 지웠다. 이런 상태로 더는 활 쏘는
것은 무리였다.

"만월, 왜 그런 거야? 너도 여경처럼 활병 났다고
흉내 내는 기야?"

"뭐라고?"

"예전에 체육 선생이 떠나고 나서 여경이 활병이 났잖아. 활을 쏠 때마다 심장이 울렁거리고 화병이 나서 활을 못 잡았잖아."

"그런 일이 있었어? 여경이는 아버지랑 바로 집으로 갔잖아."

"쯧쯧, 만월은 모르는 게 너무 많아. 이번 말고 지난번 말이야. 너 오기 전에도 국궁반이 있었어. 이유는 모르지만 반이 사라졌다가 다시 만들어졌다가 했어. 사범이 사라지는 일도 처음이 아니야."

여경 대신 큰 아이를 맡은 학생은 만월의 등을 콕콕 찌르며 말을 이어 갔다. 작정하고 모르는 걸 알려 주려는 듯했다. 꼬박꼬박 말대꾸하기를 좋아하는 만월은 입을 꾹 닫은 채 듣고만 있었다.

이 학교에는 만월이 모르는 이야기가 너무 많았다. 최근 들어 국어 시간도 줄이고 체육 시간과 재봉 시간을 늘렸다. 만월은 지겨운 일본어를 하지 않아서 좋다고만 생각했었다. 그런데 이치카가 사라지고 사범이 사라지고 여경이 사라졌다. 사범은 그전에도 사라진 적이 있다고 한다. 문제가 많아 보이고 인기도 없는 국궁을 해체하지 않고 습사하라고 한 이유도 알

지 못했다. 학교에서는 사범도 없는데 굳이 개교 50
주년에 열리는 국궁 대회는 그대로 열릴 거라는 점을
강조했다.

　"활병이든 화병이든 난 오늘 활을 지우련다. 프렌
드들, 당신들이나 열심히 하셔."

　만월은 활을 접고 언덕을 내려와 까치발로 재봉
교실을 기웃거렸다.

　국화가 학생들 앞에서 시범을 보였다. 시범을 보
인 뒤로는 학생들 사이를 오가며 자세를 교정해 줬
다. 만월은 국화가 창가에 가까이 다가왔을 때 창문
을 톡톡 두드려 국화를 불렀다. 국화가 슬쩍 눈길을
돌려 미소를 지었다. 활짝 웃고 있었으나 미소를 재
봉에 박아 버린 듯 힘도 없고 표정 변화도 없었다. 만
월은 국화가 수업을 마칠 때까지 벽에 등을 기댄 채
쪼그려 앉아 있었다. 나뭇가지를 주워 활을 그리고,
활 쏘는 모습을 그리고, 풍기까지 그려 넣었다. 촉바
람과 오늬바람을 잡는 방법에 관해 설명을 들었으나
막상 활시위를 겨누면 금세 잊고 중앙에 있는 홍심만
바라봤다.

　"천하의 만월이 풀이 죽었네. 무슨 일이야? 과녁

이 너의 사랑을 외면한 거야?"

국화가 가슴과 어깨에 있는 실밥을 떼어내며 말했다. 만월도 무릎을 탈탈 털고 일어났다. 국화의 정수리에 붙은 하얀 실밥을 떼어 주었다.

"외면했지. 아주 많이. 나의 사랑을 거부한 건 과녁이 처음이야. 이래 봬도 난 신여성이라 콧대가 높거든."

"그놈의 신여성 타령은. 아직도?"

"잘 들어 봐. 내가 최근에 어떤 글을 읽었는데, 그 여자한테 요즘 반했어."

"그 여자가 누구시길래 과녁을 사랑한 만월의 마음을 빼앗았을까?"

"위안스카이의 비서 류비청. 중국 최초 신여성이었는데 비서직을 그만두고 미국에 가기도 했고. 여하튼 어쩌고저쩌고한 사람인데 나도 그런 사람이 되고 싶어."

"나는 너의 그 어쩌고저쩌고가 궁금하다."

"그런 게 있다니까. 그런 사람들을 알아 둬야 신여성이 되지."

만월이 단발머리를 매만지며 거만하게 말했다.

둘이 동시에 웃음을 터뜨렸다. 금방 사그라드는 불꽃처럼 웃음도 곧 꺼졌다.

"표정을 보아하니 무작정 내재봉소에 들어오던 그날의 만월이네. 영혼이 없어."

"내가 그랬어?"

"그랬지. 마치 다른 세계로 건너온 느낌. 도깨비가 갑자기 인간 세상에 불쑥 튀어나와 길을 헤매는 모습. 낯설고 촌스럽고 이질적이었어."

"앞에서 비난하는 거야?"

"농담이야. 네가 이렇게 진지하게 나오면 낯설잖아."

만월은 장난스레 국화를 흘겨보았다. 국화는 처음 봤을 때나 지금이나 농담을 좋아하지 않았다. 정확한 말로 상대를 당황스럽게 했다. 만월에게는 없는 진지함과 솔직함이 좋았다. 만월이 국화를 좋아했던 이유는 솔직함 때문이었는데 매번 너무 솔직해서 서운할 때도 있었다.

"내 방식의 위로야. 미안해. 만월이 풀이 죽어 있으니 웃기려고 한 소리야. 요즘 내가 너 같아. 영혼이 없어."

국화가 오리처럼 뒤뚱거렸다. 한쪽 다리를 절뚝이며 질질 끌었다.

"다리는 왜 그래? 우리 국화가 둔갑술을 발휘해 하루 만에 오리가 된 거야?"

국화의 얼굴이 어두움 깔린 초저녁의 모습이 되었다. 눈두덩이까지 어둠이 차오르는 것 같았다.

"강단에 나가 시범을 보이고, 아이들을 감시하느라 종일 서 있었어. 그랬더니 다리가 통통 부어 걸을 수가 없어."

국화는 몇 발짝 가지 못하고 멈춰 섰다. 절뚝거리는 왼쪽 다리를 매만지며 한숨을 쉬었다. 다리를 질질 끌면서도 자신이 오늘 군복을 몇 개 만들었는지 자랑했다. 재봉 선생은 디자인을 가르쳐 주지 않았지만, 어머니의 어깨너머로 배운 덕에 군복을 만들 때 표시 나지 않게 슬쩍 자신이 원하는 대로 만들었다고 했다. 겨드랑이 부분과 어깨선을 지금 군복보다 넓게 만들어 활동하기 편하게 만들었다며 우쭐했다.

"몇 달 뒤에 군복을 제일 빨리, 많이 만드는 사람을 뽑아 만주로 데려간대. 난 그곳에 갈 거야. 그곳에는 아버지가 계시잖아."

"전쟁터에서 군복을 만들겠다고? 국화, 너 정신이 있는 거야? 그리고 아버지가 어디에 계실지 모르잖아. 그 너른 만주 벌판을 다 뒤지려고?"

"아버지는 분명 그곳에 계실 거야."

"그곳이 어딘데?"

"그곳은 그곳이지."

만월이 헛소리하면 국화가 이마를 짚어 놀리듯 이번에는 만월이 국화의 이마를 짚어 보았다. 미지근하게 열이 오르고 있었다. 열기 때문에 눈동자가 노을이 진 것처럼 빨갰다. 종일 한 가지에 열중하다 보면 벗어나기 힘들다. 국화도 재봉 선생으로부터 칭찬받고 학생 대표가 되어 시범을 보였으니, 재봉으로 성공하는 삶을 꿈이라 착각할 수도 있었다. 만월은 점점 국화가 멀게 느껴졌다. 재봉 시간이 늘면서 국화는 모든 걸 재봉과 연결해서 생각했다.

"군복을 만들다가 실력을 인정받으면 다른 것을 만들 기회를 줄지도 몰라."

풀이 죽어 있던 붉은 눈이 반짝였다. 학교 축제 때 터뜨렸던 폭죽을 닮았다.

"국화야, 너 진짜로 아픈 것 같아. 일단 쉬고 나서

이야기하자."

"난 말이야. 내가 디자인한 옷을 입은 사람들을 보고 싶어. 엄마가 만든 옷은 죄다 촌스러워. 그보다 더 잘 만들기 위해서는 유학 가야 해. 그 기회를 얻을 수 있는 것은 군복을 잘 만드는 거지."

국화는 확신에 차 있었다. 만월은 확신이 없었다. 세상에서 가장 드넓다는 미국이라는 나라에 가 보고 싶은 생각뿐이었다. 막연한 호기심을 채우고 다른 사람이 경험하지 못한 걸 해 보는 게 으뜸이라 생각했다. 국화는 계단을 밟듯 차근차근 앞일에 대해 준비하고 있었다. 자로 그은 것처럼 반듯하게 박음질하는 모습. 국화의 결심이 너무 단단해서 불안했다.

만월은 경성에 처음 왔던 날, 두례의 방에서 본 잡지를 떠올렸다. 이미 발행된 지 십여 년이 넘은 낡은 잡지였다. 김애순이라는 여자에 관한 기사가 마음에 걸렸다. 지주와 기생 사이에 태어났으며 일본에까지 유학 갔다 온 여자라고 했다. 그런데 짝사랑했던 남자가 결혼을 거부하자 자살을 시도했다고 한다. 기사는 그녀가 일본에서 급하게 귀국한 이유를 순결하지 못한 내용으로 몰아가는 듯했다. 한 번도 보지 못한 내용이 담겨 있었다. 내용이 궁금해서 다른 호도 몰래 훔치고 싶은 마음이 간절했다. 잡지로 정록을 후려치지만 않았더라면 다른 잡지도 들고 도망쳤을지도 모른다. 만월은 그 방에 머무는 동안 잡지를 실컷 볼 수 있었다. 밥을 먹을 때도 잡지를 읽었고, 국화 대신 옆 가게에 옷을 가져다줄 때도 길거리에서 책을 읽었다. 남녀 간의 자유연애에 대한 부분에서는 넋을 잃고 읽다가 전차에 치일 뻔했다.

잡지 속 여인들은 자유연애와 자유 결혼을 외치고는 있었으나 정작 그 행동을 실천하는 여자들은 혐오와 배제라는 멸시를 당하는 듯했다. 활을 벗어난 화살처럼 그들을 향한 비난은 과녁을 뚫을 정도로 거칠고 힘이 셌다. 잡지가 욕심이 났다. 국화 어머니를 조르고 졸라 책을 소유할 수 있었다. 잡지 속 여인들처럼 욕망대로 움직였다가 신여성처럼 비난의 화살을 맞을 자신이 있는지 궁금해졌다.

만월이 아버지를 존경하는 부분 중 하나가 여자라는 이유로 차별하지 않는다는 것이다. 물론 만월혼자이기 때문에 비교당하거나 차별의 대상이 존재하지 않았다. 아버지는 만월을 딸이 아닌 동료 정도로 생각했다. 시시콜콜한 것들을 물었다. 만월은 아버지 혼자 충분히 결정할 수 있는 일을 묻는 걸 이해하지 못했다. 고심 끝에 대답하면 아버지는 그대로 하는 게 아니라 아버지가 하고 싶은 대로 했다.

국화가 생각하는 신여성은 다른 것 같았다. 자신의 어머니처럼 독립적인 삶을 원했다. 독립적이라는 말 안에는 자유연애와 결혼도 포함되었으나 노동을 통해 자립적인 삶을 살아야 한다는 전제가 깔려 있었다. 두례가 그랬듯 국화도 홀로 설 수 있는 삶을 살아야 한다고 늘 말했다. 만월은 국화가 생각하는 이상과 자신이 생각하는 이상의 차이를 알 수 없었다. 그런데 최근 들어 부쩍 국화는 군복 만드는 일에 몰두해 있었다. 집으로 돌아가는 날에도 어머니를 보려 하지 않고 교실에 남아서 군복을 만들었다.

두례는 국화에 관해 묻지 않았다. 원동 소식을 전했으며 시백이 돈을 보내왔다며 뭐든 필요한 게 있으면 사도 된다고 했다. 모녀간에 어떠한 일이 벌어졌는지 모른다. 냉랭한 분위기만 읽혔다. 내재봉소에 머무는 동안 들리는 것이라고는 두례가 재봉틀을 돌리는 소리뿐이었다. 기숙사로 돌아가는 시간까지 밥 때마다 갓 지은 밥을 해 오고 시장에 나가 고등어를 사 왔다. 간혹 시장에서 돌아오는 길에는 앙꼬빵을 사다 주기도 했다.

"만월아, 앞으로는 상황이 더 나빠질지도 모르겠다. 단단히 준비해라."

"일본이 망하는 건가요?"

"그건 잘 모르겠지만 경성 분위기가 심상치 않다. 길 건너 공장 사장이 와서 작업복 대신 군복을 만들어 달라고 한다. 더 큰 전쟁이 일어날지도 모르겠다."

"어머니, 학교에서도 재봉 시간이 늘었어요. 국화도 군복을 만드느라 정신이 없어요."

"국화는 안 된다. 만주에 가도 소용없어."

두례는 마지막 말에 멈칫했다. 입술을 꽉 깨물고 재봉질했다.

드르륵, 드르륵.

자기 입술을 꿰매듯 숨소리조차 새어 나오지 않았다. 재봉질 몇 번으로 금세 군복 바지가 만들어졌다. 두례는 바지를 앞뒤로 돌려 보며 박음질 상태를 확인했다. 쪽가위로 마감하더니 그제야 입을 뗐다.

"군복을 만들지 않으면 재봉틀을 공출해 간다고

한단다. 그러니 네가 와도 일을 멈출 수 없단다."

드르륵, 드르륵.

"그러라고 하면 되잖아요. 그러고 쉬시면 되잖아
요."

드르륵, 드르륵.

두례의 편을 들기 위해 한 말이었으나 그 말이 얼
마나 어리석은지 만월도 민망했다. 편을 들지 않으면
두례가 재봉틀 안으로 사라져 버릴 것 같았다. 학교
뿐만 아니라 여기저기에서 기류가 달라지고 있었다.
일본은 재봉틀까지 빼앗아 전쟁터로 보내고 있었다.
내재봉소가 워낙 유명하고 두례처럼 손이 빠른 사람
이 없어서 그나마 버틸 수 있었다. 그 험한 길을 국화
가 가겠다고 하니 반대하는 마음을 충분히 이해할 수
있었다.

드르륵, 드르륵.

만월은 어릴 적 죽었다던 어머니의 얼굴이 기억
나지 않는다. 처음부터 어머니가 존재했는지도 의심
스럽다. 아버지 말에서만 존재가 언급되었다. 이웃들
은 어머니에 관해 묻지도 않았고, 오랫동안 한동네에
살았다던 사람들도 어머니를 알지 못했다. 어머니 이

야기 속에서 만월은 낮도깨비 같은 사람이었다. 어느
날 금 나와라 뚝딱했는데, 만월이 나온 식이었다. 아
버지가 있으니, 만월이 있고, 만월이 있으니, 엄마가
있었던 것은 분명했다.

만월은 재봉틀을 지켜 줄 수도 없는 상황이라 작
업하는 두레 주변을 서성이다 기숙사로 왔다. 기숙사
침대에는 국화가 죽은 듯 잠을 자고 있었다. 만월은
잠옷을 더듬어 국화의 목을 살폈다. 자다 깬 국화가
귀찮은 듯 만월을 밀쳐냈다.

"지금 뭐 하는 짓이야? 내 몸을 왜 만져? 만월의
취향이 여자를 좋아하는 건 줄은 몰랐네."

"프렌드, 웃기지 마. 난 네 목을 살핀 거야. 혹시나
흡혈귀가 와서 네 피를 다 뽑아 간 줄 알았잖아. 얼굴
좀 봐. 희멀건 게 어머니가 쒀 준 미음 같아."

국화가 피식 웃었다. 만월은 진지했다. 국화의 얼
굴에서 점점 핏기가 사라지고 눈동자도 빛을 잃었다.
만월을 향해 등짝을 때리며 혀를 삐죽 내밀던 철없던
스무 살의 국화가 아니었다. 몇 달 사이에 국화가 사
라지고 노인이 그 자리를 차지한 것 같았다. 국화는
비쩍 말라 가고 있었다. 이마와 눈두덩이, 입가에 잔

주름이 가득했다. 만월은 집에 갔다 온 이야기를 할까 말까 망설였다. 지금은 무거운 이야기보다는 실없는 이야기가 필요한 순간이었다.

"내가 신사, 너 신사는 뭔 줄 알지? 이제 막 활을 잡은 나로서는 알 수 없는 게 많아. 글쎄 바람을 잡아야 해."

"무슨 수로 바람을 잡아?"

"과녁 옆에 풍기라는 게 있거든. 바람의 방향을 알려 주는 거지. 깃발이 과녁 뒤로 가면 오늬바람이라고 해서 과녁에서 조금 내려서 활을 쏴야 한대. 반대로 과녁 앞에서 바람이 불면 촉바람이라고 해서 과녁 위로 쏴야 해. 활시위를 당기는 것조차 힘든 내게 이렇게 많은 걸 가르쳐 주고 사범이 떠났단 말이지. 그것도 이치카와 함께. 둘이 그렇고 그런 사이였다는데 상상이 되냐?"

웃자고 한 소리였다. 웃지 않으면 방 안에서 맴도는 무거운 공기에 짓눌려 질식사할 것 같았다.

만월은 국화를 말리고 싶었다. 만월이 국궁 대회에서 1등 한다는 것은 기적 같은 일이었다. 상상조차 하기 힘든 일이었다. 반면 국화가 재봉에서 1등을 하는 것은 당연했다. 그 누구도 국화를 따라올 사람은 없었다. 자기 분야에서 최고인데도 국화는 손톱을 깨물며 불안한 듯 주변을 살폈다.

"만월, 너 신사라는 말 함부로 하지 마. 그러다가 여경처럼 사라질 수도 있어."

"여기에서 신사란? 신사(新射)가 신사(神社)가 될 수 있겠네. 어머머. 그러네. 말조심해야겠네."

만월은 주변을 살폈다. 혹시나 일찍 귀가한 학생이 있거나 사감이 없는지. 누가 엿듣기라도 한다면 큰일이었다. 만월이 문 앞으로 달려가서 밖을 살폈다. 복도에는 아무도 없었다. 문을 잠갔다. 무방비 상태에서 당하는 것보다는 과하지만 미리 예방하는 게나았다. 허둥대는 모습에 국화가 만월의 등짝을 때렸다. 만월은 살려 주세요, 라며 엄살을 부렸다. 국화가 오랜만에 환하게 웃었다. 바람 불면 부는 대로 흩날리는 벚꽃을 닮았다.

"바람을 잡을 수는 없으나 세상이 어지러우니 우리는 우리 식대로 고독을 즐기자."

만월은 깊이 생각하고 싶지 않았다. 바람은 부는 방향과 속도가 일정하지 않아 잡을 수 없을 것 같았다. 대신 수없이 몸을 단련해서 힘을 주면 바람도 이길 것 같았다. 자신이 없는 일이었는데도 자신감을 느끼고 싶었다. 자신이 1등을 하면 학교 신문에도 나온다. 그러면 학생들이 학교 몰래 발행하는《경성연합소》에 소식이 실린다. 그러면 정록도 만월의 실력을 인정하고 반할지도 모른다.

만월은 국화의 침대 매트리스 밑에 꼭꼭 숨겨 둔 잡지를 본 적이 있다. 거기에는 주로 학생들의 이야기가 많았다. 학생들의 자유연애담이라든가 아니면 일본 유학 생활을 전하는 이야기도 있었고 가끔 경성에 있는 전문학교에 대한 비판의 목소리도 있었다.

'민중의 체위향상론'

국화는 이 부분에 여러 번 밑줄을 쳐 놓았다. 체위향상을 도모해서 건강한 여자가 되고, 건강한 어머니가 되자, 라는 문구였다. 만월은 건강한 사람이 되고 싶었다. 아팠다던 자신의 어머니처럼 인생의 절반 이상을 방 안에 누워 지내고 싶지 않았다. 그것보다 국화는 몸을 향상하는 일과는 정반대 활동을 했다. 종일 고개를 숙이고 재봉질하는 국화의 목은 거북이 목 같았다. 승모근 안으로 목이 쏙 들어가 버려 목이 한

뺨은 짧아졌다.

큰 아이가 바뀐 뒤로는 감시가 느슨해졌다. 게다가 국화처럼 군복을 만드는 재봉반은 저녁을 먹은 뒤로는 자유 시간이 정해져 있었다. 최대한 쉴 수 있도록 배려해 주었는데, 밥을 먹을 때도 그들이 먼저 급식을 받았다. 국화는 밥 먹으러 가자는 말도 흘려듣고 곧바로 잠들었다. 만월은 국화의 양말을 벗겨 주었다. 수건에 따스한 물을 적셔 얼굴과 목, 손과 발까지 꼼꼼히 닦아 주었다.

만월에 비해 몸이 약한 편인 국화는 면역력이 떨어질 때마다 눈자위가 빨개졌다. 그런 국화를 두고 도깨비 눈깔이라고 놀리는 학생들도 있었다. 국화는 빨개진 눈으로 마치 좀비처럼 교실을 드나들었다. 학생들의 말을 신경 쓰지도 않았고 반박하지도 않았다. 만월이 바람을 잡아야 한다는 걸 알고 있으면서도 그냥 두는 것처럼 무심하고 무모했다.

잠들었던 국화가 소등할 시간에 일어났다. 침대에 반듯하게 앉아 눈을 감고 있었다. 만월은 국화의 얼굴에서 웃음기가 사라지는 게 두려웠다. 마음 같아서는 활을 접고 국화가 있는 재봉반으로 가서 도와주고 싶었다. 만월이 그 반에 들어가면 국화의 일감이 두세 배는 더 늘어난다. 재주 없는 손으로 태어난 게 원망스러웠다. 아버지도 그런 만월의 성향을 알고 절대 빵 만드는 것을 맡기지 않았다.

"국화야, 잘 시간이야. 좀 전에는 잠깐 잠든 것이고."

"만월아, 자야 하는데 내 몸이 말을 안 들어. 잠을 잘 수가 없어. 내일 할 일이 자꾸 생각나서 잠을 잘 수가 없어. 다른 사람보다 더 많이 만들려면 잠을 줄여야 해."

"아니, 넌 충분히 잘하고 있어. 이제는 잘 시간이야. 자고 나야 힘이 더 생기지."

"그런가? 난 너처럼 늘 당당하고 싶어. 넌 아마 국궁에서 우승해서 네가 원하는 미국에 갈지도 몰라."

국화의 표정뿐만 아니라, 말도 영혼이 나가 버렸다. 응원하는 말인데도 진심으로 느껴지지 않았다. 형식적인 말. 재봉을 돌리는 국화의 몸처럼 저절로 체득되고 박음질되어 나오는 말.

만월은 국화를 이불 안으로 끌어당겼다. 그러고는 숨을 크게 몰아쉰 뒤, 속말을 했다.

"국화? 너 진짜 영혼은 있는 거지? 프렌드, 난 네가 건강했으면 좋겠어. 어머니 말로는 앞으로 일본이 더 힘들어질 수도 있대. 그래도 군복을 만드는 데 열중인 거야. 넌 거기에 맞장구를 치면 안 돼."

국화가 만월의 허리를 꼭 껴안았다. 만월의 어깨에 국화의 얼굴이 닿았다. 곧이어 뜨겁고 축축한 눈물이 어깨를 적셨다.

경성연합소

만월은 경성역 대합실 의자에 앉아 신문을 읽고 있다. 1936년 8월 25일 자. 일주일이 지난 신문이다. 기숙사 사감실 쓰레기통에서 발견하곤 교복 치마 속에 살며시 숨겨 두었다. 혼잡한 곳에서 신문을 읽으면 눈에 띄지 않아 좋았다. 신문의 주 내용은 독일 베를린 올림픽에서 금메달을 딴 손기정 선수에 관한 것이었다. 금메달을 따고도 고개를 숙인 손기정, 그의 가슴팍은 일장기 대신 월계수 잎으로 가려져 있다.

일장기를 가린 손기정 선수나 손기정 사진에서 일장기를 지우고 기사를 쓴 신문사 측이 걱정되었다. 그들의 용기가 아니었다면 지금 만월은 손기정 선수가 올림픽에서 우승했다는 사실조차 알지 못했을 것이다.

만월은 오늘 탐정 같은 모습으로 경성역에 나왔다. 경성역이 진짜 '연애 교환소'인지 확인하러 나왔다. 경성역을 지나치는 젊은 청춘 남녀들은 서로 은밀한 눈빛을 교환하며 연애질한다는데, 당연히 호기심이 일었다. 그걸 확인하기 위해 신문을 펼쳐 들고 읽는 척하면서 오가는 사람들을 살폈는데 하필이면 '일장기 말소 사건'을 다룬 신문을 보았다.

사람들을 관찰하는 게 싫증이 난 만월은 길게 하품을 해댔다. 이른 새벽부터 나와 장장 여섯 시간 넘게 앉아 있었더니 역무원도 만월을 톺아보고 있었다. 얼굴에 검버섯이 핀 역무원은 두꺼운 안경을 벗어 비단으로 닦으면서 노골적으로 만월을 지켜보고 있다. 만월은 앉아 있었던 것뿐인데 수상하게 여기는 눈빛 때문에 더는 앉아 있을 수 없었다. 만월은 방금 앉았던 사람처럼 가볍게 일어서서 사뿐사뿐 걸어 역을 나섰다. 역무원의 눈치를 보면 그가 원하는 것처럼 수상한 짓을 한 사람으로 의심돼 경찰서에 끌려갈 수도 있었다.

'모든 게 일본 놈들이 원하는 세상이 되었으니 어째 쓰까나 비위가 상해도 참아야제.'

숱하게 들었던 아버지의 하소연이 들리는 듯했다. 아버지는 아쉬운 놈이 참아야 한다며 어쨌든 일본인들의 눈에 띄지 말라고 했다. 특히 이목구비가 큰 만월은 어디에 가나 눈에 띄었다. 내재봉소에서 잔심부름할 때도 한 번 간 곳은 만월의 이름을 다 외웠다. 만월은 그들이 어떻게 자신의 이름을 외우고 있는지 의문이 들었다. 그들은 한결같이 이목구비 때문에 튄다고 했다. 경성 말씨를 쓰며 톤을 높여 또박 또박 말하는 걸 듣고는 창가를 부르지 않느냐며 묻는 이도 있었다.

만월을 가장 탐탁지 않아 했던 사람은 이치카였다. 이치카는 학교에 있는 여선생 중에 키가 제일 컸다. 쌍꺼풀이 없는 눈에 오뚝 솟은 코와 작은 입술을 가졌다. 큰 키에 비해 이목구비가 작아 밀가루 반죽을 하다가 가래떡처럼 길게 늘여 놓은 듯한 인상이었다. 어디에 있든 눈에 띄지 않을 모습이었으나 그녀가 내뿜는 에너지 같은 건 누구도 따라올 수 없었다.

이치카는 큰소리를 내지 않고도 학생들을 제압하는 위력을 가지고 있었다. 그녀가 서양 소설에 나오는 흡혈귀나 마녀도 아닌데도 그녀만 지나가면 알코올 냄새가 났다. 과학 실험실 책장 가장 위에 있던 청개구리 표본에서 맡았던 포르말린 냄새. 국화는 만월과 이치카가 모든 면에서 달라서 냄새까지도 날조했다고 말했다. 그건 냄새가 나는 게 아니라 질투나 미움 때문에 억지를 부린다는 말로 만월을 때리기도 했다. 만월은 그 말을 인정할 수 없었다. 이치카를 보면 가슴이 서늘해지는 걸 느끼지만 그건 묵은 감정의 문제가 아니라 이치카가 만월을 싫어하는 걸 숨기지 않고 부러 내색하기 때문이라고 반박했다.

만월은 국화와 이런저런 이야기를 하던 때가 좋았다. 국화는 이치카를 닮아 가고 있었다. 목을 물리고 피를 빼앗긴 사람처럼 얼굴에 핏기가 사라졌다. 희멀건 얼굴로 귀신처럼 학교와 기숙사만 오갔다. 주말에도 집에 가지 않았다. 대신 재봉실에서 밤새 옷을 만들었다.

역에서 나오니 팔월의 햇빛이 강렬했다. 만월은 햇빛을 다 먹어 버리기라도 하듯 입을 벌리고 하늘을 올려다보았다. 구름 한 점 없는 맑은 날이었다. 하늘은 맑건만 주변 사람들은 햇빛에 녹아 버렸는지 우중충했다. 그때 눈에 띄는 사람이 있었다. 머리부터 발끝까지 빨갰다. 빨간 모자, 빨간 원피스, 빨간 구두. 그 옆에는 허름한 두루마기를 걸치고 머리에 동백기름을 잔뜩 바른 남자가 있었다. 여자가 남자의 팔짱을 끼고 있었다. 여자의 웃음이 만월의 귓가에 닿았다. 남자의 완롱물처럼 사랑스런 표정을 짓고 있었다.

만월은 여자를 쫓아가다가 발목이 안으로 꺾여

주저앉았다.

"여경아!"

만월의 목소리가 들리지 않는 듯 둘은 막 도착한 전차에 올라탔다.

분명 여경이 확실했다. 아닐 수도 있었다. 아니길 바랐다. 큰 아이의 단정한 모습은 사라지고 기생 같았다. 여경은 큰 소리로 웃는 법이 없었다. 오월의 장미처럼 붉은 옷도 어울리지 않았다. 교복 치마와 재킷, 블라우스까지 다림질해서 정갈하게 입었었다. 만월이 여경을 마지막으로 본 날에도 얼굴은 맞아서 멍이 들었으나 옷차림은 여전히 단정했다. 맞을 때 땅바닥을 굴렀으나 여경은 기숙사로 돌아와 제일 먼저 새 교복으로 바꿔 입었었다.

만월은 둘이 탄 전차에 올랐다. 둘은 제일 끝으로 가서 앉았다. 만월은 여경이 볼 수 없도록 전차의 정면을 바라보았다. 만월의 뒷모습을 기억한다면 여경이 먼저 다가와 인사해 줄 것이다.

상대가 원하지 않으면 만월도 아는 체를 하지 않을 작정이다. 아는 사람을 모르는 척한다는 것은 상대가 만남 자체를 싫어한다거나 숨기고 싶은 것이 많을 때였다. 여경은 어느 쪽인지 궁금했다. 사실 만월도 여경을 보고 이름을 불러야 하나 잠깐 고민했었다. 마지막 본 모습이 마치 어제의 일 같아서 얼굴을 볼 수가 없었다. 여경의 선에서 끝나지 않았다면 만월도 여경처럼 얼굴에 생채기가 났을 것이다. 만월은 시시콜콜 따지는 걸 좋아해서 불량아로 낙인찍혔으니, 여경의 얼굴보다 더 짓이겨질 수 있었다.

만월의 별명은 호기심 많은 구경꾼이었다. 궁금한 것은 참지 못하는 성격이라 오지랖 넓게 여기저기 쑤시고 다녔다. 여학교 앞에 남학생이 서성거리면 쭈뼛쭈뼛 다가가 누굴 찾아왔는지 물었다. 대신 전해준다며 편지를 달라고 하거나 얼굴이 뻘게진 남학생이 한숨을 내쉬면 그 옆에 바싹 붙어서 위로를 전하기도 했다. 활을 쏠 때도 활을 쏘는 것보다는 활에 대한 용어가 아름답다며 감탄만 하다가 습사 대신 종일 사범에게 질문하기도 했다. 사범은 손사래를 치면서도 만월의 짓궂은 농담이나 질문에 간간이 대답해주곤 했다.

만월이 전차를 탄 이유도 호기심 때문이었다. 여경이라면 묻고 싶은 게 많았다. 학교를 나오지 않은 이유나 지금의 차림이 무엇을 의미하는지, 옆에 선 남자는 왜 정록이 아니라 나이가 한참 많아 보이는 아저씨인지.

만월이 물어도 여경은 대답하지 않을 걸 안다. 그렇다고 모르는 것은 아니다. 만월은 눈썰미가 있었다. 여경이 곤란할 때마다 이맛살을 찌푸린다는 습관을 기억하고 있다. 자꾸 물어서 이맛살을 살피면 만월의 호기심이 반쯤은 풀렸다. 나머지 반은 부러 모르는 척했다. 알면 알수록 괴로운 것들이 많았다. 괴로운 것들이 아니라면 묻기도 전에 귀찮아서라도 말해 준다. 여경은 살천스러워서 그러지 않을지도 모른다.

둘은 전차에서 내려 화신백화점으로 들어갔다. 여성복 쪽으로 가서 여자의 옷을 골랐다. 파란 에이프런을 입은 여점원이 둘을 반갑게 맞았다. 만월은 순간 큰 소리로 여경을 부를 뻔했다. 둘의 사이가 어떤지도 모르는 채 느닷없이 끼어들 수 없었다. 만월은 경성역에서부터 둘을 염탐해서 천천히 살펴볼 여유가 있었다. 여경이 모른 척할 수 없도록 머릿속으로 여러 가지 방법도 생각해 두었다.

여경과 만월의 눈이 마주쳤다. 여경은 웃지도 그렇다고 놀라지도 않았다. 기숙사에서 학습 일지를 점검하는 무표정한 표정으로 만월을 노려보았다. 만월은 그 눈빛이 너무 단호해서 흠칫 놀랐다. 학습 일지를 쓰지 않아 손바닥을 맞을 때처럼 손바닥도 찌릿했다. 양쪽 팔뚝에 소름도 돋았다.

머릿속으로 세워 두었던 여러 가지 방법들은 그대로 묻혔다. 만월은 목울대로 침만 삼킨 채 움직일 수 없었다. 여경은 검정 원피스로 갈아입고 걸음을 옮겼다. 이번에는 팔짱을 꼈던 사내의 옷을 고르는지 신사복 쪽으로 갔다. 바람이 머리카락을 한 번 휩쓸고 가는 시간만큼 짧은 시간에 여경과 만월이 마주쳤다. 여경이 여전히 매서운 눈빛으로 만월을 째려보았다.

"넌 절대 신여성이 될 수 없어."

만월의 귓가에 여경의 소리가 스쳤다. 길을 가다가 갑자기 소낙비를 맞은 것처럼 난처했다.

만월은 전차를 타고 다시 경성역으로 오는 내내 여경이 말한 신여성에 대해 생각했다. 그러다가 반박하지 못한 자신이 바보 같았다. 경성역 의자에 앉아 양쪽 머리를 감싸 쥐고 자책하다 이마가 앞사람의 뒤통수에 부딪혔다. 정수리 부분이 비어 있는 남자였다.

"이게 미쳤나! 너 죽고 싶어!"

"죄송합니다. 제가 미쳤나 봐요. 아니 미치기 일보 직전이라 용서하십시오."

만월은 자신이 미치지 않았는지 확인해 보고 싶었다. 금방이라도 미칠 것 같았다.

역사 앞을 미친 듯 뛰쳐나가는데 남학생이 와서 만월의 손에 신문을 쥐여 주었다.

《경성연합소》

만월이 고개를 들었을 때 남학생은 사라지고 없었다.

만월은 국화로부터 경성에 있는 고등보통학교의 연합 독서 동아리 소식지인《경성연합소》를 처음 들었다. 독서 잡지라기보다는 경성보도연맹에서 싫어하는 내용이 잔뜩 실렸다. 독서 동아리 회원들조차 누가 진짜 회원인지 제대로 모른다고 했다. 자신이 원하는 책을 읽거나 학교에서 벌어지는 일을 기사문으로 써서 동아리방에 가져다 놓으면 일주일에 한 번 잡지를 만들어 내놓았다. 동아리방이라 알려진 곳 또한 매번 바뀌어서 추적할 수도 없다고 했다. 자주 올라오는 기자에는 '덕희'라는 이름이 있었는데 그게 여경이라고 했다.

국화는 덕희를 여경이라 굳게 믿고 있었다. 여경은 그 말에 눈빛이 흔들렸으나 모호한 표정을 지으며 긍정이나 부정도 하지 않았다고 했다.

"여경이 덕희일 리가 없어. 그냥 기생이야."

호기심 많은 구경꾼인 만월이었으나 여경의 일에는 사실을 확인해 보려 한다거나 어떻게 된 일인지 직접 물어보지 않겠다고 다짐했다. 신여성이라는 개념조차 낡은 것이었다. 경성에 사는 여성이 신여성이었으며 경성에 살지 않아도 이미 사회는 변화를 거듭해서 다들 신여성이었다. 옷차림도 달라졌고, 머리 모양도 달라졌고, 전차를 타고, 카페에 들어가 커피를 마시며 카페 보이와 수다를 떨 수도 있었다.

시골에서 올라왔다는 이유 하나만으로 계속 촌뜨기라 불리기에는 너무 억울했다. 만월은 바꿀 수 없는 필요적 요인들 때문에 안 그래도 학교에서 따돌림을 당하는 것 같아 속상했다. 만월이 경성 지역 출신이라면 듣지 않아도 될 말과 차별이 순식간에 떠올라 울컥했다. 태어난 지역을 바꿀 수도 없었고, 홀아버지 밑에서 자란 것도 바꿀 수 없었고, 고향에서 돈이 조금밖에 올라오지 않아 겨우겨우 학비를 내고 다니는 것도 바뀌지 않는 사실이었다. 만월이 애써 속없는 척해도 뻥 뚫린 가슴에는 서리가 내렸다.

왜, 왜, 왜.

만월의 머릿속에서 '왜'가 부유했다. 여경이 미운 건 미운 거지만 학교를 그만둔 여경이 갑자기 숙녀처럼 하고 다닌다거나 낯선, 늙은 남자와 함께 명치정 거리를 걷는 건 이해할 수 없었다. 물론 아버지의 강압에 못 이겨 일본인을 만나거나 일본으로 유학을 갈 수도 있었다. 여경은 이제 학생과는 거리가 멀어 보였다.

사람은 몸의 습관으로 완성된 결정체라 믿는 만월이었다. 신분을 속일 수는 있으나 오랫동안 습관이 밴 몸과 언어는 숨길 수 없는 것들이다. 여경은 학교에서 큰 아이로서 올곧고 예의가 발랐다. 정갈하고 정돈된 모습에 만월이 질투심을 느끼기도 했었다. 소리를 지르지 않아도 상대가 말을 듣게 만드는 신비의 묘약 같은 여경. 남자는 여경의 얼굴을 지그시 바라보았지만 그렇다고 사랑의 눈빛은 아니었다. 고요하고 침울했다. 여경을 안쓰럽게 생각하는 면도 있어 보였다.

기숙사로 돌아오니 저녁 시간이었다. 다들 집으로 갔다가 기숙사에 복귀해 있었다. 만월이 씻지도 않은 채 노곤한 몸을 침대에 누이고 있을 때 국화가 다가왔다. 국화는 만월의 가방에서 익숙한 잡지를 보았다. 자신이 책상 밑에 몰래 숨겨 두고 봤던 거였다.

"만월아, 이거 어디서 났어?"

"궁금하면 떡 하나 줘. 배고파 죽을 것 같아."

"그런 농담 할 시간에 얼른 식당으로 가 봐. 아직은 밥을 줄 거야."

"싫어. 난 떡을 먹고 싶어. 지금 난 산속에서 며칠 굶주린 호랑이라고."

"배고프다면서 끝까지 농담이네. 어디에 갔다 오셨는데 이리 곤죽이 되셨을까?"

히죽 웃는 국화의 얼굴에 빛이 들어와 앉아 있었다.

"국화야, 내가 먼저 물어볼게. 우리 국화 양 얼굴이 갑자기 밝아진 이유는 무엇일꼬?"

만월의 말에 국화의 얼굴이 불그스레해졌다. 남몰래 연애하는 사람처럼 가슴의 콩닥거림이 얼굴로 드러났다. 종일 재봉실에서 재봉틀을 돌리던 모습과는 비교가 안 되게 들떠 있었다.

"안 그래도 널 찾고 있었어. 나 다음 달에 드디어 군대를 따라 만주로 가게 되었어. 만주에서 전쟁이 일어날 건가 봐. 그 전쟁에서 이긴다면 일본이 아닌 불란서로 유학을 보내 준대. 불란서에 가면 디자인 학교에 갈 거야."

"지금 전쟁이라고 했어? 죽을 수도 있는데 그곳에 가겠다는 거야? 그것 때문에 연애하는 사람처럼 설렜던 거야? 믿을 수 없어!"

만월은 침대에서 벌떡 일어나 방을 나섰다. 국화의 실망한 표정이 아른거렸으나 전쟁터에 가겠다는 국화를 이해할 수 없었다.

《경성연합소》는 불온서적이라 학교에서는 보는 즉시 신고하라는 명이 떨어졌다. 그런데도 학생들은 경성역이나 아는 사람들을 통해 찾아 읽곤 했다. 들

키면 학생실로 끌려가 어디에서 구했는지 출처를 밝
혀야 했다. 대부분은 경성역이나 황금정이나 명치정
주변을 어슬렁거리면 누군가 옆구리에 불쑥 꽂아 주
는 식으로 퍼졌다. 얼마 전에는 인근 남학교에서 문
제가 되어 경찰들이 찾아오기도 했다. 그 뒤로 교장
은 더더욱 단속을 강화하겠다고 으름장을 놓았다. 걸
리기라도 하면 퇴학 조처하겠다고 침을 튀겨 가며 말
했다.

　만월은 경성역에 나가 지난번처럼 서성이다 새
잡지를 받았다.

　'무산 부인'과 '신여성'

　'신여성?'

　만월은 신여성이라는 말에 눈이 번쩍 뜨였다. '신
여성'에 나오는 여성상과 학생들 사이에서 퍼지는 잡
지에 나오는 여성상이 무엇이 다른지 궁금했다. 그런
데 익숙한 사진이 있었다. 무산 부인의 사진에는 열
심히 재봉하는 여자의 모습이 있었다. 재봉을 돌리는
눈은 사진인데도 살기가 넘쳐흘렀다. 꽉 다문 입술
때문에 쇳덩이 같아 인형이 아닐지 의심이 들었다.
그 옆에는 화신백화점 앞을 서성이는 여성이 있었다.

만월은 사진을 보다 이불을 박차고 일어섰다.

"이럴 수는 없어!"

저녁 식사를 마치고 하나둘 기숙사 안으로 들어오던 학생들이 수군거렸다. 만월은 손에 들고 있던 잡지를 얼른 치마 속으로 숨겼다. 국화가 만월을 덥석 안으며 귀엣말했다.

"퇴학당하고 싶어?"

"너는 알고 있었어?"

"그러니까 쓸데없이 신여성이 되겠다고 돌아다녀? 사진 밑에 있는 기사를 봐."

만월은 다시 이불을 뒤집어쓰고 신문을 읽었다.

'신여성이라 부르짖던 여학생이 화신백화점을 서성이는 모습은 헛바람이 가득 찬 자유주의의 모습이다. 자기 힘으로 경제적 문제를 해결하지 못하면서 남자의 경제력에 의지해 신여성이 된다는 것 자체가 모순이다.'

기사가 모순이다. 누가 만월을 찍었는지 알 수 없다. 하지만 그 사람은 만월이 왜 백화점 앞을 서성였는지 묻지 않았다. 허락 없이 사진을 찍고 그 사진을 경성에 있는 학생들이 보는 잡지에 올렸다. 누군지 찾아내야 했다. 남자의 경제력에 의지한 사람은 따로 있는데. 만월이 있었던 그 근처에, 고작 열 걸음도 떨어지지 않은 곳에 남자의 팔짱을 끼고 활짝 웃는 여경을 찍었어야 했다. 그렇다면 신문 기사와 사진이 일치했다.

만월이 절망에 빠져 있는데 국화가 이불을 톡톡거렸다.

"괜찮아?"

"아니 괜찮지 않아. 괜찮지 않지만 괜찮을 거야. 프렌드."

맥이 풀린 채 만월이 이불 밖으로 나왔다. 이불을 머리에 뒤집어쓴 채 주위를 살폈다. 학생들은 다들 친한 친구들과 모여서 수다를 떨고 있었다. 만월은 잡지를 베개 안에 쑤셔 넣었다. 아무도 보지 않았으면 좋겠다는 생각이 들었다. 먼 곳에서 찍힌 거라 얼굴이 흐릿했다. 하지만 조금만 눈여겨본다면 알 수 있는 얼굴이었다.

"누가 그랬을까? 그냥 지나가는 길에 내가 우연히 찍힌 걸까?"

"의심 갈 만한 사람은 있어? 그건 그렇고. 너 진짜

백화점 앞에 있었던 거야?"

"이유가 있었어. 쇼핑하러 간 건 아니야."

"그러면 왜 갔는데?"

"그건 말해 줄 수 없어. 확실해지기 전까지는. 절대!"

"만월식 화법을 써서 도망치지 말고 정확히 말해. 말하지 못한다면 사람들은 네가 그토록 원하는 신여성이라는 이미지를 백화점이나 서성대는 여자로 인식할걸?"

"혹시 무산 부인이라는 사회주의 계열 여성 사진이 너는 아니지?"

"나랑 비슷한 것도 같고 아닌 것도 같고."

"너야?"

"나란 말은 안 했어. 이럴 시간에 활이나 쏴. 너 국궁 대회에서 1등 한다면서 연습도 안 하고 뭐 하니!"

국화가 만월의 등짝을 세게 때렸다. 손바닥과 살이 맞닿는 느낌에 소름이 돋았다. 처음으로 아픈 게 아니라 시원했다. 정신이 번쩍 들었다. 당하고만 있을 수는 없었다. 만월은 두 주먹을 불끈 쥐고 잠을 청했다. 푹 자고 나서 내일도 백화점 근처를 쏘다닐 것이다. 사진을 찍은 사람을 찾아야 했다.

만월은 아침 일찍 눈을 떴다. 창문 쪽은 아직 어두웠다. 만월은 다시 이불을 뒤집어쓰고 전등을 켰다. 어제 다 읽지 못한 잡지를 읽어야 했다. 나머지는 다들 시시한 내용이었다. 경성역에서 남학생과 여학생이 연애하다 학생 주임에게 걸린 이야기나 인력꾼들의 횡포 등 시시콜콜한 이야기들이 주였다. 마지막 장에는 '사라진 남녀'라는 제목의 글이 있었다.

○○학교 일본어 선생과 국궁 사범이 동시에 사라졌다. 그들은 어디로 갔을까?

이치카와 사범의 이야기였다. 둘의 관계가 연인이나 친밀한 관계가 아닐 거라고 믿었다. 그래야 했다.

둘의 걱정을 하던 만월은 사진 생각에 뱃속에 잠자던 슬픔이 헤엄을 치는 것 같았다. 슬픔은 혈관을 타고 머릿속을 지나 가슴으로 이어졌다가 손끝과 발끝을 훑고 다시 목울대를 치고 올라왔다. 만월은 슬픔을 뱉어냈다. 가래침을 뱉듯 컥컥거리며 쏟아냈다. 목에 걸린 게 하나도 없게 쏟아내고 싶었으나 반은 목구멍에 걸려 나오질 않았다. 아버지 생각이 났다.

아버지는 술을 잔뜩 먹고 토하고 싶을 때는 목구멍에 손가락을 넣고 휘저었다. 만월도 손가락을 집어넣고 슬픔을 모조리 꺼내고 싶었다.

슬픔은 억울함의 변종이다.

만월은 애벌레가 되고 싶었다. 느릿하게 이불을 개고, 느릿하게 교실 복도를 지나 급식소까지 기어가 밥을 먹고, 다시 교실로 들어가 수업하고. 선생의 말도 느릿하게 다가와 느릿하게 귓속에 닿는. 꿈틀거리다 생을 놓쳐 버린 사람처럼 멍하게, 머릿속에 아무것도 들어오지 못하도록 차단막이라도 설치하고 싶었다. 지금 만월의 머릿속은 사체를 파먹는 벌레들이 점령하고 있다. 생각은 분산되어 사방으로 옮겨 갔다. 눈에 보이는 사람들이 전부 카메라 셔터를 누를 것 같았다.

월요일이었지만 토요일 오후처럼 한가하게 수업이 진행되었다. 교장은 잠깐 일본에 다녀온다고 했다. 그동안 기생충 같았던 선생들은 교장의 눈치를 봐야 했던 것들을 풀어놓았다. 설렁설렁 복도를 왔다 갔다가 하다 자습만 시킨 채 사라졌다. 학생들의 고삐도 같이 풀렸다. 선생들이 한눈을 파는 사이 학생들도 한눈을 팔았다. 창문 너머 남학교에 시선을 고정한 채 그들이 운동장에 나오면 환호성을 질렀다. 화답이라도 하듯 남학교에서도 소리를 질렀다. 간혹 교장이 없어도 투철한 사명감으로 교사를 천직으로 삼는 선생들이 지휘봉을 두드리며 만류했으나 고양이 소리를 내며 봐달라는 말에 무너졌다.

그 와중에도 일본어책을 펼쳐 단어를 외운다거나 하이쿠를 외우는 학생도 있었다. 원대한 꿈을 꾸며 듣기만 해도 발음이 엉키는 불란서로 미술을 전공하러 가고 싶다는 친구는 열에 들뜬 합판처럼 들떠 있는 학생들의 모습을 스케치하기도 했다. 국화는 이도 저도 다 싫어서 책상에 늘어져 있었다. 그 옆에 만월도 물가의 능수버들 가지마냥 늘어져서 풀이 죽어 있었다. 당장이라도 경성역 앞으로 달려가고 싶었다.

"만월아, 우리가 헤어지면 언제 다시 만날까?"

"가지 마. 가지 않으면 헤어질 이유가 없잖아?"

"가야 해. 내 미래를 위해서."

"유학을 보내 준다는 말이 가짜일 수 있다는 생각은 안 해 봤어? 무조건 교장이 하는 말이 진리일 수는 없고. 전쟁에 동원할 명목은 아닐까?"

"우리 만월이 요즘 너무 똑똑해졌네. 알면서도 가는 거야."

"왜? 혹시 지금 국화가 흡혈귀인가? 전쟁에 가서 사람들의 피를 빨아먹을 거야?"

"난 울음의 강으로 꼭 가야 해. 그건 내 몫이야."

"만주가 울음의 강이야? 어디를 말하는지 모르겠어."

"그건 말해 줄 수 없어."

국화가 입술을 꾹 다물었다. 국화는 늘 저런 식이었다. 할 말을 다 하지 않고 도마뱀이 꼬리를 자르듯 뒷말은 끊어 삼켰다. 뒷말이 궁금해서 떠보기도 하고, 윽박지르기도 하고, 거래라도 해서 들어 보려 했다. 전생에 고자질해서 혀가 잘린 사람처럼 국화는 끝내 대답하지 않았다. 만월은 그럴 때마다 국화가 이미 멀리 떠난 사람처럼 느껴졌다.

만월은 어렸을 때부터 이상하게 사람의 기운이 잘 읽혔다. 아버지처럼 관상을 보고 사람을 판단하는 게 아니라 눈빛에서 전해지는 기운으로 사람을 읽었다. 아무리 아버지가 복덩이라고 해도 서늘한 기운이 돌면 반드시 그 사람은 나중에 나쁜 짓을 했다.

아버지도 처음에는 만월의 말을 믿지 않았다. 오십 가까이 살아온 자신의 직감을 믿었다. 일본으로 가는 배에 탔을 때 파도의 울렁임과 동시에 속이 울렁거렸고 자기 삶도 파도처럼 울렁거릴 거라는 예감이 자신의 좁은 이마 탓이라고 생각했다. 이마가 좁은 사람은 부모복이 없어서 초년에 고생한다는 관상가의 말처럼 자신이 고생하는 건 정해진 일이라 믿었다. 그걸 믿는 순간 불안과 공포, 부정과 낙심이 늘 뒤따랐다. 우여곡절 끝에 일본의 유명한 호텔 제빵사가 된 다음부터는 그 믿음이 사라졌다. 그러고도 만월이 그것을 일깨워 주기 전까지는 다시 예전의 습관대로 관상을 따라야 한다고 믿었다.

만월은 국화가 말하지 않은 내용 안에 담겨 있는 경우의 수를 생각했다. 그러다가 어떤 선택이든 본인이 한 거라면 말릴 수 없다는 걸 알았다. 만월이 아버지 몰래 태어나 한 번도 벗어나지 않은 고향을 떠나기로 하고 그것을 실천에 옮기는 것은 단 하루밖에 걸리지 않았다. 하루라지만 그 이전의 시간은 늘 떠남에 있었다. 결정하기까지 수많은 밤을 지새우고, 실패했을 때를 염두에 둬서 일본으로 가는 배편을 알아보기도 했다.

국화도 국화 식대로 나름의 방편을 세워 둘 수 있다는 걸 인식하게 된 것은 얼마 되지 않았다. 꼬치꼬치 물어서 호기심을 해결하려는 만월의 성격 때문에 사이가 한동안 서먹해진 적이 있었다. 국화는 입술을 꽉 깨물고 재봉 일에만 매달렸다. 여기저기 들쑤시고 다녀야 직성이 풀리는 만월은 답답함을 참을 수 없었다. 활을 쏘면서 초집중을 해 봐도 그때뿐이었다. 푸념하면 푸근하게 받아 주는 국화가 그리워 어쩔 수 없이 사과하는 쪽은 만월이었다. 그게 되풀이되면서 자존심이 상한 만월은 되도록 남의 일에 참견하지 않기로 했다. 결심은 기분에 따라 들쭉날쭉했으나 간간이 참견하고 싶은 위기를 잘 넘겼다.

"아, 아, 아. 학생들 들리나? 오늘은 특별한 날이니 점심 먹고 바로 수업을 마친다. 기숙사 석식 시간인 일곱 시까지만 돌아오면 된다. 학교 밖에서 절대 금지된 행위를 하면 안 된다. 발각되는 즉시 퇴학이다!"

방송이 끝나자, 학생들이 환호성을 질렀다.

만월은 급히 가방을 들고 기숙사 안으로 들어갔

다. 교복을 벗고 무명천으로 된 원피스를 골라 입었다. 양쪽으로 땋은 머리를 풀어 헤쳐 한 갈래로 질끈 묶었다. 분을 덕지덕지 발라 얼굴을 창백하게 만들었다. 백화점 앞에 있으면 이질감이 느껴지도록 부러 촌스럽고 남루하게 만들었다.

거울 앞에 서니 막 경성역에 도착한 예전의 만월 같았다.

기습 경보

학생들이 교문을 나서려는 순간 사이렌이 울렸다. 사이렌은 파도처럼 귓속에서 철썩거렸다. 고막을 찢기라도 하듯 성난 파도를 만들었다. 교문 앞에 서 있던 학생들은 일제히 행동을 멈췄다. 여느 날 같으면 곧바로 교문 안으로 뛰어 들어가 교실에서 대기했을 것이다. 오늘은 특별한 날이라 사이렌 소리가 진짜인지 가짜인지 헷갈렸다. 분명 선생들이 준 자유였다. 방금까지 석식 시간 안에만 돌아오면 된다고 했었다. 만월은 교문 문턱에 발을 딛고 나설 것인지 아니면 왔던 길을 되돌아갈 것인지 망설이다 나머지 발도 살짝 교문 밖으로 내밀었다.

사이렌은 멈추지 않았다. 세상의 모든 소리가 사이렌 소리에 먹힌 것 같았다. 학생들의 숨소리마저도 사라져 본인들이 숨을 쉬고 있는지 아닌지 구별하기 어려웠다. 어떤 학생들은 가슴을 쓸어내리며 혹시나 심장이 밖으로 튀어 나갈까 봐 붙들어 매느라 진땀을 흘렸다. 과장되게 표현하지 않으면 잠깐 주어진 자유에 대한 예의가 아니었다. 자유는 자유 안에 머물러야 했다.

"학생들은 지금 즉시 복귀해서 기숙사 안으로 들

어가기를 바란다. 다시 한번 말한다. 학생들은 지금
당장 기숙사 안으로 들어가 인원 파악을 해라. 실장
들은 인원 파악을 한 뒤 대기해라."

이번에 새로 온 체육 선생의 목소리가 사이렌보
다 크게 울렸다. 만월은 무시할 수 없었다. 사이렌이
울리기 전 학교에 나갔다고 대꾸해도 용납되지 않을
상황이었다. 일본에서 검도 선수였다던 그가 맡은 역
할은 학생들을 확실하게 잡는 일이었다. 교칙에 조금
만 어긋나면 그는 죽도나 지휘봉을 번갈아 들고 다
니며 학생들의 팔과 다리를 때렸다. 그가 칼을 휘둘
렀더라면 학교 문을 닫았을지도 모른다. 참새가 조를
쪼아 먹듯 머리를 죽도로 내리칠 때마다 만월은 커
다란 바위가 머리를 내리치는 두려움을 느꼈다. 키도
다른 사람보다 한 뼘쯤은 컸다.

만월은 기숙사를 향해 죽도록 달렸다. 학교 본관
을 지나 왼쪽 모퉁이를 돌 때 누군가와 부딪혔다. 조
금이라도 빨리 가기 위해 지름길로 가려면 허름한
창고를 지나야 했다. 창고는 유리창이 깨지고 전깃불
도 들어오지 않아서 공포 체험을 하기에 알맞았다.
국화는 만월이 딴짓하거나 불온서적을 보다 걸리면

창고에 갇힐 수도 있다고 윽박질렀다. 누군가는 창고에서 밤새 귀신의 울음소리를 들어서 오줌을 찔끔거렸다는 이도 있었다. 그가 누구인지는 중요하지 않았다. 농담이 아니라 진짜 그렇게 만들 수도 있을 법한 체육 선생이 온 뒤로는 아무도 그 말을 의심하지 않았다.

달리다가 고개를 숙인 사람과 부딪혔다. 복면을 써서 누구인지 알 수 없었다.

"아얏! 죄송합니다."

만월이 큰 소리로 사과하고 뛰려는데 아무리 뒤를 돌아봐도 조금 전까지 어깨를 부딪혔던 사람이 보이지 않았다. 허깨비를 본 게 아니라면 그는 분명 사람이었다. 찰나의 순간에 사라지는 재주도 용했다.

어깨가 욱신거려 움직일 수 없었다. 만월이 가쁘게 숨을 쉴 때마다 통증이 함께 뛰었다. 통증은 어깨를 지나 팔뚝과 허리를 넘어 무릎과 발목까지 이어졌다. 만월이 어리둥절한 사이에 창고 유리창이 깨지는 소리가 났다.

"정신 차리자. 정신 차리자. 내가 미쳤나? 아니야 미치지 않았을 거야. 헛것을 본 건가? 아니야 사람을 본 걸 거야. 그랬나?"

만월은 유리창 너머 숲속을 향해 혼잣말했다. 그때 호각을 불며 체육 선생이 뛰어오고 있었다. 오늘 선술집에 가서 진탕 마시겠다고 입꼬리를 올리며 활짝 웃던 수학 선생도 함께였다. 늘 교문 앞에 의자를 놓고 꾸벅꾸벅 졸던 경비원도 함께였다. 학교에 남자란 남자는 다 불러 모았는지 벌떼처럼 몰려들었다. 만월은 뒷걸음질 쳤다. 그들과 부딪히기라도 하면 어깨가 분절될 것 같았다.

"방금 여기로 달아난 사람 봤어?"

"못 봤는데요."

"복면 쓴 남자 봤냐고?"

"못 봤습니다."

만월이 차렷 자세를 하고 대답했다. 체육 선생은 늘 대답할 때마다 차렷 자세를 하라고 했다. 자세가 흐트러지거나 비딱하면 곧바로 발길질을 해댔다.

"창문이 깨지는 소리가 들렸을 텐데?"

"소리는 들었으나 사람은 보지 못했습니다. 소리의 진상을 파악하기 위해 나서려는데 선생님께서 오신 것입니다."

체육 선생인 아카시는 만월이 손가락으로 가리킨 숲속을 향해 뛰었다. 한 치의 망설임도 없었다. 먼저 간 사람이 아카시보다 빠르지 않다면 붙잡히고도 남을 속도로 뛰어갔다. 나머지는 상대를 쫓는 것보다는 아카시를 놓칠세라 따라 뛰는 것 같았다.

어깨를 감싸고 다시 기숙사로 뛰려던 만월은 깨진 유리창에 걸린 나뭇잎을 발견했다. 가까이 가서 보니 그건 나뭇잎이 아니라 천 조각이었다. 햇살을 가득 받은 진초록색 천 조각이 마지막 잎새처럼 깨진 유리창에 걸려 있었다. 유리창을 깬 사람이 남기고 간 게 분명했다. 그와 동시에 유리창에 선명하게 흘러내린 붉은 피를 보았다. 상대는 유리창에 찢긴 채 도망치고 있었다.

만월은 주변을 살폈다. 유리창에 걸린 조각을 떼어냈다. 창문에 맺힌 핏방울을 속치마로 조심히 닦아냈다. 유리창은 깨진 그대로 있어야 했다. 상대가 누구든지 도망치는 사람이라면 도와주고 싶었다. 여학교에 들어와 학교를 휘젓고 다니는 사람이라면 분명 이유가 있을 것이다. 나쁜 짓을 한다거나 부러 여학생들을 놀리기 위해 남학교에서 담을 넘는 거라도 숨겨 주고 싶었다. 천 조각 때문이었다. 가끔 국화가 밤을 새워 재봉틀을 돌리고 나면 같이 묻어 나오던 군복을 만들 때 쓰인 천 조각과 비슷했다.

남자 군복을 만들었는데 그걸 입고 여학교를 뛰어다닐 사람은 많지 않았다. 정록이라면 모를까. 국화는 집에서도 군복을 만들었는데 정록은 그 국방색 바지를 주로 입고 다녔다. 교복을 벗고 거리를 활보할 때도 그 옷을 입었다. 흰 셔츠의 단추를 두 개쯤 풀고 국방색 바지를 입은 정록은 단정함보다는 반항아 기질이 돋보였다. 국화가 기겁하며 바지를 빼앗으려 해도 정록은 요리조리 피했다. 천 조각 하나 가지고 상대를 의심할 수 없었으나 꺼림칙한 이유를 알 수 없었다.

기숙사로 들어오자마자 국화가 만월의 치맛자락을 잡아당겼다. 이미 큰 아이가 인원 점검을 끝마친 뒤였다. 학생들은 귀신같이 다들 돌아와 침대에 앉아 있었다. 만월이 가장 늦게 들어온 탓에 큰 아이는 만월을 향해 도끼눈을 뜨고 여러 번 내리쳤다. 만월은 오다가 있었던 일을 말하려다 목울대로 집어넣었다. 그나마 여러 가지 일로 뒤숭숭하던 학교가 더 엉망이 되길 바라지 않았다. 학생들의 웅성거림을 잠재우기 위해 소문의 진원지를 파악한다면 큰일이었다. 그걸 안 아카시가 만월을 살려 두지 않을 것이다. 만월은 심각한 상황에서도 맞아 죽는 게 나은지 아니면 퇴학을 당하는 게 나은지 고민했다. 그러나 퇴학을 당하더라도 죽지 않을 만큼 맞을 거라는 확신이 들었다. 만월은 방금 본 것들이 새어 나가지 못하도록 손바닥으로 입술을 가렸다.

재채기가 나오지 않았더라면 손을 떼지 않았을 것이다. 하필이면 입술을 막았는데 코가 간지러웠고 재채기하는 동시에 말이 툭 튀어나왔다.

"국화야, 정록 오라버니는 잘 있냐?"

"뜬금없긴. 이 중요한 순간에 넌 정록 오라버니란 소리가 나오니?"

"갑자기 생각나서 그런 거야. 학교는 잘 다니고 있어? 지난번에 퇴학당하느니 어쩌느니 했잖아?"

"내게 오라버니에 관해 묻지 마. 난 몰라. 생각이 달라도 너무 달라서 말 안 하고 산 지 오래야. 나도 오라버니가 어디에서 무얼 하고 다니는지 궁금해."

"그냥 갑자기 생각나서."

"놀고먹는 자의 대표 주자가 오라버니야. 어디에서 무엇을 하는지 도통 모르겠어. 생각이 있는 사람이라면 나가서 독립운동하든 아니면 일본 편에 싸우든 해야 해. 오라버니는 놀면서 생을 도축하는 일밖에 하지 않아."

"매정하게 가족에게 그게 무슨 말이니?"

"일하지 않으면서 삶을 설명할 수 있는 사람은 없어. 그건 사람이 아니야. 개나 돼지이지."

이번에는 국화가 도끼눈을 뜨고 만월을 내리찍었다. 만월은 국화의 눈을 피했다. 많고 많은 사람 중에 하필이면 정록이 생각났는지 알 수 없다. 지나치게 예민한 성격이라는 걸 고려한다고 해도 해찰하기 좋아하고 오지랖 넓은 만월이 정록을 떠올리자 무섭게 심장이 뛰는 걸 막을 수가 없었다. 심장이 마구 뛰니까 만월의 생각도 고삐 풀린 망아지처럼 과도하게 정록에게 집착했다.

정록은 정록이었다. 자기 맘대로 살고 자기 맘대로 죽을지도 모르는 인물.

만월이 처음 내재봉소에서 봤을 때처럼 정록은

아무에게나 다가갔고, 아무에게나 덤벼들었다. 지난 번에는 조선보도연맹에 붙들려 고초를 겪기도 했다. 정록은 단순히 학교 교칙을 어긴 게 아니라 교칙을 바꾸려 했다.

'불란서 거울방처럼 조선의 종묘도 이제 달라졌는데 인제 와서 나라를 지키면 뭐 할 것이고, 지배자의 틀에 맞춰 살 것이냐. 나라가 망했으니 우리에게 제일 중요한 것은 개인의 자유이다.'

정록은 알 듯 모를 듯한 말을 섞으며 혼잣말했다. 국화는 그런 정록의 모습을 톺아보며 못마땅한 듯 이마를 찡그렸다. 두례는 한숨을 몰아쉬며 정록의 말이 밖으로 새 나가지 못하도록 입을 틀어막았다. 정록은 움찔하면서도 모든 게 시큰둥하다는 듯한 반응을 보였다.

만월은 고개를 가로저었다. 남학생이 여학교에 들어와 교장실까지 뒤진다는 건 있을 수 없는 일이었다. 낡은 천 조각에다 군복과 닮았다고 해서 그 옷을 입은 사람을 정록이라 의심할 수 없었다. 차라리 정록이었으면 하는 바람도 있었다. 멀쩡한 젊은 남자가 실없이 술 마시고 다니다 교칙을 어겨 맞고 다니는 모습보다는 훨씬 그럴듯했다.

정록을 생각하자 가슴이 뛰었다. 여경이 정록에게 관심을 보인 뒤로는 정록을 향한 마음을 살짝 접었다. 사귀고 헤어지는 그런 사이도 아니었으나 정록을 생각하면 화롯불 같은 따스함이 피어올랐다. 정록이 하는 말, 이를 드러내고 환하게 웃는 모습, 웃을 때마다 작은 눈이 보이지 않아도 매력적이었다. 가까이 가면 부서져 버릴 것 같아 먼발치에서 바라는 것만으로도 만족했다. 정록은 옆에서 보는 게 아니라 앞에서 볼 때 행복한 사람이었다. 국화는 정록 곁에 있는 사람은 불행해질 거라며 악담을 퍼부었다. 국화의 말에 모두 동조하지 않아도 만월도 어렴풋이 정록이 위험하다는 걸 안다. 바람을 잡는 방법을 배웠으나 실제로 잡기는 어려운 촉바람이나 오늬바람 같은 사람. 만월의 머릿속에 정록은 그렇게 각인되었다.

아카시는 다른 반 큰 아이들을 모아 기숙사 안을 손바닥으로 먼지를 쓸 듯 차분하고 꼼꼼하게 뒤졌다.

"장부를 찾는다. 교장실 첫 번째 서랍에 있던 장부 말이다. 이제 곧 치러질 개교 50주년의 행사와 관련된 장부이다. 교장 선생님이 오시기 전까지 꼭 찾

아야 한다. 교장 선생님이 일본에 가실 때 내게 신신
당부했던 장부이다. 그 장부가 사라졌단 말이다!"

아카시가 지휘봉을 휘두르며 학생들을 위협했다.
학생들은 무릎을 꿇고 침대에 앉아 있었다. 큰 아이
들은 학생들의 사물함과 옷장을 뒤졌다.

생존의 법칙인지 모르겠으나 만월은 숨길 게 있
으면 남들이 찾기 어려운 곳에 숨겨 둬야 한다고 생
각했다. 아니면 아주 가까이에 두고 찾을 수 없도록
만들어야 했다. 《경성연합소》는 공책 크기와 같았다.
공책 겉표지를 뜯어내 잡지 위에 겹쳤다. 잡지가 아
니라 공책 같았다. 앞면에 일본어로 큼직하게 국어
노트라고 써 놓으니 감쪽같았다. 큰 아이들은 가방을
뒤지면서 공책 같은 건 쳐다보지 않았다.

교장은 경성보도연맹 이사장이다. 교사들에게 사
무를 보게 하거나 보도 주사를 시켜 학생들을 감시
했다. 전시체제임을 강조해 불량 학생을 선도한다는
이유로 생활 지도를 했다. 하지만 수첩에는 사상 점
검이나 음주 금지, 복장 검사나 소지품 검사 시 불량
학생을 선별하는 방법과 불량 학생 명단이 들어 있
었다.

공책보다 배는 작고 배는 두꺼운 검은 노트. 교장은 교실을 순회할 때마다 옆구리에 장부를 끼고 돌아다녔다. 지적 사항이 있으면 하나하나 적어 놓아서 잊어버리지도 않았다. 학생들은 그 장부를 '공포의 늪'이라 불렀다. 장부를 열면 공포가 하나둘씩 문어의 빨판이 되었다. 장부 안에 적힌 것들이 해소될 때까지 지적 사항이든 벌칙이든 주어졌다. 그래야만 가운뎃줄에 빨간 줄이 그어졌다. 공포의 늪은 학생뿐만 아니라 교사에게도 공포의 늪이었다. 교칙은 학생들이 지켜야 하지만 교사들도 지켜야 했다. 엄청난 보조금의 행방이나 불량 교사들의 명단도 있었다.

교장은 미화여자고등보통학교를 경성 일대에서 가장 유명한 학교로 만드는 게 소원이었다. 경성고등보통학교나 배화여자고등보통학교를 넘어선 학교로 만들어서 위대한 일본 제국에 충성심을 보이려 했다. 학생들이 따라 주지 않는다며 들볶다가도 회유 정책을 쓰기도 했다. 교장의 의도가 뻔한 것이어서 오히려 편했다. 지금 생각하고 행동하는 것과 반대로 생각하고 행동하면 교장의 의도와 같았다. 따를 수는 없었으나 상대하기는 편했다. 아무런 내색도 하지 않

고 표정의 변화 또한 읽을 수 없는 이치카 같은 사람
이 문제였다.

큰 아이가 국화의 사물함을 뒤졌다. 국화의 사물
함에서는 옷감이 나왔다. 군복을 만드는 선수라서 당
연하였다. 체육 선생에게 보고하자 체육 선생도 다
른 학생의 사물함 쪽으로 발걸음을 옮겼다. 사물함을
닫으려는 순간 만월의 눈이 번쩍였다. 옷감의 한쪽이
찢어져 있었다. 국화는 완벽을 추구해서 찢어진 옷감
으로는 절대 옷을 만들지 않았다. 옷감이 찢어졌다면
그 부분을 정교하게 박음질해서 무늬를 넣었다. 만월
의 얼굴이 붉으락푸르락했다. 체육 선생이 만월을 이
상하게 여겨 가까이 다가왔다. 지휘봉으로 만월의 사
물함을 다시 열어젖혔다. 만월은 눈을 부릅뜨고 절대
심장이 밖으로 튀어나오지 못하도록 다독였다.

"여기는 뒤졌나?"

"이상 없습니다."

"정말 이상이 없어? 침대 밑이나 베개는 뒤져 봤
나?"

"다시 한번 뒤지겠습니다."

큰 아이가 베개를 뒤졌다. 침대 시트 밑과 이불 안

까지 꼼꼼히 뒤졌다. 만월의 치마 속까지 뒤졌으나 원하는 게 나오지 않았다. 식은땀이 저절로 나고 구토가 일었다. 그런 와중에도 국화 때문인지 잡지를 들키지 않으려고 하는 건지 알 수 없었다. 만월과 달리 국화는 고개를 돌려 창문 쪽을 바라보았다. 항상 무표정했던 얼굴에 웃음을 박음질해 놓은 듯 살짝 미소를 짓고 있었다. 입꼬리를 살짝 올리더니 미소가 비웃음으로 바뀌었다. 이번에는 만월이 국화를 보자 무표정해졌다.

몇 번이고 기숙사를 뒤졌으나 끝내 교장의 장부는 찾을 수 없었다. 학교 개교기념일에 관한 것이라고는 하나 공포의 늪은 역시 공포의 늪이었다. 수첩은 교사들도 없앨 수 있었다. 다들 자신들과는 무관하지만, 공포의 늪이 주는 공포 때문에 행동을 조심했다. 이럴 때 의심을 받는다면 살아남지 못한다. 아카시는 콧김을 씩씩 불더니 괴로운 듯이 소리를 질렀다. 교장이 없는 학교는 체육 선생이 지배했다.

"나머지 시간은 체육 시간이다. 전부 운동복으로 갈아입고 운동장 집합이다!"

아카시의 말이 끝나자마자 학생들이 웅성거렸다.

외출복을 벗고 운동복으로 갈아입은 다음 무조건 운동장으로 달렸다.

말은 하지 않았으나 아카시는 선착순을 좋아했다. 운동장에 모이는 것도 선착순이었으며 시범을 보이는 것도 선착순이었고, 준비 운동으로 달리기해도 선착순으로 이어졌다. 느긋하게 마지막으로 들어온 학생들이 억울하다며 하소연해도 들어 주지 않았다. 내기할 때 규칙을 미리 정해 주지 않으면 반칙이라는 말을 입에 담고 살았으나 그는 매번 반칙했다. 학생들이 반항하지 못하도록 지휘봉을 손바닥으로 탁탁 치며 눈꼬리를 사납게 올렸다.

"이번 시간에는 각자 운동장에서 자유 시간을 갖는다. 두 시간 동안 운동장에서 놀면 된다."

너그러워진 아카시의 말에 다들 어리둥절했다. 학생들이 벼룩이라도 되듯 때려잡으려 했던 걸 잊기라도 한 사람처럼 부드러웠다. 만월은 분명 뭔가 함정이 있을 거라 생각했다. 하지만 워낙 체육 선생의 말이 봄바람처럼 부드러워서 헷갈렸다.

학생들이 웅성거리다 몇몇씩 짝을 이뤄 흩어졌다.

이마에 빗방울이 떨어졌다. 비는 순식간에 쏟아

졌다. 아이들이 나무 아래로 뛰어들었다. 만월도 함께 뛰었다. 국화를 찾았으나 국화는 소낙비가 내리는 속도보다 빠르게 사라졌다.

소낙비인데 우박까지 떨어졌다. 굵은소금 같은 우박이 세상을 흔들었다. 만월은 이백오십 년이 넘은 팽나무 아래에서 비를 피하다가 우박이 떨어지자 손을 뻗었다. 손바닥에 닿자마자 녹아 버리는 우박을 보면서 국화 같다고 생각했다. 무슨 비밀이 많은지 국화는 만월 앞에 오면 녹아 버렸다. 예전에 알던 국화가 아닌 다른 모습으로 물이 되었다. 물의 특성처럼 담으면 담는 그릇의 모양으로 변했다. 만월에게는 만월 식으로 활발하고 웃긴 모습으로 대했고, 아카시나 재봉 선생에게는 단정하고 솜씨 좋은 학생으로 변했다. 지금 만월은 어떤 그릇에 담기려는지 알 수 없었다.

비가 멎자, 창고 주변을 서성였다. 창고 주변에는 특이점이 없었다. 만월은 코가 빠져 기숙사 위쪽인 활터로 걸음을 옮기려고 했다. 화장실 옆 소각장에서 부스럭거리는 소리가 났다. 만월은 고양이 걸음을 걸었다. 고양이는 사냥할 때 먹잇감을 보면 동작을 느리게 했다. 다리를 뻗어 걸음을 옮길 때도 천천히 움직여서 사냥감은 고양이를 인식하지 못했다. 사냥감을 향해 뛰어오를 수 있는 거리쯤에 닿았을 때는 날쌔게 움직였다. 만월도 누군가를 향해 천천히 다가갔다.

마지막 발걸음이 웅덩이 안에 있는 사람과 불과 팔을 하나만 뻗으면 닿을 수 있는 거리에 멈췄을 때 상대는 이미 만월을 보고 콧방귀를 끼고 있었다.

"만월, 지금 뭐 하는 거냐?"

"으악!"

놀라서 뒤로 자빠진 건 만월이었다. 운동장을 벗어나 금지된 곳에 있던 사람은 국화였다. 국화가 너무 당당하게 나와 잘못한 사람이 뒤바뀐 것 같았다. 국화의 손에 검정색 노트가 들려 있었다.

"너, 너, 너… 그거, 그거…."

만월은 차마 교장의 수첩이라는 말을 담을 수 없었다. 또 누군가 만월처럼 둘을 향해 도둑고양이 걸음을 한다면 들킬 수 있었다. 만월은 주변을 두리번거렸다. 우두둑 떨어지는 우박도 멈췄고 소낙비도 멈쳤다. 비가 온 뒤엔 날씨가 흐려서 늦은 오후였지만 어둑어둑해졌다.

"말하려면 해도 돼. 그렇지만 증거는 없을 거야. 지금 내가 이걸 태우려고 하거든."

"유리창에 부딪힌 건 너였어?"

"멍청하긴. 그럼 나지. 정록 오라버니냐?"

"분명히 군복을 입은 남자 같았어."

"정록 오라버니가 무슨 사명감이 있다고 위험을 무릅쓰고 여학교 담을 넘어 교장실까지 갈 수 있겠어?"

"그건 그래. 그렇다면 너는 왜?"

"훔치는 자에게는 필요한 게 있어서야."

"네가 원하는 게 뭔데?"

"난 만주로 가는 거지. 그런데 이건 가짜야. 진짜는 누가 훔쳐 갔는지 모르겠어."

"그러면 도로 갖다 놓으면 되잖아."

"순진하긴. 가짜라도 훔친 건 훔친 거야. 이런 식으로 혼선을 줘야 진짜를 가져간 사람이 피할 수 있지."

"그 사람을 알아?"

"알 필요까지는 없어. 내 목적은 만주에 가는 거니까."

"이런 식이 아니어도 갈 수 있잖아?"

"확실해야지."

국화는 성냥을 꺼내 수첩에 불을 붙였다. 그리고 미련 없이 수첩을 태워 버렸다. 만월의 얼굴이 불에 타는 것처럼 화끈거렸다. 수첩이 타는 걸 목격했으니 공범이나 진배없었다. 궁금한 건 못 참는 성격도 태워 버리고 싶었다. 어쩌자고 호기심만 가득해서 여기까지 오게 됐는지 후회했다. 후회한다고 해서 모르는 일이 될 수 없었다.

만월의 머릿속에 번개가 쳤다.

"난 모르는 일이야. 너도 모르는 일이야. 타 버렸으니 증거가 없는 거잖아."

"난 네가 훌륭한 무사가 되지 않았으면 좋겠어. 국궁 대회도 안 나가고."

"국화야, 도대체 왜 이렇게 변한 거니?"

"만월아, 도대체 넌 왜 이렇게 변한 거니?"

"내가 뭘? 내가 먼저 물었잖아!"

만월은 국화와 말꼬리 잡기를 한 것 같아 신경질

이 났다.

'그래, 난 너의 그런 오만이 싫었어.'

목구멍에 걸린 말이 자꾸 스멀스멀 올라오려고 했다. 그동안 꾹꾹 밟아 놨는데 마음에 씨옥수수를 뿌린 것같이 미운 감정이 자랐다. 만월의 키보다 국화 키보다 더 크게 자라 둘을 덮었다.

"허허허. 너 나를 질투하는구나. 내가 튼튼한 사람으로 뽑혀 학교의 자랑이 되는 게 그렇게 싫은 거야?"

만월이 폭소를 터뜨렸다. 예전의 웃음이 짓밟힌 것처럼 웃음 안에 진물이 흘렀다. 코끝도 시큰해지면서 눈물이 나올 것 같았다. 입술을 꽉 다물고 코를 훌쩍이며 국화에게 맞섰다. 국화는 수첩이 반쯤 타자 발로 불을 비벼 껐다. 아직 열기가 남은 수첩을 들고 호호 불며 마지막 남은 불씨가 꺼졌는지 확인했다.

"난 지금 교장실로 갈 거야. 원래 있었던 곳에 갖다 놓는 거지. 공포의 늪이 두 배쯤은 깊어지겠지. 내가 원하는 건 혼란이야. 혼란 뒤에는 폭풍이 치고 그것을 잠재우기 위한 의식이 필요하거든."

"알 수 없어. 아니 너의 말을 이해하려 하지 않을

거야.”

만월이 몸을 홱 돌려 운동장 쪽으로 달렸다. 혹시
나, 국화가 뒤따라와 잡는다면 잡혀 줄 생각이었다.
혹시나, 국화가 수첩을 훔친 이유를 말해 준다면 어
깨를 감싸 안으며 위로를 해 주고 싶었다. 혹시나, 국
화가 교장실에 같이 가자고 하면 두렵지만, 친구를
위해 같이 갔을 것이다.만월이 비 그친 운동장에서
고무줄놀이하는 학생들 틈에 끼어도, 고무줄놀이하
다가 지쳐 달리기 시합을 할 때도, 날이 어둑어둑해
져 기숙사 안으로 들어갈 때까지도 국화는 만월을 찾
지 않았다.

국화는 기숙사 점호를 하는데도 돌아오지 않았
다. 큰 아이가 기숙사 사감에게 보고하고, 사감이 만
월이 지칠 때까지 질문하는 동안에도 돌아오지 않았
다. 사감이 난감한 듯 머리를 긁적이고 있을 때 방문
이 열렸다. 열렸다기보다는 누군가가 억지로 방문을
발로 찼다. 방문이 벽에 부딪히면서 부서졌다. 방 안
에 있던 사람들이 놀라 비명을 지를 때 아카시가 성
큼성큼 들어왔다. 무례하고 무차별적으로 큰 아이를
발로 찼다.

"선, 생, 왜, 그, 러, 시, 오?"

사감의 말에 쉼표가 가득했다. 공포의 늪에 빠진 사람처럼 한 글자 한 글자를 발음하는데 뚝뚝 끊겼다.

"우리는 다 죽었소! 이 반 학생이 교장 선생의 수첩을 불태웠단 말이오!"

"국화 학생이오?"

"그렇소. 당신은 도대체 애들 관리를 어떻게 하오?"

아카시가 지휘봉을 들고 사감을 때릴 듯 달려들었다. 그때 만월이 몸을 날려 사감을 감싸 안았다. 지휘봉이 만월의 어깨에 무겁게 내려앉았다. 세상의 모든 소리가 사라진 듯 만월은 그다음의 소리를 들을 수 없었다. 소리가 사라졌다가 다시 들린 건 그다음 날이었다. 만월은 체육 선생의 지휘봉에 맞아 혼절했다.

보건실에 누워 있는 만월을 흔들어 깨운 건 국화였다. 국화의 머리는 깨졌는지 붕대를 감았는데도 핏물이 새어 나왔다. 안쓰러워 팔을 뻗어 국화의 얼굴을 만졌다. 국화는 한겨울 처마 밑에 달린 고드름보다 더 차가웠다. 고드름을 따서 오랫동안 손에 쥐고 있었을 때처럼 손에 감각이 사라지는 것 같았다. 만월은 국화 얼굴에서 손을 떼려고 했으나 손은 얼어버렸는지 꼼짝도 하지 않았다. 언 상태에서 무리하게 뗐다가 살점이 뜯길 것 같아 그냥 두었다. 손보다는 얼굴이 얼어 버린 국화가 먼저였다.

국화가 옆에 있으니 잠이 왔다. 침대에 잠이 오는 약이라도 뿌렸는지 잠이 소낙비처럼 쏟아졌다. 자지 않으려 눈에 힘을 줘도 금세 눈이 감겼다. 잠이 들면 국화가 사라지기라도 하듯 다른 손까지 뻗어 아예 국화의 얼굴을 감쌌다. 눈은 감았으나 국화의 볼이 살짝 움직이는 게 느껴졌다. 국화가 웃고 있었다. 차가운 거만 빼면 예전에 친했던 시절로 돌아간 것 같았다. 편안해지자 아예 코까지 골면서 잠이 들었다. 영원히 떼어지지 않을 것 같은 두 팔도 자연스레 오징어 다리가 되어 흐느적거렸다.

국화가 사라졌다. 내재봉소에도 오지 않았다. 두례는 이런 상황을 예측이라도 한 듯 사라진 국화를 찾으려 하지 않았다. 국화가 사라진 뒤로는 만월도 자꾸만 어디로든 사라지고 싶었다. 그러다 어느 날부터는 애벌레가 된 듯 느릿느릿하게 행동했다. 시끄럽고 소란스러운 모습은 잊어버렸다.

기숙사 안에서는 큰 아이부터 다른 학생들까지 국화에 관해 이야기하지 않았다. 만월은 그들이 내뿜는 불길한 숨소리에서 국화가 스스로 사라진 게 아니라 어디론가 끌려갔을 거라는 짐작을 했다. 이치카와 여경, 사범, 국화.

인원 점검이 끝나자 불이 꺼졌다. 만월은 방 안을 빙빙 돌며 사라진 그들이 어디로 갔을까 생각했다. 만월이 한 걸음 내딛는 속도가 새끼손가락 한마디보다 더 작은 애벌레가 꿈틀대며 돌아다니는 꼴이라 잠자는 학생들에게는 큰 피해가 가지 않았다. 창문 사이로 달빛이 비쳤고 만월은 거대한 아카시의 키만큼 커져 창문에 비쳤다. 만월이 불을 끄기 전 침대를 벗어나 방 중앙에 서 있는 모습을 보지 못한 친구라면 기겁할 장면이었다.

"만월! 어서 누워."

큰 아이가 만월의 소맷자락을 잡아끌었다. 만월은 아직도 욱신거리는 등 날개를 쭉 뻗으며 거부의 의사를 밝혔다. 미치지 않고 멀쩡한 자신이 이해되지 않았다. 다들 사라지는데도 아무렇지 않게 일상을 이어 나가는 게 수치스러웠다.

"다들 어디로 갔을까?"

"어디로든 갔겠지. 너도 그러다간 어디로 끌려갈 지도 몰라."

"난 어디로 갔냐고 물었는데 넌 어디로 끌려갔다 고 생각하는구나."

그 말을 듣자마자 눈물이 뚝뚝 떨어졌다. 만월은 학교를 벗어난 사람들이 자유를 찾아갔으면 했다. 솔 직히 다른 사람들은 궁금하지 않았다. 사범이 없어서 선배들이 궁체(弓體)를 바로잡아 주기는 했으나 큰 무리는 없었다. 활이란 게 이론보다는 실습이 중요했 다. 마음이 흐트러지고 답답할 때는 무조건 달려가 마음을 모으고 활을 쐈다. 여경도 걱정하지 않을 정 도로 잘살고 있었다. 이치카는 일본으로 갈 수도 있 었다. 사범은 종목을 바꿔 다른 학교 체육 교사로 갈 수도 있었다. 사라진 시기가 비슷하다고 해서 둘이 엮였을 리도 만무했다. 만월이 예측할 수 있는 한계 는 여기까지였다.

국화는 어디로 갔는지 상상할 수도 없었다.

"이상하게 여학생들이 자꾸 사라진대. 돈을 많이

벌게 해 주겠다고 하면서 군용차에 태웠는데 돌아오는 사람은 없대. 그게 끌려간 거지 뭐겠어. 그리고 그들이 데려갔다면 좋은 일 시키려고 데려갔겠어?"

"그걸 어디서 들었는데?"

"정말 모르는 거야? 네가 그렇게 껴안고 있던 잡지에 실려 있잖아."

큰 아이가 귓속말로 전해 준 이야기는 만월이 숨겨 두려고 했던 이야기였다. 만월은 잡지를 읽으면서도 사라지는 사람들이 이치카와 사범뿐이라고 생각했다. 숨어서 읽느라 뒷부분은 다 읽지 못했다.

"여기에 있는 아이들 대부분이 너처럼 잡지를 읽어. 너 교장이 왜 학교 개교 50주년에 목을 매는 것 같아?"

"그건 명예지. 학교의 명예. 학교를 빛낼 사람을 뽑기 위한 게 아니야?"

"학교 명예가 아니라 교장의 명예겠지. 몸도 마음도 건강한 학생을 뽑아 일본에 바칠 준비를 하는 거라고."

"너희들은 어떻게 그렇게 다들 잘 알아? 그렇다면 난 여태껏 국궁에서 1등 해서 유학하러 가겠다고 했는데 그 꿈이 이뤄질 수 없다는 걸 미리 알고 있었어?"

"모르는 네가 바보지. 국화가 왜 이를 악물고 코피 흘려 가면서 재봉틀을 돌렸을 것 같아?"

"꿈을 위해서지."

"으하하. 그건 교장에 대한 반항이었어. 교장은 열심히 군복을 만드는 국화를 절대 만주로 보내지 않아. 대신 어딘가에 가둬 두고 더 많은 군복을 만들려고 할 거야. 왜? 국화가 이동하는 시간에도 군복을 만들어야 하거든."

학생들이 하나둘 침대에서 일어나 앉았다. 자기들 나름대로 사라진 사람들에 대해 해석하며 아는 체했으나 결론은 똑같았다. 국화는 멀리 있지 않을 것이다. 학교 내 어딘가에 갇혀 군복을 만들 것이다.

만월은 혼란스러웠으나 날이 새면 밖으로 나갈 수 있으니 기다렸다가 두례에게 가야 했다. 두례에게 자세히 물어야 했다. 딸이 사라졌는데도 놀라거나 한숨을 쉬지 않은 이유를 들어야 했다. 대답을 듣지 못한다면 만월도 기숙사로 돌아오지 않겠다고 다짐했다. 타인에 의해 사라지는 것보다 스스로 사라지는 게 나왔다.

아버지가 만든 단팥빵을 먹고 싶었다. 한입 베어 물면 입 안 가득 달곰함이 물드는 맛. 아버지는 보름 달처럼 둥근 빵을 보면 힘이 난다고 했다. 배고픈 사 람들의 배를 보름달처럼 도톰하게 만들어 주는 게 목 표라는 말도 했다. 그런 아버지에게로 돌아가고 싶었 다. 경성의 삶을 동경했으나 처음으로 친구가 되어 준 국화가 사라진 뒤로는 정을 붙일 수가 없었다.

만월은 시간을 과거로, 과거로 돌려 경성역에서 내재봉소를 찾을 때를 회상했다. 기차를 오래 탄 탓 에 속이 메스꺼웠다. 시백의 말대로 무작정 찾아간 그곳, 거기에서 만난 국화와 정록, 두레. 그들이 없었 다면 만월은 학교에 다니지 못했을 것이다. 무작정 집을 나설 때는 두려움이 없었다. 경성역에 내리는 순간 제일 먼저 소리에 놀랐다. 고요라는 말을 찾아 볼 수 없게 소음에 시달렸다. 사람 소리, 전차 소리, 기차 소리, 인력거 바퀴 소리, 커피숍 문을 열 때 문 위쪽에서 울리던 종소리, 재봉틀 소리 등. 세상의 모 든 소리가 모여 있는 것 같았다.

달빛 아래 들리는 소리는 학생들의 잠꼬대 소리

와 일정하게 내뱉는 숨소리뿐이었다. 처음 경성에서 들던 소리보다 더 크게 들렸다.

소리 때문에 잠을 잘 수 없었다. 아침이 되자 기상종이 울렸고 학생들이 씻기 위해 나서는 소리를 듣고 나서야 귓속을 울리던 소리가 사라졌다. 만월은 눈을 크게 뜨려 했으나 자꾸 감겼다. 날을 꼬박 새고 나니 이제야 잠이 왔다. 침대 끝에 걸터앉아 꾸벅 졸았다. 몸과 마음이 따로 놀았다. 그 와중에도 일요일이라 더 자도 된다는 생각과 얼른 일어나 두례에게 가야 한다는 생각이 팽팽했다. 만월은 허벅지를 꼬집었다. 정신 차려야 했다.

침대를 벗어나 씻고 옷을 갈아입고 밥도 거른 채 내재봉소로 갔다. 꿈틀거려 겨우 닿았을 때 문 앞이 허전했다. 뭔가 달라지긴 했으나 얼른 눈에 띄지 않았다. 그러다가 문 앞에서 한참 동안 쭈그려 앉아 있다가 다른 점을 찾아냈다. 〈내재봉소〉 간판이 없었다. 간판이 없으니 영업집이 아니라 일반 집 같았다. 생각에 잠겨 다른 곳으로 잘못 길을 들어섰는지 의심이 들 정도로 집이 낯설었다. 만월은 조심히 대문을 열었다.

마당 한가운데 낯선 남자가 서 있었다. 정록은 아니었다. 정록보다 작고 단단한 사람, 이 집과는 낯설지만 어디선가 많이 본 뒷모습이었다. 대문 소리에 남자가 뒤를 돌아보았다. 고개를 돌린 남자는 만월을 안쓰럽게 쳐다보았다.

"시백 오라버니?"

"네 얼굴 꼴이 그게 뭐냐? 그렇게 원하던 경성에 와서 다 죽게 생겼네. 쯧쯧."

"오라버니."

만월은 더는 움직이지 못하고 시백을 불렀다. 그동안 서러웠던 감정들이 터졌다. 만월은 시백을 향해 비슬비슬한 걸음을 옮겼다. 만월이 힘없이 주저앉으려 하자 시백이 만월을 안았다. 부끄러움도 모른 채 만월은 시백의 품에 안겨 어린아이처럼 울었다.

잇고도 할 줄 모르는 자랑

스스로 사라지는 건 나쁜 게 아니다. 누구든 필연적으로 사라져야 할 때가 올지도 모른다.

경성의 문인들이 즐겨 찾는다는 '낙랑파라'에서 셋은 침묵 게임을 하고 있다. 커피가 나왔으나 잔을 드는 사람은 없다. 만월은 손가락으로 탁자를 톡톡 일정하게 내려치면서도 카페 안의 슈베르트 사진이나 문인들에게 눈길이 갔다. 한참을 구경하듯 주변을 둘러보던 만월이 커피잔을 감싸 안았다. 성난 파도 같은 정록이 오늘은 잔잔한 호수처럼 보였다.

정록이 주머니에서 전당표 여러 장을 꺼냈다. 언뜻 보아도 열다섯 장은 넘어 보였다. 국화와 두례는 전당표만 남기고 사라졌다. 정록이 재봉틀을 맡긴 전당포를 찾아갔을 때 주인은 모녀가 만주로 갔다고 했다.

정록은 자신한테는 한마디 상의도 없이 집안 살림을 정리해서 사라진 두례와 국화를 원망하지 않았다. 머리를 긁적이며 여기에 남아 있는 것 자체가 고난인데 멀고 먼 곳으로 가도 여기보다는 나을 것이라 믿었다.

"시백 오라버니는 여기에 웬일이야? 아버지는?

여기는 어떻게, 아니 뭐 하러 왔어? 둘이 알고 있었던 사이야?"

"만월아, 숨 좀 쉬고 말해라. 나 어디 안 간다. 한동안은 여기에 있을 거야. 하나씩 물어도 되잖아."

"그럼, 제일 먼저 아버지는?"

"옆집에서 자꾸 방해해서 빵집이 잘 안돼. 네가 그동안 구시렁거렸던 것들 기억나지? 그 여파로 문을 닫을 판이긴 한데 워낙 아저씨 솜씨가 좋아서 아직은 그럭저럭 버틸 만해."

"오라버니! 그래서 잘된다는 거야, 안된다는 거야?"

"그럭저럭. 요즘 장사가 되는 곳이 어디 있냐?"

"하긴. 그건 그렇지."

시백도 익숙하게 커피를 마셨다. 셋 사이의 침묵 안에서 여러 갈림길이 생겼다. 다들 무슨 생각을 하고 있는지 알 수 없었다. 분명한 건 셋은 서로 밀접한 관련이 있는 사이란 사실이다.

시백을 만나기 전까지 시백과 정록을 연결할 수 없었으나 지금은 다르다. 시백과 정록은 만월과 연결되기 이전부터 각궁처럼 단단하게 엮인 것 같았다.

누가 부린활이고 누가 얹은활인지는 모르겠다. 둘의 모습은 불에 닿기 이전의 활과 이후의 모습처럼 다르다. 두 사람을 앞에 놓고 보니 다른 듯 닮아 보였다. 만월은 이전의 시간을 복기하며 어느 지점에서 그 둘이 닿았을까 호기심이 일었다.

"둘의 관계를 누가 나한테 말해 줄 거야?"

만월은 한 사람 한 사람 톺아보면서 심통이 난 사람처럼 대대하게 말했다. 한 사람씩 불러 두질하고 싶으나 둘의 관계를 몰랐다고 해서 손해 본 적은 없다. 시백이 내재봉소를 찾아가라고 했을 때 자세히 물었어야 했다. 경성에 가겠다는 생각에 빠져 무작정 고삐를 놓아 버린 건 자신이었다. 만월은 잘 알고 있었던 사람들이 알지 못하는 영역 안으로 들어와 불안했다. 국화와 두례가 사라졌듯이 가까이에 있던 사람들이 모두 사라져 버릴 것 같은 불안이 국화가 구멍 난 옷을 천으로 박음질하듯 덧대졌다.

밖에서 아코디언 소리가 물결치듯 귓속을 파고들었다. 그 소리는 만월을 아버지가 있는 원동으로 데려가는 것 같았다. 만월은 아버지의 가게에서 들었던 아코디언 소리가 그리웠다. 아버지는 아침에 빵을 굽고 점심때가 되면 빵집 문밖으로 나가 아코디언을 연주했다. 가수 왕수복의 〈고도의 정한〉. '칠석날 떠나던 배'로 시작하는 구절만 기억한다. 아코디언이 아버지와 한 몸이 되어 출렁이면 아버지 눈가에 맺힌 작은 이슬을 볼 때도 있었다.

"시백 오라버니는 알지? 아빠가 연주했던 곡 말이야. 그 곡에 나오는 바다에 가고 싶다."

"뜬금없는 건 여전하네. 알지, 알아. 내가 그 노래를 얼마나 많이 들었겠어."

"아버지가 보고 싶다."

"이번에 나랑 원동으로 내려갈래?"

"보고 싶다는 거지. 이대로는 갈 수 없어."

아버지 이야기를 꺼낸 건 실수였다. 코끝에 아버지가 들어앉아 시큰했다.

만월은 집을 떠나올 때 한 가지 결심한 게 있다. 절대로 원동으로 돌아가지 않는다. 고향이 싫었던 것은 아니다. 경성에서 벌어지는 일들이 고향에서는 아주 먼 이야기였다. 고향에 경성의 일들이 내려앉을 때쯤이면 세상이 변하고 또 변해 있었다. 절대 따라갈 수 없는 시대의 변화를 느끼려면 경성에 있어야 했다. 아버지가 오로지 빵을 굽기 위해 일본으로 건너간 것처럼 만월도 꿈을 위해 이곳에 남아야 했다. 아버지와 다른 점이라면 확실한 꿈을 갖고 떠났느냐 아니면 파도에 휩쓸리듯 생각 없이 떠났느냐였다. 그렇다면 국화와 두례는 어느 쪽일까?

어느 쪽이든 모두 살아남아야 했다. 만월은 불안한 기운을 타고 자란 불안 나무를 전지하듯 나쁜 생각을 잘라 버렸다.

"시백, 선생님께서 오시네."

정록이 의자에 비스듬히 앉아 있다가 벌떡 일어섰다. 건들거리던 몸을 일으켜 단정하게 매만졌다. 시백도 따라 일어나 문을 열고 들어서는 사람을 향해 고개를 숙였다. 중절모를 쓴 아버지 또래 남자가 인사도 없이 의자에 앉았다. 둘은 앉지도 않은 채 다시 한번 사내를 향해 정중하게 인사를 했다. 멀뚱멀뚱하게 의자에 앉아 있던 만월은 일어서야 할지 아니면 앉아서 인사를 할지 난감했다. 누구 하나 손짓이라도 했다면 따라 일어섰을 것이다. 지금 일어선다면 어정쩡해져서 보기 흉했다. 만월은 앉아서 고개를 숙였다.

"시간이 많이 없네. 앉게나."

"선생님, 그동안 잘 지내셨습니까?"

"정록 군 잘 지냈나? 지난번 소식은 들었네."

"별일 아닙니다. 그때는 욱해서 견딜 수가 없었습니다."

"남을 위한 일이건 나를 위한 일이건 욱해서 되는 일은 없네."

"앞으로 명심하겠습니다. 그리고 여기는 원동에서 올라온 이시백입니다."

"인사 올립니다. 이시백입니다."

"정록 군한테 들어서 충분히 알고 있네. 사람을 살리는 불꽃인 성냥을 만드는 데 여공들이 고생을 많이 한다는군. 그들을 위해 싸워 준 정록 군에게 감사하네. 오죽하면 여공들이 파업했겠는가. 작금의 조선이 이 모양이네. 그런 수고를 알고 있으면서도 부탁하게 되네. 이 책을 다른 지역으로 퍼뜨려 줄 시백 군에게도 감사하네."

"선생님을 뵈어 제가 더 영광입니다."

"일본 놈들이 하도 말을 바꾸어서 난리라네. 허가된 상황에서 책이 완성되었는데, 이상하게 국궁을 하

는 사람이 아닌 다른 사람이 지니면 그게 또 문제가
된다네."

"알고 있습니다."

"이토록 아름답고 소중한 말들을 여기에 담았네.
그런 말들을 자랑할 수 없다니 참으로 우리는 비통한
시대에 사는 거지."

"곧 좋은 날이 오겠지요."

알 수 없는 이야기가 오갔다. 호기심 많은 만월은
끼어들지 못했다. 이야기가 중단되면 셋은 더는 말하
지 않을 사람 같았다. 호기심을 채우기 위해서는 호
기심을 잠깐 잠재우는 방법도 있다. 남자가 보이를
불러 커피를 주문하면서 만월과 얼굴이 마주쳤다. 모
자 밑으로 드러난 눈과 무시로 움직이는 눈동자가 낯
익었다. 경성 바닥에 그런 눈을 가진 사람은 많고 많
다. 하지만 주변을 금세 녹일 만큼 강렬한 눈빛을 가
진 사람은 흔하지 않았다. 만월은 또다시 손가락으로
탁자를 톡톡거리며 어디에서 마주쳤는지 기억해내
려 애썼다. 머릿속을 누가 홀딱 뒤집어 놓았는지 도
통 기억나지 않았다. 너무 빤히 쳐다봐서 당황했는지
남자가 고개를 숙여 눈을 피했다.

남자는 커피를 시켜 놓고도 마시지 않았다. 대신 주변을 한 번 더 살피더니 품 안에서 책을 두 권 꺼냈다. 시백과 정록은 한 권씩 품 안에 넣었다. 달걀을 품은 닭처럼 조심스럽고 간절한 몸짓이었다. 남자의 품에서 책이 한 권 더 나오길 기다렸다. 각자 한 권씩이면 만월에게도 주어야 했다. 남자는 인사도 제대로 받지 못하고 일어섰다. 인사하기 위해 엉거주춤 일어서는 만월과 부딪혔다. 남자의 중절모가 벗겨지면서 동백기름 냄새가 났다. 익숙한 냄새였다. 머리에 기름을 잔뜩 바른 남자의 머리카락은 꼿꼿해서 흐트러짐이 없었다.

"죄송합니다. 제가 좀 칠칠하지 못해서요."

만월은 남자를 볼 용기가 나지 않았다. 고개를 숙여 모자를 줍고, 고개를 숙여 인사했다. 남자가 헛기침하며 사라졌다. 온몸의 피가 빠져나간 듯 몸을 지탱할 수 없었다. 만월은 그대로 의자에 풀썩 주저앉았다.

"그때, 그 사람이야!"

만월은 습지에 빠져 있던 기억 속의 남자를 건져냈다. 절대 달갑지 않은 사람이었다.

'그때 그 사람? 그때 그 사람. 그때 그 사람!'

카페 문을 열고 다급히 나가는 남자는 그때 그 사람, 여경과 함께 백화점을 드나들던 사람이었다. 남자를 붙잡아야 했다. 여경과 어떤 사이인지 물어야 했다.

만월이 카페 밖으로 달려갔을 때 남자는 인파 속으로 사라지고 없었다. 둘이 알고 있는 사이라면 언젠가는 다시 만날 수 있다는 생각에 무거운 발길을 돌렸다. 두 사람에게 당장 묻고 싶은 게 많았으나 참아야 했다.

"저분은 누구야?"

만월이 의자에 앉아 물었는데 둘은 일어서서 밖으로 나가려 했다. 만월도 곧바로 따라 일어섰다. 셋은 카페를 벗어나 내재봉소로 갈 때까지 각자 생각의 길을 달렸다.

정록은 남아 있던 짐을 챙겨 밖으로 나왔다. 집까지 넘겨 버려서 곧 다른 사람이 이사 올 예정이라고 했다. 정록은 당분간 학교 기숙사에서 지내거나 쫓겨나면 여인숙이라도 가야 했다. 정록은 홀가분한 표정으로 마지막 대문을 닫았다. 국화가 사라진 뒤로는 집도 온기를 잃었다. 경성의 허름하고 고요한 뒷골목의 여느 집과 다를 바 없었다. 만월의 가슴속에서도 불이 꺼졌다. 이곳에서 겪었던 수많은 일이 사그라져 정전되었다.

"만월아, 이러고 가면 당장은 못 보겠네."

"아마도."

"그래, 그 말이 맞겠지."

"오라버니가 기숙사에서 쫓겨나지 않길 바랄게."

"물론이지. 내가 또 사는 데 눈치가 다분한 사람이야. 그러니까 오랫동안 이 집에서 버텼지."

"눈치와 집에서 버티는 것이 무슨 상관이야?"

정록이 종일 돌아다녀서 흐트러진 만월의 머리카락을 쓸어 주었다. 뜨거운 숯불 하나가 이마에 올려진 것 같았다. 금세 만월의 얼굴이 붉어졌다. 정록이 재채기하듯 쉽게 말을 내뱉었다.

"나는 국화의 오라비가 아니야. 물론 어머니의 자식도 아니지. 사실은 이모야. 엄마 같은 이모."

"이모라고?"

만월은 다음 말을 삼켰다. 자신이 두례를 이모라

부르는 것과 정록이 두례를 이모라고 부르는 것은 다를 테니. 이모와 엄마 사이에 존재하는 사연과 감정들은 모른 척했다. 묻고 답하는 사이 힘들어지는 것은 정록이었다. 두 사람이 떠난 사실에 놀라지 않았을 때 눈치를 챘어야 했다. 그 이전에 정록만 남겨 두고 둘만 떠났을 때 짐작해야 했었다. 그 이전, 그 이전의 이전으로 돌아가 보면 만월이 처음으로 내재봉소에 갔을 때 느꼈던 정록을 향한 두 사람의 조용한 배척을 이해했어야 했다.

만월이 혼란함을 이기지 못해 몸을 휘청거렸다. 정록이 만월의 어깨를 감싸 안았다. 시큼한 땀 냄새가 오히려 사람답게 느껴졌다. 만월은 경성으로 올라온 뒤로는 진실에 대한 정의를 내릴 수 없었다. 진실이라 믿었던 게 사실이 아니라 허상이었다. 허상뿐만아니라 알 수 없는 영역이 되었고, 안다고 해도 그것은 일시적인 것뿐이었다. 진실 뒤에는 항상 다른 진실이 있었다. 만월이 아는 진실의 의미와는 별개인것들이 존재해 혼란스러웠다. 정록도 마찬가지였다.

"만월아, 내 손에는 비밀이 있다."

정록이 히죽 웃으며 품에서 아까 받았던 책을 꺼

내 만월에게 내밀었다.

"그 말은 국화가 자주 쓰는 말이야."

"이런, 이런. 국화가 선수 쳤네. 그건 우리가 늘 하던 게임이야."

"게임이라니?"

"내 손에는 비밀이 있다는 말의 뜻을 네가 찾아 봐."

정록은 만월의 품에 책을 안겨 주었다. 그러고는 곧바로 뒤돌아서서 걸었다. 손을 머리 위로 바짝 들어 올려 잘 가라는 인사를 했다. 정록은 순식간에 골목으로 사라졌다. 정록이 사라진 골목에는 그리움만 남았다. 다시 볼 수 있을지 없을지 모르나 사라졌다고 하면 영영 못 볼 것 같아 좋은 기억만을 품게 된다.

만월은 기숙사로 돌아와 정록이 준 책을 조심히 침대 시트 밑에 숨겼다. 안심이 안 되어 책꽂이에 꽂았다. 또 안심이 안 되어 잠을 잘 때는 품 안에 넣고 잤다.

날이 새자 부리나케 활터로 올라갔다. 교장실 습격 사건 이후에는 학교에서 아무런 제재를 하지 않았다. 학생들은 모이기만 하면 여기저기에서 국화 이야기를 했다.

'내가 진범이오!'

진범이 정체를 밝히고 사라졌으니, 만월을 비롯해 국화와 친했던 학생들은 '혐의 없음'으로 결론이 났다. 학교 교칙에는 혐의가 없음이었으나 학생들 사이에서는 여전히 수군거림의 대상이었다. 사라진 사람이 한둘이 아니었다. 학교에서는 졸업생 이외에 유독 사람들이 많이 사라진 해라며 아카시를 다그쳤다. 아카시는 무슨 계략인지 독을 빼고 학생들을 자유롭게 해 주었다.

아카시는 한 가지만 하면 된다고 했다. 앞으로 있을 학교 개교 50주년 행사가 무사히 끝날 수 있도록 체육 시간에 집중하라고 했다. 일본어 시간에도 체육을 했다. 재봉틀도 멈췄다. 자유롭게 진행되던 수업이 모두 체육 수업으로 집중됐다. 만월은 활터에 갔다가 그 외 시간에는 달리기를 했다. 달릴 때마다 발목이 시큰했고 턱까지 숨이 차올랐다. 아침에 일어나면 종아리 근육이 땅겨 제대로 걸을 수도 없었다. 만월은 몸을 지치게 해서 잠이 들고 싶었다. 국화가 없는 침대를 볼 때마다 잠을 잘 수 없었다.

잠을 자려고 누우면 시커먼 그림자가 침대 위를 덮었다. 그림자는 몸을 작게 웅크려 만월 곁으로 다가왔다. 그림자는 무릎을 세우고 그 무릎 위에 두 손을 얹었다. 꼿꼿한 상체는 벽돌처럼 단단해 보였다. 눈은 정면을 향한 것 같기도 하고 위를 보는 것 같기도 했다. 평소 국화가 모로 눕는 모습을 중앙으로 돌려놓은 느낌이었다. 만월이 침대로 손을 뻗자 그림자는 사라졌다. 침대보를 쓰다듬으면 국화의 체온이 그대로 느껴지는 듯했다.

"나쁜 년, 아무리 그래도 나한테는 말했어야지."

방금 사라진 그림자가 국화라도 되듯 만월은 원망스러운 투로 혼잣말했다.

국화와 만월 사이에 말이 사라지고 틈이 생겼다. 만월은 국화가 싫은 게 아니었다. 혼자 생각할 게 많았다. 활터에서도 이상하게 겉도는 느낌이었다.

국화가 떠나고 난 뒤 활병[射癖]이 생겼다. 마음에 수십 갈래 곁가지가 자라나 집중할 수 없었다. 자세가 불량해서 활만 쏘면 시위가 뺨을 때렸다. 두려움에 만작(滿酌)이 되었는데도 화살을 날리지 못하고 멈칫할 때도 있다. 그런 마음이 들면 화살은 과녁을 빗나갔다. 뭐가 문제인지는 알 수 없었다. 접장에 오른 것은 실력이 아니라 운이었는지 의심이 되었다. 스스로 위축된 상황에서 학생들을 대하자 기가 죽었다. 살뜰히 하나둘 자세를 지적해 주던 사범도 사라져 버려 그야말로 고아가 된 느낌이었다.

국궁이 아닌 정구를 선택해야 했다. 새로운 것을 받아들여 운신의 폭을 넓히는 방안을 모색해야 했다. 하필이면 조선처럼 스러져 가는 국궁을 선택했다는 사실이 처음으로 후회되었다. 이러지도 저러지도 못한 상태에서 국화마저 없으니 한쪽 가슴을 화살에 맞은 것처럼 아렸다. 국화와의 시간도 화살을 통과한 것처럼 아득했다.

국화랑 이야기할 때면 말소리는 재봉틀 소리에 묻혀 버렸다. 국화는 만월 때문에 초집중해야 하는 작업에서 손이 더뎌지는 걸 참지 못했다. 아무리 친구라지만 각각의 영역을 지키고 싶어 했다.

큰 아이가 지나가면서 만월의 등을 토닥거렸다.

"만월아, 제발 돈을새김처럼 도드라지지 마. 그냥 오목하게 살아."

"나도 그러고 싶다. 난 그냥 사는데 왜 이리 엮이

는 게 많냐?"

"호기심 많은 구경꾼 말고 무심한 듯 살아. 남들
한테 관심을 둔들 너한테 이득이 될 게 없어."

"그렇긴 하지."

만월은 생각에 잠겼다. 생각은 생각을 낳고, 생각
을 낳고, 생각을 낳고, 생각을 낳고, 낳고, 낳고 하다
가 점점 덩치가 커져서 만월을 집어삼켜 버렸다.

만월은 간만에 활터에 가고 싶었다. 운동장을 가
로질러 창고를 지나 활터로 가야 했다. 창고 옆을 스
칠 때마다 국화가 생각났다. 다친 곳은 없는지 확인
해야 했었다. 장부에 눈이 어두워 살피지 못했다. 그
렇게 생각하니 국화는 다친 곳 하나 없이 멀쩡했다.
유리 조각에 분명 핏물이 배 있었다. 그 정도의 상처
라면 모를 리 없었다. 핏자국을 감춘다 해도 몸에 난
상처는 도드라져야 했다. 국화는 멀쩡했다.

만월은 창고 주변을 기웃거렸다. 어디선가 고양
이 울음소리가 들리는 것 같았다. 그날 이후로 창고
는 자물쇠로 단단하게 잠겼다. 국화가 범인으로 확정
되고 사건이 종결되었으니 의심할 여지가 없었다. 그

런데도 이상하게 창고 앞을 지나칠 때면 알 수 없는 끌림으로 발걸음이 멈춰졌다. 그날 만월을 스쳤던 사람의 싸늘한 기운도 사라지지 않았다. 결코 닿을 수 없는 사람에게서 나는 이질감이었다. 만월은 고개를 가로저었다. 그 일은 지우개로 박박 지워야 했다.

활터는 텅 비어 있었다. 사범이 사라지고 난 후에 사람들이 하나둘 빠지더니 다른 운동을 하러 떠나 버렸다. 남은 이가 고작 열 명 남짓 되었으나 그들도 활터에 올라와서는 활은 쏘지 않고 수다를 떨었다. 과녁 바로 밑 모래로 둘러싸인 무겁에서 씨름하겠다며 장난치기도 했다. 모래성을 쌓으며 과녁을 가로막기도 했다. 만월이 소리를 지르며 비키라고 했으나 무겁이라는 말이 가진 '살받이'라는 뜻처럼 만월은 학생들의 살받이가 되었다. 만월은 애먼 소리를 하던 학생들에게 화살을 돌리고 싶었다.

'장난이라도 사람을 향해 활 쏘는 시늉을 해서는 안 돼.'

'장난이잖아요?'

'우리 활은 예의가 생명이다.'

사범의 말을 따르지 않았더라면 마음 같아서는

과녁으로 달려가 활을 겨누고 싶었다. 만월은 사대에서 활을 내려놓고 씩씩거리며 연전길을 따라 그들에게 갔다.

"비켜야지 활을 쏘지?"

"활은 쏴서 뭐 하나?"

"개교 50주년 기념 준비 안 할 거야? 여기에서 우승하면 유학도 보내 준다고 하잖아?"

"유학이라는 단어가 미끼였지."

학생들의 심드렁한 소리에 놀란 건 만월이었다. 아무리 사범이 사라져서 가르치는 사람이 없다고 해도 활은 활이었다. 활 쏘는 방법을 익히면 자기 스스로 단련하는 시간이 필요했다. 습사량을 늘려서 몸에 배도록 해야 했다. 다들 그런 경험이 많았다. 몇 개월 동안 쉬지 않고 열심히 한 학생들이었기에 급작스레 마음이 바뀐 까닭이 궁금했다.

"도대체 왜 그러는데?"

"너는 아직도 모르겠니? 세상이 바뀌는데 일본인들이 우리한테 활을 권유한 일이 의심도 안 가?"

"의심은 가도 유일하게 허락한 거 아냐? 허락했다면 그들도 우리 활을 인정한 거지. 그것 말고 또 다른 이유가 필요해?"

"고무가 없어서 그런대. 쇠붙이든 고무든 전쟁 때문에 다 훑어가서 체육 활동할 도구를 못 만든다잖아."

"겨우 그런 이유로 국궁을 하게 했다는 거야? 자세히 알고 말하는 거야?"

만월은 발악하는 사람처럼 쏘아붙였다.

학생들은 참 이상했다. 말해야 할 곳에는 침묵했고, 침묵해야 할 곳에는 말했다.

'습사무언'

활을 쏠 때는 말하지 말 것. 사대에 선 그들의 수다는 활을 사랑했던 우리 조상들에 대한 예의가 아니었다. 일본이 이 나라를 차지한 이래 유일하게 '조선의 것'이라고 할 수 있는 것에 대한 예의도 아니었다. 학생들은 그동안 사라진 사람들에 대해서는 수군거리기만 했지, 누구 하나 나서서 그들을 변론하거나 걱정하는 사람은 보지 못했다. 어제 있었던 사람이 오늘 사라졌는데도 침묵했다.

"미래의 병사."

"그게 무슨 뜻이야?"

"일본인들이 우리에게 체육을 권한 건 우리를 미래의 병사로 키우겠다는 거야."

"우리도 전쟁터에 나가야 하는 거야?"

"이런 바보. 만월아, 그래서 촌뜨기라는 거야. 네가 경성 돌아가는 것을 어찌 알겠니? 고작 시골에서 아버지가 빵 만들어 팔아 돈을 주면 쓰기만 하는 주제에."

"뭐라고!"

만월은 비아냥거리는 친구를 한 대 치고 싶었다. 그녀가 하는 말은 오해에서 비롯된 게 많았다. 아버지가 빵을 만드셨으나 그건 만월의 몫도 있었다. 꼬박 이 년을 아버지 밑에서 일했다. 매달 돈을 받았으나 일부는 아버지에게 맡겼고 일부는 경성에 올라올 때 썼다. 시골에서 돈을 보내 주기는 했으나 아끼고 아껴야 경성살이 흉내를 낼 수 있었다. 학생들과 커피를 마시고 빵을 사 먹고 비싼 아이스크림을 먹고 극장까지 갈 수 있었다. 그것도 몇 달에 한 번씩만 할 수 있는 거라서 같이 어울릴 수조차 없었다.

"내는 그냥 물렁이로 살란다. 미래의 병사를 낳을 몸이 되려면 튼튼해야 하는데 내는 글렀다."

친구가 만월이 장난칠 때마다 하는 말투를 흉내 냈다.

"체육대회 때마다 했던 단체 무용도 그런 용도였어?"

"애가, 애가. 하나를 가르쳐 주면 둘을 알긴 아네."

학생들이 히죽 웃더니 모래를 쥐어서 만월의 치마에 흩뿌렸다.

"너나 많이 하셔."

학생들은 약속이라도 한 듯 일제히 활터를 내려갔다.

만월은 호흡을 고르며 사대에 섰다. 정간을 향해 배례한 뒤 활시위를 잡아당겼다. 가볍게 촉바람이 불었다. 촉바람이 불면 초점을 홍심보다 조금 높여서 잡으면 된다. 만월은 지사한 다음 깍짓손을 뺐다. 화살은 과녁에 닿지 못하고 무겁 모래에 박혔다. 두 번째 활은 활시위를 더 잡아당겼다. 그동안 배웠던 활을 쏠 때의 자세를 생각하며 집중했다. 이번에는 첫 화살보다 조금 더 뒤로 떨어졌다. 마지막까지 쐈으나 이번에도 과녁을 맞히지 못했다.

1순 다섯 발을 다 쏘고 호흡을 고르는 시간이 필

요했다. 급한 성격에 바로 또 쏘고 싶었으나 그것은 효과가 없었다. 자세가 흐트러지면 아무리 활을 많이 쏴도 관중하기는 힘들다. 욕심이 과하면 욕심 때문에 넘어진다는 걸 몸소 보여 주는 게 국궁이다.

만월은 의자에 걸터앉아 기숙사에서 가져온 책을 펼쳤다. 동시에 습관적으로 주위를 살폈다. 활터에 올라올 사람이 없었으나 아카시라도 올라오면 큰일이었다. 아카시는 요즘 키만 한 지휘봉을 휘두르며 학교 아무 데나 쑤시고 다녔다. 만월은 일본어책 위에 『조선의 궁술』을 얹었다. 아카시가 오면 금방 덮어 버리면 끝이다.

『조선의 궁술』은 조선의 활쏘기와 관련된 용어로 가득했다. 싸리나무 화살인 고시와 돌촉인 석노를 시작으로 활에 대한 설명이 전부였다. 그 내용은 이미 사범을 통해 들었던 터라 흥미롭지 않았다. 다 알고 있던 내용을 글로 전한 게 중한 게 될 수 있느냐며 이러니까 학생들이 활을 무시하지 않나, 라는 생각으로 이어지기도 했다. 호기심 많은 구경꾼 만월이라지만 호기심을 일으킬 만한 내용은 보이지 않았다. 이런 걸 목숨 걸듯 지키는 사람이나 퍼뜨리는 사람이나 몰래 산속에서 혼자 보는 사람이나 다들 실속 없어 보였다. 그러다 8장 앞에서 멈춰 버렸다.

조상 중에 활을 가장 잘 쐈던 '역대의 뛰어난 궁술인' 이야기였다. 만월은 조심스레 책을 넘겼다. 고구려의 시조인 동명성왕에 관한 이야기가 제일 먼저 나왔다. 그 이전의 명궁과 선사에 대해서는 기록이 없어 전하지 못한다는 이야기도 있었다. 그 뒤는 백제 시조 온조왕의 아들인 다루왕 이야기였다. 백제의 8대 왕 고이왕이 시월에 사냥한 사슴은 마흔 마리가 넘었다고 한다. 삼국시대를 지나 고려시대 문종의 이야기, 예종의 이야기. 고려를 지나 조선을 세운 태조의 이야기까지 이어졌다.

활터에 어둠이 짙게 내려앉아 더는 책을 볼 수 없을 때 만월의 가슴에 불길이 일었다. 명궁의 이야기가 아니라 우리나라 역사였다. 만월은 책을 품 안에 감싸고 오래도록 책 내용이 가슴에 스미도록 껴안았다. 정록과 시백이 쉬운 일이면서도 어려운 일을 하려고 나서는 길에 동참하고 싶었다.

남자와 함께 다니는 여경에게 질투가 났다. 여경이 아니라 자신이 남자와 함께 다녀야 했다. 여경의 아버지가 일본인이 되려고 갖다 바친 돈이 얼마나 된다고 했던가. 그런 사람의 딸이라면 우리 것을 지키는 데 방해가 되지 않을까 내심 걱정되었다. 오지랖을 넘어 정록과 시백에게도 여경의 아버지에 대해 일러 주고 싶었다. 질투에 눈이 멀어지니 속마음이 개미처럼 작아졌다. 말도 안 되는 상황까지 끌어들여 여경을 못된 사람으로 만들고 싶어졌다.

만월은 책을 덮었다. 앉아 있던 의자 밑에 책을 숨기고 낙엽을 긁어모아 덮었다. 매일 저녁 소지품 검사할 때마다 손이 파르르 떨렸었다. 다행히 발각되지는 않았으나 위험은 늘 따라다녔다. 이곳이라면 안전했다. 게다가 의자 밑까지 눈여겨볼 사람은 없었다.

만월은 그래도 안심이 안 되어 낙엽을 덮고 나서야 안심이 되었다. 고개를 들어 하늘을 보니 이미 노을이 지고 어둠이 짙어져 길이 보이지 않았다. 내려가야 했다.

괴괴한 어둠을 지나 언덕을 내려가려는데 어디선가 고양이 울음소리가 들렸다. 활터에는 고양이가 없었다. 기숙사 식당 쪽 마당에 널브러져 있는 고양이를 본 적은 있다. 높은 곳까지 올라온 고양이의 울음소리가 마치 어린애가 우는 것 같아 불길했다.

무시하려 했으나 고양이 소리는 더 강렬해졌다. 만월은 호기심이 또 발동해서 고양이 울음을 쫓아갔다. 마음과는 다르게 몸은 고양이를 쫓았다. 만월은 더듬거리며 돌멩이에 부딪히지 않으려 애쓰며 소리를 따라갔다. 그런데 눈앞에 흰 천이 펄럭였다. 과녁 옆 풍기가 나부끼는 것 같았다.

'풍기가 왜 여기에 있지? 풍기는 노란색인데.'

만월이 흰 천을 조심스레 붙잡았다. 얇은 천이 아니라 물컹한 살덩이가 함께 잡혔다. 살덩이 옆에는 유독 긴 화살이 꽂혀 있었다. 화살을 잡아 빼는 순간 고개가 푹 꺾이는 소리가 났다. 희뿌연 어둠 속에서 아무 생각 없이 화살을 뺐으나 살덩이가 그냥 살덩이가 아닌 사람이라는 걸 알아챘다.

"으악!"

벌러덩 뒤로 자빠졌다. 보이지는 않으나 손에 뜨끈한 게 느껴졌다. 어둠 속에서도 피는 선명하게 빛을 내고 있었다. 누군가가 만월의 어깨를 우악스럽게 잡아당겼다. 만월은 고양이처럼 울어댔다. 만월의 비명은 사이렌 소리보다 커졌다. 몸에서 소리란 소리가 다 빠져나갈 때까지 소리를 질렀다. 번쩍! 누군가 만월의 뺨을 후려쳤다.

"저기, 저기……."

"그러니까 제발 조용히 있으라고 했지! 조용히 처리하려고 했더니 일이 커지게 생겼네."

사냥개의 눈빛처럼 어둠 속에서도 빛을 내는 사람은 아카시였다. 만월은 아카시에게 기어가 안겼다. 만월은 아카시를 놓치면 두려움에 죽어 버릴 것 같았다. 아카시가 귀찮은 듯 만월을 밀어냈다. 만월이 떨어지려 하지 않자 발길질을 해댔다. 만월은 아픔도 잊고 아카시의 바짓가랑이를 잡고 질질 끌려 산에서 내려왔다.

좌궁수는 불길하다

"좌궁수는 불길하다고 했지? 아니 규율과 규칙을 제멋대로 조정하는 네가 불길하다. 네가 가는 곳마다 사람이 사라지거나 죽지. 이게 우연의 일치일까?"

아카시가 봉으로 만월의 머리를 톡톡 쳤다. 봉의 길이만큼, 아카시의 키만큼 멀리 떨어진 곳에서. 가까이 다가가는 것조차 싫다는 듯 만월을 교무실 문앞에 세워 두고 멀리서 톡톡거렸다. 만월이 '낙랑파라'에서 카페 탁자를 치는 속도와 비슷했다. 만월은 아무런 대꾸를 할 수 없었다.

'나는 신의 저주를 받은 것인가? 아니면 내가 저승사자인가?'

저주가 아니면 주변 사람들이 사라질 수 없다. 게다가 사범은 죽었다. '정간(正間)' 푯말 옆에 있는 다래나무 아래서 화살에 맞아 죽었다.

활터 안에서는 사람에게 화살을 쏠 수 없다. 그건 예의에 어긋나니까. 예의를 중시했던 선조들의 이야기를 읽고 나니 어느새 가슴에서 물컹하고 뜨끈한 것들이 흘렀다. 만월의 성격에 읽었던 내용을 말하지 못하는 게 한탄스러울 뿐이다.

잇고도 자랑할 줄 모르는.

카페에서 남자가 했던 말이 콕, 박혔다. 만월의 머릿속을 뱅뱅 돌며 헤실헤실 흘러 다닌다.

"혼자서 활을 쐈으니 빠져나갈 구멍이 없네."

머리를 톡톡,

"저는 사람을 쏘지 못합니다."

'잇고도 자랑할 줄 모르는.'

"그 시각에 혼자 있었던 이유가 뭐지? 날이 어두워서 사람을 못 보고 쏜 거는 아니야?"

또다시 머리를 톡톡,

'잇고도 자랑할 줄 모르는.'

"제가 사범을 쏘았으면 화살이 몸을 뚫고 지나갔을 것입니다. 제가 기억하기로는 화살촉만 겨우 꽂혀 있었습니다. 아주 먼 곳에서 쐈거나 아니면 누군가 흉내만 내려고 화살촉을 꽂아 두었거나."

또다시 머리를 톡톡, 톡톡, 톡톡, 톡톡!

만월은 더는 '잇고도 자랑할 줄 모르는'이란 말을 꽂고 있을 수 없었다. 사범의 몸에서 화살을 빼듯 살며시 말을 뺀다. 그 뜻은 '있어도 자랑할 줄 모르는'이다. 자랑할 수 없다면 그건 쓸모가 없다. 아주 오래전부터 내려온 전통 무술이라 해도 아무런 도움이 되지 않았다. 이 상황에서 애국심을 갖는 것 자체가 오만이고 불손이었다. 저주였다. 만월은 입을 다물었다. 몸에 힘이 바짝 들어갔으나 저항의 몸짓으로 보일 수 있어 농담이 아닌 물렁이로 변해야 했다.

"위험한 발언에 책임질 수 있는가? 그 말대로 하면 누군가 사범을 부러 죽이고, 활터로 옮겨서 위장했단 말인가?"

"그런 뜻은 아니었습니다. 제가 눈썰미 하나는 타고났는데 분명 활을 맞아서 죽은 건 아니었습니다."

"장담할 수 있나?"

이번에는 머리가 아닌 허벅지로 봉이 날아들었다. 만월은 기습 공격에 놀라 바닥에 주저앉았다. 그러자 봉은 물 밖으로 나온 피라미처럼 만월의 몸에서 날뛰었다. 만월은 비명도 지르지 못하고 온몸으로 매를 맞았다. 아픔보다는 놀람이 더 컸고, 놀람보다는 의문이 컸다. 몇 달 전에 사라진 사범이 활터에서 죽은 것도 의문이었다. 분명 활이 아닌 다른 이유로 죽은 것 같은데 원인을 알 수 없었다. 그 자리에 하필이면 만월이 있었고, 하필이면 혼자 활을 쐈던 것뿐이다. '하필이면'. '하필이면'이 반복이 되면 의도적인 게 되고 의도적인 것은 계획적인 게 되어 버린다. 아니라는 걸 증명할 방법이 없다.

'도망칠까, 만주로 가 버릴까, 아니면 고문당하다 죽기 전에 먼저 죽어 버릴까.'

여경이 사라진 이유를 몰랐으나 도망치고 싶었을 것이다. 국화가 사라진 이유를 몰랐으나 북경이 아닌 만주로 가 버릴 만한 이유가 있었을 것이다. 말 그대로 매는 복종을 불러오고, 복종 뒤에는 분노와 증오가 남아 관계를 끊어내고 싶은 자발적 의지를 드러내게 했다.

사범은 달랐다. 죽어 버릴까, 가 아닌 진짜 죽어 버렸다. 사범이 죽어 버릴까, 한다고 해도 이해가 되지 않았다. 사범의 얼굴은 볼 때마다 평화로웠으니까. 꾹 다문 입은 꾹 다문 속마음처럼 닫혀 있었다. 표정으로 본색이나 감정을 드러내는 일은 하지 않았다.

사범은 체육 선생이었는데도 다른 수업은 하지 않았다. 오로지 국궁에만 참여했다. 교무실이 아닌 활터에서 가끔 산 아래를 바라보았다. 활시위를 당기는 만월의 뒤에서 몰아쉰 숨이 터져 나오기도 했다. 만월은 허리를 곧추세우고, 줌손에 힘을 줬다. 자세가 흐트러지면 화살은 금세 알아채 과녁을 빗나갔다. 사범의 한숨 소리를 들으면 줌손이 풀리고 깍짓손도 늦게 빠졌다. 화살이 나가는 소리만 들어도 실패했다는 걸 느꼈다.

활은 예의가 중요한 것이고, 그러기에 살아남을 수 있었다.

사범은 '예'를 강조했다. 그건 사범의 말이 아니라 우리 전통이라고 했다. 그래서 활을 지키는 게 우리 민족을 지키는 일이라는 말을 작고 느리지만 단호하게 했었다. 대놓고 말하면 화살처럼 빠르게 교무실로 달려갔다. 교장과 아카시는 더듬이를 산 쪽으로 대고 있어서 그런 말들을 먹었다. 먹고, 먹어서 배가 산더미같이 부풀어 올라 학생들을 괴롭혔다. 다행인지 불행인지 다른 곳으로 소문이 퍼지지 않고 조용히 묻혔다.

미화여자고등보통학교는 그대로 모범 학교였다.

아카시의 매질이 끝났다. 만월은 통증을 느끼고 싶었다. 맞았으니까 통증을 느끼는 게 당연했다. 통증 대신 감각을 잃은 것 같았다. 아무것도 느껴지지 않았고 통증도 느끼지 못했다. 이유 없이 구토가 일었고 이유 없이 몸이 출렁댔다. 원동 바닷가에서 봤던 파도가 쳤으며 그로 인해 몸을 가눌 수 없을 정도로 흔들렸다. 지렁이를 일으켜 세운 것처럼 만월의 몸은 제멋대로 물컹거렸다. 물렁이로 변해 버렸다.

만월이 눈을 떴을 때, 기숙사 침대에 발이 묶인 채 방치되어 있었다. 학생들은 만월을 길가 나무에 묶인 강아지를 보듯 했다. 멀리서 바라보기만 할 뿐 다가오지 않았다. 큰 아이가 침대맡에 급식을 주고 갔다. 만월은 진짜 개로 변해 버릴 것 같아 먹지 않았다. 배속은 겨우 보리밥 한 덩이와 멀건 된장국 한 그릇을 보고도 고개를 숙였다. 자꾸 밥을 달라며 소리를 냈다. 꼬르륵 소리가 들릴 때마다 만월은 배를 움켜쥐고 진드기처럼 달라붙은 사범을 떼어내려 했다.

"어쨌든 죽은 거지 사라진 거는 아니네."

풋, 하고 비소가 터졌다. 알 수 없는 억울함과 비참함이 원망으로 차올랐다. 활터에서 죽어 버리면 안 되는 사람이 죽었다. 만월은 사범의 죽음의 원인이 화살이 아니란 걸 안다. 활을 아는 사람이라면 절대로 정간에서 사람을 쏠 수는 없다. 전쟁터가 아닌 이상 예의를 어기면서 활을 쏘는 사람은 조선인 중에는 없다. 적어도 조선인이라면.

궁술이 아닌 궁도로 바꿀 것.

일본인들은 사소한 것부터 규정하려 했다. 몇 년 전에 '조선궁술협회'를 '조선궁도협회'로 바꿨다. 글자 하나에 얼마나 많은 것들을 규정하고 규제하려는지 '술'과 '도'의 차이를 모르는 만월은 이해할 수 없었다. 전통을 글자 하나로 바꿀 수 있는 절대적인 권력을 가진 사람도 일본인들이다. 사범은 궁도를 인정하지 않았다. '궁도' 안에는 조선의 것을 담을 수 없는 추악함과 비열함, 포악함과 동시에 더러움까지 포함된 말이 들어 있다고 했다. 일본인은 갖지 못하는 진중함과 고결함이 있는 활터에서는 절대 궁술이 아닌 말은 허락하지 않았다.

그곳에 가야 했다, 그곳.

해발 이백십 미터, 학교에서 유일하게 숨을 쉴 수 있는 곳, 비가 오면 먹물처럼 운무가 번져 과녁이 보이지 않았던 곳, 보이지 않는 곳에 쏠 때 차라리 마음이 편해서 오히려 화살이 과녁 근처에 퍼져 있던 곳, 물안개가 하얀 용이 되어 꿈틀거리는 듯한 신비함과

신묘함이 공존했던 곳.

흐릿한 기억 속에 만월을 질질 끌고 다니는 아카시가 생각났다. 분이 풀리지 않은 아카시는 집어 던지듯 만월을 침대에 팽개쳤다. 아직 정리되지 않은 국화의 서랍을 뒤져 천 조각을 찾아냈고, 만월의 다리를 들어 올려 꽁꽁 묶었다. 만신창이가 된 몸이라 묶지 않아도 움직일 수 없었다. 아카시는 큰 아이에게 단단히 일러두고 방을 나갔다. 큰 아이는 난감한 표정으로 만월을 쳐다보았다. 그 표정 안에는 수십 개의 감정이 솟아났다.

모든 걸 포기하고 싶었다. 집으로 돌아가고 싶었다. 절대 돌아가지 않으려 해도 마지막으로 돌아가야 할 곳은 고향이었다. 아버지가 계신 곳이라 만월이 뜨는 곳이었다. 동그란 달빛의 기운만으로도 포근하고 포만감이 드는 곳이었다. 고향으로 가기 전에 활터로 가야 했다. 쉼터 의자 밑에 숨겨 둔 책을 찾아야 했다.

어둠 속에서 천둥과 번개가 쳤다. 번갯불 사이로 언뜻언뜻 창가에 얼굴이 비쳤다. 만월이 아닌 국화가 서 있었다. 또 한 번 번개가 쳤을 때 창가에는 이치카와 사범이 앉아 있었다. 셋의 표정이 다 비슷했다. 감정을 잃은 사람들의 무표정하고 무심한 얼굴과 폭력으로 인해 찢긴 몸과 영혼이 깃들어 있었다. 흐릿한 정신을 붙잡고 사라졌던 사람이자 사라져야 할 사람으로만 남았다. 만월의 뒤척임을 알아챈 큰 아이가 속삭였다.

"사라지는 건 그나마 다행인 거야."

벽을 향해 모로 누웠던 큰 아이는 만월을 향해 몸을 돌렸다. 반짝이는 번개가 아니면 세상은 어둠뿐이었다. 천둥은 세상을 집어삼키면서 조롱하듯 웃고 있었다. 그런 어둠 속에서 달이 뜬 것 같았다. 손전등 하나가 반짝였다. 큰 아이가 침대 밑에서 가위를 꺼냈다. 손잡이에 면 조각이 친친 감긴 가위였다. 국화의 것이었다. 국화는 종일 천을 자르고 실밥을 뜯어내서 엄지손가락에서 진물이 났다. 바늘로 콕 찔러 진물을 짜내고 나면 금세 핏물이 번졌는데 아무렇지 않게 천을 감아 지혈시켰다.

"이걸 네가 어떻게 가지고 있어?"

"서랍 속에 있었어."

"그러니까 왜 치우지 않았지? 국화는 이미 사라

졌잖아."

"사람들은 사라진 사람들에게는 관심 없어. 남은 사람이 사라지는 것에만 관심 있지."

"그게 무슨 말이야?"

"말 그대로야. 너는 늘 관심 덩어리였잖아. 잘 생각해 봐."

큰 아이는 가위를 던지고 다시 벽을 향해 모로 누웠다. 좁은 등이 들썩이는 것 같았다.

"이러면 안 되는 거잖아. 아카시가 올지도 몰라. 왜 나를 돕는데?"

큰 아이는 대답이 없었다. 조금 전의 국화와 사범처럼 표정이 없었다. 눈과 코와 입이 없었다. 얼굴이 없었다. 달빛이 사라졌다. 어둠이 찾아왔다. 이번에는 번갯불에도 아무것도 볼 수 없었다. 만월의 얼굴과 몸도 사라지는 것 같았다.

천둥과 번개가 사그라지고 빗방울 소리가 요란했다. 땅 위에 발붙이고 사는 것들을 모두 땅속으로 돌려놓기라도 하듯 무겁고 진하고 굵은 빗방울이 세상을 뒤덮었다. 밖과 달리 안은 고요했다. 열 명이 사는 공간에서 숨소리 하나 들리지 않았다. 달빛은 처음부터 존재하지 않아 보였다. 조금 전 일이 현실이라고 느껴지게 하는 것은 침대맡에 있는 가위뿐이었다. 만월은 가위를 들어 발을 묶은 천을 잘랐다. 천이 아니라 쇠심줄을 잘라내는 것처럼 질겼다. 왼손잡이라 가위 잡는 것도 서툴고 손가락이 아팠다.

허둥지둥하는 사이 가위가 복숭아뼈 위를 스쳤다. 뜨끈한 것이 발등을 타고 흘렀다. 그러자 멈췄던 통증도 다시 느껴졌다. 무감각해진 감각이 사라지고 모든 감각이 피부에 몰렸다. 따끔하니 살아 있는 것 같아 안도감이 들었다.

천을 다 잘랐다. 두 발을 방바닥에 천천히 내려놓았다. 차갑지만 매끈한 방바닥이 느껴졌다. 만월은 몸에 힘을 실어 일어섰다. 통증이 일긴 했으나 견딜 만했다. 기숙사에서 활터로 가는 길이나 연전길도 걸어갈 수 있을 것 같았다.

비가 멈추고 희부연 세상이 열리고 있었다. 만월은 방문을 열고 밖으로 나왔다. 방을 나와 복도를 지나고 현관문에 다다를 때까지 아무도 마주치지 않았다. 현관문 앞 사감실 불이 켜져 있었으나 텅 비었다. 이치카가 나가고 나서 새로운 사감이 왔으나 그녀는 학생들을 단속하기보다는 소등하고 사라졌다가 아침에 나타난다는 말을 들은 적이 있다. 그녀도 이치카처럼 사라질까 봐 학생들은 내심 걱정하고 있었다. 감시는 자유를 억압하는 대신 보호라는 울타리를 쳐줘서 학생들은 사감실이 불이 켜지면 안심하곤 했었다. 만약 기숙사에서 문제가 생겨도 최고의 책임은 사감이다. 학생을 책임져야 할 이치카가 사라진다면 그건 교장의 책임이었다.

교장은 책임은커녕 사라진 사람을 찾으려 하지도 않았다. 학교에 문제가 생기면 일본에 간다는 핑계를 대고 자리를 비웠다. 사건이 풀리거나 미제 사건으로 남는다고 해도 그 사건이 조금씩 사람들 기억 속에서 희미해질 때쯤 나타나 자기도 힘들었다며 절대 그 이야기를 꺼내지 못하게 했다. 만월은 늘 히죽거리며 복도를 거닐던 교장을 기억했다. 여경의 아버지가 그녀 앞에서 무릎 꿇고 한 번만 봐 달라며 사정할 때도 의자에 앉아 선물 받은 난의 잎을 비단으로 조심스레 닦아내던 모습. 난을 보며 아가야, 아가야 하는 소리에 얼굴이 하얗게 되었던 여경과 아버지.

만월은 사감실 앞에 서서 다시는 학교로 돌아오

지 않겠다는 결심을 했다. 불이 켜져 있으나 사라진 사람을 막지 못했다. 지켜야 할 사람들을 제대로 지키지 못했는데도 사감실에 불이 켜졌다는 이유만으로 학생들은 통제당하고 있었다.

현관문을 벗어나 활터로 가는 길에 들어서자 날이 완전히 밝았다.

창고 앞에서는 희미하지만, 여전히 고양이 울음소리가 들렸다. 고양이는 생을 다한 것처럼 점점 울음소리가 줄어들고 있었다. 철문 안에서 들려 들어갈 수 없었다. 간당간당한 목숨이라도 오래 붙어 있길 바랄 뿐이었다.

이른 시각이었으나 여름이라 아침이 빨리 열렸다. 만월은 호흡을 골랐다. 맨 처음 활을 배우겠다고 매일 이 길을 걸어 다녔을 때의 설렘을 상상했다. 일본식 활이 아닌 전통 활인 각궁을 쏠 수 있다는 생각에 자부심을 느끼기도 했다. 일본이 없애지 못한 전통 중 하나가 활, 궁술이었다.

사대에 들어가기 전 정간을 바라보며 인사를 올렸다. 활은 쏘지 못하나 사대에 서는 마음으로 예의를 다하고 싶었다. 다시 돌아올 수 없는 곳이 될 수도

있었다. 활 쏘는 기억은 잊어버려도 몸이 기억할 정
도로 습사해야 하는데 게을리한 것을 탓했다. 그때는
시간이 영원히 이어질 줄 알았다. 접장이 되었으니
개교 기념 활쏘기 대회에서 1등을 하고 조선을 떠나
기 위해 경성종합체육대회에 나가고 싶었다. 모든 꿈
이 사라졌다. 만월이 포기한 게 아니라 포기를 할 수
밖에 없는 상황이 만들어져 버렸다.

만월은 의자 밑에 숨겨 둔 『조선의 궁술』을 꺼냈
다. 낙랑파라에서 봤던 남자가 정리했다던 책. 조선
이라는 말이 어색할 정도로 일본식이 되어 버렸는데
우리말을 지키려 했던 조선어학회 사람이 목숨을 걸
고 정리한 책. 정식으로 일본의 궁도도 갖지 못하는
예의범절 안에 우리말이 녹아내렸다. 일본이 자신들
의 궁도가 아닌 조선의 궁술을 허락한 것도 어쩔 수
없는 상황 때문이다. 우리말을 기억하고 기록한 남자
를 알지 못했다. 여경이나 시백, 정록을 만난다면 자
세히 묻고 싶었다.

원한다고 만날 수 있는가?
만월은 그 질문 앞에서 대답할 수 없었다. 만월이

기숙사에서 사라진다면 진짜 살인범으로 몰릴 수 있었다. 그런 상황에서 다른 사람을 만난다면 그 사람도 죄를 뒤집어쓸 수밖에 없었다. 아무도 만날 수 없고 어느 곳에도 갈 수 없는 상황이 되어 버렸다.

만월은 지난번에 읽었던 곳을 다시 펼쳤다. 책 안에 책갈피가 있었다. 책을 넘기다가 종잇조각을 발견해서 꽂아 둔 거였다. 지난번 읽은 다음 장부터 읽어 내려가는데 종잇조각에 시선이 머물렀다. '종로전당포'가 찍혀 있었다. 천 조각 이십 원. 국화가 남기고 간 것 중 일부였다. '내 손에 비밀이 있다.'가 아닌 '네 손에 비밀이 있다?' 정록의 우스갯소리를 그냥 넘긴 게 실수였다. 국화와 장난하는 모습이 닮았다고 넘길 문제가 아니었다. 숨겨진 비밀이 무엇인지 분명히 물었어야 했다.

만월은 읽던 책을 다시 의자 밑에 넣어 두고 전당표를 들고 길을 나섰다. 종로전당포까지 걸어가려면 서둘러야 했다. 아침 체조 시간을 알리는 종이 울렸다. 조금 후에 학생들이 하나둘 운동장으로 모여들 것이다. 인원을 확인한다면 만월이 사라진 걸 아카시

좌궁수는 불길하다 195

가 알아챌 것이다. 사라진 사람은 찾지 않겠지만 만월은 달랐다. 살인범으로 몰리고 있었다. 만월이 사라진다면 학교에서 교사가 죽은 사건을 처리할 방법이 없었다. 체면을 중요시하는 교장은 다른 사람을 용의자로 몰아서라도 범인을 세울 것이다.

종로전당포에 도착했을 때 만월은 흡혈귀에게 물린 사람처럼 핏기가 하나도 없었다. 땀 대신 피가 빠져나간 사람처럼 희멀겋게. 전당포는 허름한 골목 이층에 있었다. 한 사람이 겨우 지나갈 수 있을 정도로 골목이 좁았다. 작은 집들이 여러 채 모여 있어서 햇빛도 잘 들지 않아 골목에서는 습한 기운이 올라왔다. 생각해 보니 그 습한 기운은 사범의 시체 옆에서나던 기운과 닮았다. 동네가 죽은 듯 조용했다. 만월은 예전에 국화를 따라 심부름을 온 적이 있었다. 종로전당포 사장은 옷을 잘 입기로 소문난 남자였다. 두례가 만든 옷이 아니면 입지 않을 정도로 옷들을 좋아했다. 국화는 늙은 남자가 자신의 엄마를 좋아하는 것 같다며 괜히 심통을 부렸다. 옷을 가져다줄 때도 고개를 푹 숙이며 얼굴을 마주치려 하지 않았다. 사장은 화를 내는 대신 국화에게 모리나가에서 파는

밀크캐러멜을 권하기도 했다.

안 먹어요.

먹어 봐. 이거 귀한 거야.

국화는 사장이 여러 번 권하면 마지못해 입 안 가득 캐러멜을 넣고 볼멘소리를 했다. 만월은 국화가 그러든 말든 무조건 받아먹었다. 엿과는 비교할 수 없는 상큼함과 달콤함이 입 안에 가득 퍼졌다. 한 번도 맛보지 못한 달짝지근한 맛을 느끼는 것만으로도 우월감을 느꼈다. 그렇게 싫어하던 사장에게 맡길 물건이 무엇이었을까? 두례의 재봉틀일까? 천 조각이니 재봉틀은 아닐 것이다. 그렇다면 무엇일까? 이 층으로 올라가는 열일곱 개의 계단을 밟으며 열일곱 개의 질문이 쏟아져 나왔다.

문 앞에서 만월은 매무새를 가다듬었다. 아카시와 비슷하게 키가 크고 목소리가 우렁찼던 사장이 만월을 기억해야 했다. 전당표를 가지고 있었으나 돈을 가져오지 않아서 내줄 이유가 없었다. 찾지는 못해도 천 조각이라 쓰인 것이 무엇인지 확인하고 싶었다. 단순하게 천 조각이라면 이십 원이 아닌 오 원 정도면 충분했다. 생각했던 것보다 큰돈을 가져갔다면 물건 역시 보통은 아닐 것이다.

똑, 똑, 똑.

문을 두드리는 소리가 복도 안에서 길게 울려 퍼졌다.

문이 열리자 만월은 잔뜩 긴장한 채 안으로 들어섰다.

"제가 누구인지 아시죠? 지난번에 양복을 들고 배달 왔을 때 그 집 딸하고 같이 왔던 사람이에요."

"만월이?"

"네."

"만월이라고 하면 되지 무슨 말이 그리 길어? 마침 넝마전에 넘길 판이고만. 왜 이리 늦었어?"

사장은 의자에 앉아 시큰둥하게 물었다. 만월은 짧은 순간에 전당포 안을 톺아보았다.

나무 책상과 의자가 하나, 금고 하나, 중앙에 소파가 양쪽으로 놓였고 그 옆에는 정리되지 않은 책들이 있었다. 고문서에 가까운 것들이었다. 그것 외에는 아무것도 없었다. 국화가 맡겨 놓았거나 다른 사람이 맡긴 물건을 찾을 수 없었다. 지난번에 왔을 때는 그래도 소파 옆에 물건이 쌓여 있었다. 캐러멜이 든 작은 찬장도 있었고, 벽 옆에는 상자가 쌓여 있기도 했다. 달라진 점이라면 책상 뒤에 못 보던 액자가 생겼다. 능소화 한 송이가 어둠 속에서 피어 있는 그림이었다.

"캐러멜을 줄까?"

"지금은 그걸 먹을 기분이 아니에요. 그런데 여기는 왜 휑해요?"

"전당포에 물건이 없다는 건 장사가 안된다는 것이지. 바꿔 말하면 전당포에 물건을 맡기고 돈을 빌려 가는 사람이 적다는 거지. 그렇다면 좋은 걸까? 나쁜 걸까?"

사장이 책상 서랍에서 캐러멜을 꺼냈다. 만월은 책상 위에 놓인 캐러멜을 먹고 싶었다. 입 안이 터졌는지 따끔거렸다. 달콤한 것을 입에 넣으면 따끔거림도 사라질 것 같았다. 중요한 순간에 캐러멜의 달콤함에 취해 판단이 흐려지는 걸 경계했다. 배고픈 늑대처럼 배를 곯을수록 정신은 맑아졌다.

만월은 전당표를 내밀었다. 사장은 잠시 고민하더니 벽에 걸린 능소화 액자를 떼어냈다. 그 뒤에 작은 문이 있었다. 사장은 몸을 굽혀 문 안으로 들어갔다.

한참 뒤 사장은 보따리를 가지고 나왔다. 보따리를 풀기 전에 다시 액자를 걸었다. 액자 뒤에 문이 있을 거라는 생각을 해 보지 않았다. 국화랑 왔을 때는 분명히 없던 액자였고, 없던 문이었다.

"돈은 가져왔어?"

"아니요."

"그럼, 왜 왔어?"

"그게 무엇이었는지만 알려 주세요."

"돈도 없다는데 알려 줄 필요는 없지. 그리고 직접 맡긴 것도 아니잖아?"

"맞아요. 그 말씀이 맞긴 맞는데 궁금해서요. 제가 또 호기심 많은 구경꾼이잖아요."

"허허허. 그 녀석 맹랑하네."

만월도 사장을 따라 웃었다. 몸은 만신창이가 되었으나 웃고 나니 조금은 회복이 된 것 같았다. 사장이 웃음을 거두고 진지하게 물었다. 사무실에 둘만 있는데도 누군가 듣기라도 하듯 은밀했다.

"그 몸으로 어디를 가겠다는 거냐?"

"제가 어디를 가는 것처럼 보여요?"

"학교의 소문이 여기까지 달려왔단다. 넌 지금 기

숙사로 돌아가야 하지 않아?"

"신경 쓰지 마세요. 제가 여기에 왔던 걸 학교에서 알면 사장님도 곤란하실 거예요."

"이건 돈을 주고 맡긴 게 아니라 그냥 보관용이다. 그동안 옷을 잘 만들어 줘서 특별하게 맡아 둔 거다. 그냥 가져가거라."

"그냥 맡겨 둔 거라면서 전당표는 왜 썼어요?"

"전당표가 있어야 네가 찾으러 올 거 아니냐? 전당표가 아니면 누가 널 여기까지 오게 하겠느냔 말이다."

"제 것이라고요?"

사장은 볼일이 다 끝났다면서 나가라는 손짓을 했다.

누군가 가게 문을 거칠게 두드렸다.

문을 열고 들어온 사람은 정록이었다. 지난번보다 한 뼘쯤은 퀭한 모습이었다. 며칠 동안 잠을 못 잔 사람처럼 눈이 빨갰다. 정록은 만월을 보고도 반가워하지 않았다. 지친 기색이 역력했다. 정록은 전당포 소파에 드러누웠다. 내재봉소에서 처음 만났을 때처럼 거리낌 없는 행동에 당황스러운 것은 만월이었다.

만월은 그때처럼 정록 가까이에 가지 못했다. 그때는 낯설어서 가지 못했고 지금은 두려워서 가지 못했다. 행여 자신을 사범의 살해범으로 오해하고 있는지도 모른다는 생각에 저절로 주눅이 들었다. 경성에서 일어난 일은 바람보다 더 빨리, 더 멀리 소문이 퍼졌다.

"네가 여기에 있으면 안 되는 거 아니야? 아니면 기숙사에서 탈출한 건가?"

정록은 눈을 뜨지 않고 말했다. 사장은 정록이 무자비하게 자신의 영역을 침범했는데도 못 본 척했다. 둘 사이 셈을 치러야 하는 게 남은 것처럼 정록의 행동이 일방적이었다. 만월은 사장을 쳐다보았다. 사장은 머리를 긁적이며 자꾸만 한숨을 쉬었다.

"만월아, 내가 너를 위해 해 줄 수 있는 말은 기숙사로 돌아가란 말이다. 그 보퉁이를 풀어 보면 답이 있을 것이다. 물론 국화도 이런 것까지는 예상하지 못하고 남긴 것이겠지만. 난 전했다. 이제 전당표는 찢어 버리마."

사장이 전당표를 찢었다. 재떨이 안에 넣고 성냥으로 불을 켜서 태웠다. 전당표는 금세 사라졌다.

만월은 이곳을 나가면 어디로 가야 할지 몰랐다.

교복이며 절뚝이는 다리와 통증 때문에 잘 걷지도 못하는 모습을 본다면 분명 만월이 범인이라고 단정 짓기에 좋았다. 생각 없이 길을 나서는 게 아니었다. 학교에 남아 진실을 밝히는 쪽이 나을 수 있었다. 후회는 후회일 뿐이었다. 돌이킬 수 없다면 맞서야 했다.

"사장님, 캐러멜 주세요."

"조금 전까지 먹지 않겠다더니 이상하네. 갑자기 전투력이라도 상승한 거야? 아니면 어디 아픈 건 아니지?"

"아니요. 멀쩡해요. 캐러멜을 먹고 힘내려고요. 죽을 땐 죽더라도 맛있는 건 먹어야지요."

사장이 상자에서 캐러멜을 꺼내 주었다. 만월은 갈색 캐러멜을 꺼내 입 안에 넣었다. 단 게 들어가자, 입 안에 침이 샘물처럼 솟았다.

전당포를 나오는데 울컥거렸다. 숨을 크게 몰아쉬려는데 갑자기 캐러멜이 통째 목구멍 안으로 쏙 들어가 버렸다. 당황해서 그런지 숨이 잘 쉬어지지 않았다. 목에 걸린 캐러멜을 뱉어내기 위해 크게 기침했다. 누군가 등을 두드렸다. 뒤돌아볼 힘도 없었다. 호흡 곤란으로 숨이 가빴다. 맞을 때보다 더 아픈 것 같았다. 만월의 등 뒤로 단단한 사내의 몸이 아카시처럼 꼿꼿하게 버텼다. 두 팔로 만월을 감싼 채 만월을 들었다가 내려놓으니 그제야 살 것 같았다.

"만월아, 괜찮아?"

익숙한 목소리, 시백이었다. 만월은 그제야 뒤를 돌아서 시백을 쳐다보았다. 위급한 사람을 구조한 모습치고는 상당히 차분해 보였다. 정록과 달리 시백의 행색은 깨끗하고, 단정해 보였다. 원동에서 봤던 모습과는 달랐다. 지난번 봤을 때보다 형편이 나아 보였다.

"시백 오라버니가 여기는 웬일이야?"

"난 정록이 보러 왔지. 안에서 못 만났어? 그건 그렇고 네 꼴이 이게 뭐냐?"

"난 괜찮아. 정록 오라버니는 사무실에 있어. 둘이 그렇게 친한 사이였어?"

"친하지는 않지만 친해지려고 노력하는 사이야."

"무슨 이유로? 내가 아무리 생각해 봐도 둘이 이어지질 않아."

"사람 일은 모르는 거지. 너와 내가 잘 아는 사이라 해도 우리도 서로 모르는 거 아냐?"

"모르길 바라는 거야? 아니면 내가 모르도록 숨기는 일이 있는 거야?"

시백은 대답 대신 숨이 넘어갈 때도 만월이 들고 있던 보퉁이를 잡아당겼다. 순식간에 보퉁이를 들고 앞장서서 걸었다. 만월은 길거리에서 다툼하고 싶지 않았다. 피로해서 눈이 감겼고 근육통을 앓았다. 아직 낫지 않은 몸은 낡은 문처럼 여기저기 삐걱거리며 소리를 냈다. 시백은 만월이 뒤따라오는지 살피면서 걸었다. 예전 같으면 티격태격하며 둘이 나란히 걸었을 것이다. 시백은 시장을 지나 학교로 가는 길을 택했다. 만월은 저항하지 않았다.

학교에서 나올 때는 기숙사를 벗어나 활터로 갔다. 활터는 산으로 이어져서 산을 넘어 학교 밖으로 나왔다. 들어갈 때도 산을 넘어 활터로 갔다가 다시 기숙사로 가는 편이 나았다. 잠깐 사라졌다고 둘러댈 거리가 생겼다. 다리에 묶인 천을 자르고 나왔으니 그것에 대한 핑계를 만들어야 했다. 핑곗거리가 생각나지 않았다. 생각의 길을 내야 했으나 길이 막혔다. 캐러멜이 목구멍을 막았을 때처럼 암담하고 암울했다. 학교로 돌아가는 것도 겁이 났다.

"오라버니, 아버지는 진짜 잘 있는 거지?"

"너는 네 걱정만 해. 다른 사람 걱정하지 마. 네가 온전해야 다른 사람도 온전한 거야."

"우리 오라버니 그렇게 말하니 경성 사람 같네. 너무 바른 소리만 골라서 하잖아."

"두렵지 않아? 학교로 돌아가는 것 말이야. 그 뒤에 일어날 일에 대해서도 괜찮은가 보네. 여전히 장난꾸러기야."

시백의 말에 살짝 반항심이 들었다. 만월은 진짜 장난을 치고 싶었다. 하지만 잔뜩 비가 오는 날처럼 몸도 마음도 습했다. 금방이라도 만월의 머리와 어깨에 곰팡이가 내려앉을 것 같았다. 학교에 가까울수록 머리가 맑아지고 심장이 터질 것 같았다. 근육들이 몸을 찢고 튕겨 나올 만큼 긴장되었다. 농담이 아니면 울컥거림으로 인해 목이 막혀 버릴 것 같았다.

"이게 만월이 나잖아. 여기까지 와 줘서 고마워. 그리고 난 경성 사람인 척하는 오라버니보다 원동에 있을 때의 오라버니가 좋아."

만월은 대답도 듣지 않고 시백의 손에서 보퉁이를 빼앗아 가슴에 품었다.

만월은 산을 넘어 활터로 갔다.

그곳에서 보퉁이를 열었다. 선홍빛 궁대에 만월의 이름이 수놓아져 있었다. 또 하나는 '솔포'였다. 베를 과녁 크기에 맞춰 잘라 가운데에 곰을 그려 넣은 임시용 과녁이었다. 그동안 자기 말을 흘려듣는다고 생각해 국화를 미워했다. 만월은 천을 가슴에 꼭 껴안았다. 궁대와 솔포에서 국화 냄새가 나는 것 같았다.

궁술(弓術)이 궁도(弓道)가 되어도

만월이 학교에 나타나자 아카시는 그야말로 어이없는 표정을 지으며 허탈하게 웃었다. 만월의 행동은 자신의 통제권을 벗어난 행동이었다. 이럴 때는 매밥에 먹히지 않았다. 아카시는 지휘봉을 들고 손바닥을 토도독거렸다.

"너도 사라져야 하는 거 아니냐? 돌아온 이유가 뭐지?"

"저는 여기에 남아야 합니다."

"사라진 사람들은 돌아오지 않았다. 돌아온 사람은 죽어서 왔을 뿐이지."

"저는 여기에서 죽겠습니다. 학교 개교 기념행사에서 1등을 하고 경성종합체육대회에서도 1등을 할 것입니다. 학교의 명예를 무엇보다 중요시하는 교장 선생님의 뜻에 따라 충성스러운 학생이 되겠습니다."

만월의 대답은 막힘이 없었다. 만월은 국화가 한 말을 되새김질했다.

'내 손에는 비밀이 있다.'

손이 아니라 마음에 비밀이 있다.

만월의 막힘없는 말에 당황한 것은 아카시였다.

미간을 찡그리고 코를 벌렁거렸다. 난처할 때마다 하는 행동이었다. 자극하지 않아야 했다. 학교 대회야 누구든지 참가할 수 있었으나 경성종합체육대회는 달랐다. 각 학교에서 뽑힌 사람만이 대표로 나갈 수 있었다. 만월이 국궁에서 1등을 해도 아카시가 허락하지 않으면 큰 대회에 나갈 수 없었다. 만월은 아카시가 교장에게 충성스러운 개인 것처럼, 아카시의 충실한 개가 되어야 했다. 잠깐만 훼절하는 것뿐이다.

아카시는 귀찮다는 듯 지휘봉으로 기숙사를 가리켰다. 지휘봉이 말하는 것처럼 손짓이 단호했다. 만월은 아카시 앞에서 흐트러짐 없이 걷고 싶었다. 맞은 데가 욱신거렸다. 걸음을 걸을 때마다 통증 때문에 오리가 되었다.

기숙사 안으로 들어서자 큰 아이가 한숨을 내쉬었다. 학생들이 몰려들어 돌아온 이유를 물었다. 만월은 입술을 꼭 다문 채 침대에 누웠다. 하루가 너무 길었다. 평소보다 더 무거운 피로가 몰려들었다. 혼절하듯 잠이 들었다.

누군가 만월을 흔들어 깨웠다. 큰 아이였다. 큰 아이는 걱정스러운 눈빛으로 만월을 내려다보았다.

"살아 있는 거 맞는 거지?"

그러고서는 만월의 얼굴에 손을 갖다 댔다. 따스한 손길이 닿자 만월은 국화가 생각났다. 옆에 있을 때는 몰랐는데 국화가 없으니 세상 모두가 자신을 떠나 버린 것 같았다. 국화가 아닌 다른 친구들은 싫었다. 오직 국화만이 만월의 친구였다.

"사람이 어떻게 꼬박 하루를 잘 수 있어?"

"내가? 나 사람이 아니라 흡혈귀로 변해서 밤새 누군가의 목을 물어뜯고 피를 빨아 먹어서 흡혈귀로 변신한 건 아닐까?"

"진짜 만월은 못 말리겠어. 중요한 때에 농담하지 말고 면회실에 가 봐. 체육 선생이 널 데려오래."

"면회실에는 왜?"

"그걸 나한테 묻는 거야? 가 보면 알겠지. 네 일이니까."

면회실이라면 누군가 만월을 찾아왔다는 것이다. 다 사라져 버렸으니 남은 건 아버지였다. 아버지가 왔다면 만월의 소식이 이미 고향까지 갔다는 말이다. 만월은 아버지를 볼 낯이 없었다. 아버지 밑에서 구수한 빵을 만들었다면 주변 사람들이 사라지지는 않았을 것이다. 목울대로 슬픔이 넘어왔다. 아버지를 만나면 금방이라도 슬픔을 토해 버릴 것 같았다.

면회실 앞에서 슬픔을 꾹꾹 발로 밟았다.

노크를 두 번 했을 때 문이 열렸다. 여경을 마지막으로 본 날의 풍경이 떠올랐다. 자신의 아버지도 교장에게 머리를 조아리고 있을 것 같아 참을 수 없었다.

면회실에 들어갔을 때 뜻밖에 정록과 시백이 있었다. 둘은 국화와 만월처럼 붙어 다녔다. 지난번 전당포에서 봤던 그대로였다. 만월이 들어서자 아카시가 이마를 찡그리고 코를 벌름거렸다. 말주변이 없는 것처럼 표정 변화도 없었다.

"여기에 온 시백 군이 새로운 사범이다. 운명의 장난인지 아닌지."

아카시의 말이 귓속에서 앵앵거렸다. 소리가 거미줄처럼 끈적하게 퍼져 나갔다.

시백은 '만월'에서 밀가루를 날라야 했다. 아버지를 도와 빵을 만들고 주판을 놓아야 했다. 그런 시백은 사범이 될 수 없었다.

"경성종합체육대회 때문에 특별하게 모신 사람이

다. 이번 경기가 끝나면 다시 고향으로 돌아갈 것이다. 사범이 있을 때 잘해 보아라. 이는 학교의 마지막 배려이다."

만월은 시백과 정록을 쳐다보았다. 누군가가 먼저 말을 꺼내 주기를 바랐다. 둘은 항상 입을 다물고 있으면서 만월을 놀라게 했다. 낮도깨비 같은 정록이야 성격을 알아서 행동을 조금은 예측할 수 있었다. 시백은 달랐다. 예전에 알고 있었던 모습은 찾을 수 없었다.

"습사부터 해야지? 활터로 올라가자."

시백이 만월을 잡아끌었다. 만월은 허깨비처럼 끌려갔다.

활터에 도착했을 때 시백은 활부터 점검했다. 활을 얹고 식히는 동안 둘은 침묵 속에서 견뎠다. 만월은 참을 수 없었다.

"도대체 이시백이라는 사람의 정체가 뭐야?"

"예전에 말이야. 아주 어렸을 때 아버지를 따라 활터에 간 적이 있었어. 그때 어찌나 국궁이 인기가 많았던지 편사를 하는 데 수천 명이 몰렸었어. 나도 아버지가 활 쏘는 모습이 보고 싶어 따라갔었는데 화살을 맞은 거야. 다행히 화살이 살짝 빗나가긴 했는데 팔을 잡고 울먹거리는데도 아버지는 국궁에 빠져 있었어."

"정체를 말하라니까!"

"맨날 신문이나 잡지를 끼고 다닌다던 만월이 내가 실린 옛날 신문은 아직 못 봤나 보네."

"어처구니없는 소리는 하지 말고. 이게 다 무슨 상황이냐고?"

"내가 너보다 국궁 신문에 먼저 실린 사람이야. 그것도 아주 옛날에."

"쓸데없는 소리 하지 말고 바른대로 말해. 이게 무슨 상황이냐고? 오라버니가 어떻게 사범이 될 수 있는데?"

만월은 소리를 질렀다. 느긋하고 능글맞은 시백의 말을 듣고 싶지 않았다. 부러 만월의 뒤를 따라다니며 괴롭히는 사람처럼 느껴졌다. 아버지 가게에서 일하던 사람이 이렇게까지 엮일 줄은 몰랐다. 낯설어서 싫었고 정체를 알 수 없어 혼란스러웠다. 그동안에 쌓였던 신뢰도 다 무너졌다. 앞으로 삼십 년은 의심하며 살지도 모른다.

"내가 예전에 말했잖아. 우리 아버지는 한량이었다고. 아버지는 갑오개혁 이후로 없어진 활을 부활시킨 장인이셨어."

"그딴 거는 알고 싶지 않아. 난 오라버니의 정체만 알고 싶어."

"없어진 국궁이 부활한 게 어떤 이유 때문인지 알아?"

"몰라."

"그것도 모르고 지금 활을 쏘겠다는 거야?"

"몰라."

"내가 준 책을 읽지 않았어? 궁술의 기본도 없이 활을 쏘겠다는 거냐?"

"몰라. 몰라. 몰라."

알아도 몰랐고, 몰라도 몰랐다. 눈앞에 있는 사람이 예전에 알던 사람인데 이제는 누구인지 알 수 없었다. 시백이 방금 말한 것도 예전에 사범이 들려주었었다. 사범도 어디선가 전해 들었다는 이야기는 고종이 국궁을 부활시킨 이유였다.

아주 오래전 갑오개혁으로 과거 제도가 없어지면서 무사들도 길을 잃었다. 그러다가 독일 친왕이 조선에 왔을 때 시범을 보인 후로는 국궁이 부활했다. 총보다 활이 더 귀한 무기라는 독일 친왕의 말 때문이었다. 독일 친왕은 조선의 활에 매료되었고 총은 한 방에 사람을 죽이는 것뿐인데 활은 화살에 독을 묻혀 쏘면 죽지 않아서 그 옆에 있는 사람들이 도와야 한다는 것이다. 그렇게 되면 총보다는 더 많은 군사를 혼란에 빠트릴 수 있다고 믿었다. 화살을 맞아 본 시백이니 그 말을 믿는 게 분명했다.

"나는 오라버니와 관련된 일에 대해서는 예전에도 몰랐고, 지금도 모르고, 앞으로도 모르는 사람이 되고 싶어."

"몰라도 되는 일이 있고 모르면 배워야 하는 게 있어. 그게 바로 국궁이야."

"배운다고 해도 오라버니가 아닌 다른 사람에게 배우고 싶어."

"널 가르치는 조건으로 아저씨께 돈을 받았어. 난 밥값을 해야 해."

"돈이라니? 오라버니가 왜? 아버지도 속여서 돈을 받은 거야?"

"만월아, 네 눈에는 네가 보는 세상이 전부일 거

야. 하지만 네가 볼 수 없는 세상도 있단다. 그걸 알아야 해."

보이는 세상이 전부가 아니라면 볼 수 없는 세상도 전부가 아니었다. 볼 수 없는 세상은 촉바람이나 오늬바람처럼 잡을 수 없는 바람이었다.

개교 기념행사가 이 주일 앞으로 다가왔다. 그동안 시백은 틈나는 대로 만월을 불러 습사하게 만들었다. 정구부로 갔던 학생들이 시백을 보러 다시 국궁반에 들어왔다. 시백은 그녀들을 쳐다보지 않았다. 시백의 눈동자에는 오롯이 만월만 담겨 있었다. 시백이 활 자세를 잡아 줄 때마다 가슴 근육을 느끼기도 했다. 호흡이 불규칙해졌으며 얼굴이 붉어졌다. 시백의 숨소리는 잔잔하고 규칙적이었다. 말투는 가슴 근육보다 딱딱했고 불친절했다.

"사람이 삶을 견딘다는 게 얼마나 힘든 줄 알아?"

첫 순을 보내고 쉬는 틈에 시백이 물었다.

만월은 그 말이 싫다. 삶은 견디는 게 아니라 자기가 좋아하는 일을 하면서 개척해 나가야 한다고 생각했다. 다들 죽지 못해 산다고는 했으나 그들은 누구보다 열심히 살았다. 아버지도 그랬다. 맨날 일만 하더니 전 재산을 털어 시백을 샀다. 만월이 여기에서 포기하면 '만월'이 사라진다. 만월도 학교에서 퇴학당할지도 모른다. 아버지를 이해하기보다는 분노가 일었다. 한마디 상의도 없이 시백을 보낸 것에 대한 분노와 터무니없는 것에 '만월'을 걸어 버린 것에 대한 분노.

"견딘다는 것에 자신의 의지를 담고 싶은 거 아냐? 뭔가 대단한 삶이라도 살고 있다는 착각에 희망이나 발전도 없이 그저 시간을 허투루 보내면서 사는 자신을 포장하려 하는 거 아닌가?"

만월은 제 속에서 툭 튀어나온 불친절에 당황했다. 아버지를 닮아 웃음이 많고 성격이 급해 한 가지를 두고 오랫동안 생각할 수 없었다. 일만 하는 아버지가 얄미워 사람들에게 퉁명스럽게 가게의 문제점을 알렸다. 사람들은 문제를 문제로 인식하지 않았다. 그건 아버지와 만월에 대한 신뢰가 쌓였기 때문이다. 만월도 동네 사람들을 보며 반은 웃음으로 반은 투정으로 볼멘소릴 했었다.

"한 사람의 좌절을 옆에서 지켜본다는 게 그리 유

쾌한 일은 아니지. 만월 식으로 말하자면."

"아버지와 난 적어도 좌절은 하지 않았어. 나라 잃은 사람들이 환하게 웃으면 얼마나 환하게 웃을지는 모르지만 우리는 언제나 희망을 꿈꿨어."

"내 아버지 이야기야. 아버지는 오랫동안 꿈꿔 온 무과에 응시할 수 없었고 한낱 한량에 머물러 허송세월하였지. 그 덕분에 어머니와 난 절망을 온몸으로 맞으며 견뎠어."

"알고 싶지 않아."

"내 역사이자 우리나라의 역사이니까 알아야지."

"아무것도 듣지 않을 거야. 나는 뒤를 돌아보지 않아. 앞만 보고 달릴 거야."

만월은 알고 있던 사람에 대한 새로운 사실을 발견하고 싶지 않았다. 만월이 국화랑 친했던 것도 다른 학생들을 받아들일 여유가 없었기 때문이다. 여럿에게 마음을 쓰는 일은 익숙지 않았다. 어릴 때부터 아버지와 둘만 살아서 둘 사이에 사람들이 끼면 불편했다. 시백은 옆에 있어도 없는 듯 조용한 사람이었다. 입도 무거운 편이라서 고민을 말해도 아버지에게 가는 일은 없었다. 시백은 시나브로 두 사람 사이에 스며들었다.

시백이 스며든 건지 아니면 만월이 시백에게 물들었는지도 알 수 없다. 아는 세상 그 너머의 세상이란 게 이런 것이 아닌지 어렴풋하게 짐작할 수 있었다.

"이번에는 줌손을 조금 더 눕혀 봐. 각도가 안 맞으면 화살이 과녁 왼쪽으로 갈 수 있어."

"다른 건 몰라도 어렸을 때부터 활을 쏘았다고 하니, 아니 우리 학교 공식 사범이니 시키는 대로 할게."

만월은 2순부터는 줌손을 조금 더 눕혔다. 그동안 습사를 안 했어도 몸은 활을 기억하고 있었다. 줌손은 태산을 밀듯 하고 깍짓손은 호랑이 꼬리를 잡듯 하라, 몸을 곧게 펴고 살짝 옆으로 선 다음 복부에 힘을 주고 버텨라. 마치 예전의 사범이 옆에서 지도해 줄 때처럼 몸이 자연스레 활 쏠 준비를 하고 있었다.

활시위를 당기고 나서부터는 깍짓손을 뺄 때까지 힘을 분산해야 했다. 깍짓손을 떼는 순간까지 힘의 분산이 이뤄져야 과녁에 닿았다. 2순째는 3중이었다. 나쁘지도 좋지도 않은 결과였다.

화살을 주우러 연전길을 걷는데 시백이 따라왔다. 쏜 화살이 어디로 떨어졌는지 확인해야 했다. 멀리서는 자세히 볼 수 없으니 화살을 주우면서 다섯 발의 화살을 쏠 때의 자세까지 기억해내야 했다.

연전길로 가는 짧은 사이도 멀어 보였다. 길옆으로 국화가 피어 있었다.

"정록 오라버니는 어떻게 알게 되었어?"

"정록은 나중에 안 거고 국화의 어머니를 알고 있었지."

"언제부터?"

"언제라고 말할 수는 없어. 네가 경성에 오기 전에는 한 달에 한 번씩 돈만 주고받는 사이였고, 내가 내재봉소가 아닌 네 일로 경성에 왔을 때는 이미 만주로 가 버렸으니 잘 안다고는 할 수 없지."

"나보고 내재봉소로 가라고 한 것도 오라버니의 알 수 없는 계획에 포함되었던 거야?"

"알 수 없는 너희 아버지의 계획이었지."

"아버지가 왜?"

"그건 네 아버지에게 물어봐."

사람들 사이에 비밀이 너무 많았다. 다들 흑심을

품고 있으면서 아닌 척하는 꼴이 우스웠다. 시원하게 말해 주지 못할 거라면 애초부터 말하지 않았어야 한다. 만월은 오지랖이 넓긴 했으나 상대에게 말할 때는 늘 진심이었다. 상대가 진심을 팔고 속임수를 쓴다고 해도 그 너머에 약간의 진심은 있었을 거라 믿고 싶었다.

시백에 대한 알 수 없는 감정도 시백을 낯설어하지 않은 그 이전의 시간 속 시백이 진심이었을 거라 믿고 싶은 마음이었다.

"내 손에 비밀이 있다. 국화가 그랬고, 정록 오라버니가 그랬지. 이번에는 오라버니가 그렇게 말하고 있는 것 같아."

"비밀은 비밀이지."

둘의 침묵은 만월이 9순을 쏘고 활을 내려놓은 순간까지 이어졌다. 그사이에 해가 저물고 있었다. 석양이 붉게 물든 하늘을 바라보며 많은 생각에 사로잡혔다. 호기심에 국궁을 시작하고 다른 경기보다 쉬워 보여 선택한 것뿐이었다. 전통을 지킨다는 사명 따위는 오래전에 버렸다. 우리 것을 '우리 것'이라 주장할 수 없는 시대에 살아서 웬만한 것은 가지려고 욕심부리지 않았다. 지금은 다르다.『조선의 궁술』속에 나와 있는 수많은 명사를 기억해내고 싶었다. 그 기억을 몸으로 체득해 남겨야 했다.

기숙사로 돌아와서는 어떻게 잠이 들었는지 모른다. 학습 일지 같은 것을 쓰지 않아도 된다고 했다. 당분간은 일본어 수업이나 영어 외의 수업도 하지 않는다고 하니 숙제도 없었다. 아침에 일어나 밥을 먹고 활터로 갔고, 기숙사로 돌아와 점심을 먹고 다시 활터로 갔다. 해가 지면 다시 기숙사로 돌아와 죽은 듯 잠만 잤다.

시백은 활터에서만 볼 수 있었다. 나머지 시간은 어디에 있는지 물어보지 않았다. 교무실이나 급식실 같은 곳에서는 만날 수 없었다. 한번은 학교 뒤편 소각장에서 만난 적이 있었는데 시백의 눈은 창고를 향해 있었다. 국화가 교장실을 뒤지기 직전에 시백의 눈동자처럼 안개 속이었는지 궁금했다. 수첩 하나만 없앤다고 행정을 바꿀 수는 없었을 텐데도 굳이 그걸 훔쳐서 태우기까지 한다는 게 어이없었다.

내 손에는 비밀이 있다,

손이 몸으로 바뀌면?

네 몸에는 비밀이 있다.

몸이 자연스레 기억하기 위해 습사하다 보면 몸은 글이 될 수 있었다. 그렇다면 국화가 위험하게 수첩을 훔쳐 불에 태웠다는 것은 이미 그걸 다 외웠다는 말일 수도 있었다. 다른 사람 핑계를 대고 혼선을 줬다면 공범이 있을 수도 있었다. 만월은 그제야 국화가 여유를 보이며 장난을 치던 모습이 생각났다.

"오라버니!"

만월은 뛰어서 활터로 갔다. 이번에는 시백이 모른다고 할 수 없게 만들어야 했다. 다른 사람도 아닌 아버지가 끼어 있으면 몰라서는 안 되는 일이었다. 오늘따라 활터로 가는 길이 생소하게 느껴졌다. 마음이 급할수록 시백도 사라진 게 아닐까, 하는 불안도 따라 달렸다.

하루아침에 활터가 사라졌다.

사대 입구에 세워진 '정간'이라는 푯말이 사라졌고, 사대 옆 의자도 사라졌고, 의자 밑에 숨겨 두었던 책도 사라졌다. 과녁도 사라졌고 무겁의 모래는 사방으로 흩어져 있었다. 풍기만 혼자 외롭게 펄럭이고 있었다.

과녁 근처 숲속에서 익숙한 남자가 나타났다. 아카시였다. 아카시가 활터에 나타났다면 시백도 사라졌을 가능성이 컸다. 만월은 활터에 덩그러니 놓여 있는 사실보다 한적한 곳에 아카시와 둘만 대치하는 게 두려웠다. 아카시는 본인의 말이 곧 규범이라 생각했고, 말에 따르지 않으면 자신만의 방법인 신체형으로 즉결 심판했다. 그의 세계는 강하고 잔인했다. 과격한 형벌은 아카시의 세계를 만들었고 교장이 나서도 해결할 수 없었다.

만월은 습관적으로 몸을 움츠렸다. 목울대를 치고 자꾸만 긴장이 올라왔다. 오기가 생겨 아카시에게 맞서려 했던 어제의 용기가 필요했다. 용기는 개가 물어 갔는지 온몸이 부들부들 떨렸다. 만월은 연전길을 걸어 사대 쪽으로 오는 아카시와 점점 가까워지자 고개를 숙였다. 최대한 눈을 마주치지 않아야 했다. 도발보다는 자숙하고 있다는 걸 몸으로 증명해야 했다. 아카시의 손에는 일본 활인 화궁이 들려 있었다. 아카시도 활을 쏘고 있었다. 빈 과녁을 향해.

"소식을 못 들은 건가? 아니면 듣고도 반항심에

저항하는 건가?"

아카시의 말은 부드러웠으나 그 끝에 걸린 가시가 정곡을 찔렀다. 어제까지 시백은 한마디도 없었다. 곧 있을 경기에만 집중하라고 했다. 시백도 모르고 있었는지 궁금했다.

학교에서 국궁을 위해 새로운 사람을 들일 이유가 없었다. 의심은 들었으나 시백이든 다른 사람이든 스승을 통해 배울 수 있다는 게 중요했다.

"시백 오라버니는 어디로 갔습니까? 그도 사라졌습니까? 아니면 사라져야 하는 인물이기에 사라지게 만든 겁니까?"

"만월의 상상력이 이제는 그럴싸한 말로 들리네. 맞은 학습 효과인가? 역시 조센징은 맞아야 말을 듣는 건가? 그래 맞아 보니까 알겠지. 몸이 기억하는 아픈 정도가 얼마나 큰지. 그걸 기억하기 때문에 똑같은 실수를 되풀이하지 않으려는 결심이 서지 않던가?"

"몸이 기억하는 통증은 끔찍했습니다."

"바로 그거야! 내가 그토록 너희들을 매질하는 이유가 교화시키기 위해서야. 이런, 이런. 제일 많이 맞아 본 만월이 내 말의 증명이 되네."

"증명이 필요하면 증거로 남겠습니다."

"아니, 아니, 이건 만월 식 화법이 아니지. 넌 그렇게 순종적인 학생이 되면 안 되지. 그러면 난 너를 완전히 교화시킬 기회를 잃은 거잖아. 만월? 예전의 만월로 돌아오시지?"

"원하는 대로 하겠습니다."

만월은 아카시의 말을 무조건 수용하기로 했다. 활터가 사라진 이상 교내 대회도 나갈 수 없었다. 아카시가 활터를 없앴다면 분명 이유가 있었을 것이다. 그 이유를 알아야 했다. 이유를 알면 시백의 행방이나 사범의 죽음에 대해서도 조금은 짐작할 수 있었다. 계획된 일이 아니면 작심하고 이런 상황까지 만들 수 없었다.

"학생들 앞에서 또 다른 체벌을 받을 것인가?"

"정당한 이유가 있다면 그러겠습니다."

"그렇다면 그동안은 내가 정당하게 체벌했다는 게 입증이 된 건가? 내가 이렇게 선견지명이 있는 사람인 줄을 오늘 만월을 통해서 알았네. 고마워해야 하는 건가?"

갑자기 눈물이 쏟아졌다. 고마움이라는 말 한마디에 그동안 참아 왔던 서러움이 쏟아졌다. 눈물과 함께 습한 기운이 올라왔다.

"넌 교내 대회에 나갈 수 없어. 왜냐면 그건 정당하지 않거든. 활 쏘는 사람이 혼자인데 경기를 치를 수 있겠어?"

"다른 무사들도 많습니다."

"그들은 놀러 다니는 거지 정식으로 활을 배우지는 않잖아. 시백 군이 알려 준 정보지. 시백이 아니었더라면 그것도 모른 채 널 위대한 무사로 인정해 버릴 뻔했잖아. 사람이 그러면 안 되지."

"시백이 뭘 안다고. 그런 말을 합니까?"

"시백은 네 아버지가 '만월'을 팔아서 학교에 보낸 사람이지. 쯧쯧. 빵집을 팔아도 한 달짜리도 못 되네. 아버지가 오히려 딸을 판 건가?"

"그게 무슨 말입니까?"

두 사람은 거의 악을 쓰듯 말했다. 그와 동시에 하늘에서 천둥 번개가 치고 곧이어 소낙비가 떨어졌다. 만월의 마지막 말은 천둥에 묻혔다.

만월은 그 자리에 터과녁처럼 우뚝 섰다. 활터에

세운 과녁은 한곳에 고정되어 움직이지 않아야 했다. 그래서 과녁이 터를 잡고 있다고 해서 터과녁이라 불렀다.

소낙비가 잦아들었다, 만월은 활을 잡았다. 시백이 남겨 준 활이었다. 시백이 어젯밤 기숙사 안으로 들어와 전해 줬다. 남자는 기숙사로 들어올 수 없었으나 시백은 관리가 소홀한 틈을 타 안으로 들어왔다. 다들 저녁놀이 시간이라 방을 비운 상태였다. 만월은 몸이 회복되지 않아 침대에 모로 누워 있었다. 낙랑파라에서 탁자를 톡톡거렸던 손길이 만월의 어깨를 두드렸다. 간지럽기도 하고 다정하기도 했었다. 시백은 말없이 활만 주고 사라졌다. 뒤돌아서는 시백의 바지가 눈에 들어왔다. 정록의 바지 색인 초록색과 비슷했다. 주머니 부분이 살짝 찢긴 게 백일홍이 핀 것처럼 선명했다.

시백을 다시 만나면 물어보고 싶은 것도 많고 듣고 싶은 것도 많았다. 만월은 알아서 괴로운 것과 몰라서 괴로운 것 중 어느 한 가지를 택하라면 몰라서 괴로운 것을 택하고 싶었다. 안다는 것 자체가 모르는 일이 되어 버린 순간에 굳이 알려고 하면 안 된다는 걸 알았다. 각자의 삶은 각자의 몫이 되어야 했다. 남의 인생까지 알려고 하는 게 오만이고 저주였다. 상황을 묻지도 않았는데 알려 주는 사람이 있다면 그 사람을 믿기로 했다. 지금 만월에게 그렇게 말해 주는 사람은 아카시였다.

아카시는 전봇대처럼 사람들이 올려다봐야 할 정도로 컸다. 큰 눈과 오뚝한 코, 입술 선이 뚜렷해서 상당히 호감 가는 형이었다. 어설픈 일본어를 발음하지 않고도 일본에 충성하는 사람이었다. 학교에서 처리하지 못한 불량아들을 한꺼번에 처단할 수 있는 능력 때문이다. 그런 아카시를 믿어야 하는 상황이 웃기고도 슬펐다.

활이나 화살이 비에 젖으면 제대로 날아가지 못한다. 화살은 활터의 습기를 머금고 더디게 날아갔다. 느릿한 살걸음으로 무겁에 내려앉았지만, 힘이 약했다. 쏜살같다는 말을 집어삼켜 버렸다. 터과녁도 사라졌으나 대신 과녁을 놓은 자리에는 둔덕이 있었다.

"아참, 과녁 뒤쪽으로 가면 짐승들이 많아. 괜히 헛수고하지 말고 사냥이나 하지?"

"사냥할 목적으로 활을 쏜 것은 아니었습니다."

"써먹지도 못할 활을 쏘는 것은 활에 대한 예의가 아니지. 사람이든 짐승이든 뭔가를 잡는 데 활을 쏘는 명분이 있지. 나처럼 말이야."

아카시가 너털웃음을 지었다. 산 전체가 울릴 만큼 큰 소리였다. 웃음의 메아리가 산을 뛰놀다가 되돌아왔다. 마지막에는 만월의 귓속으로 사라졌다. 아카시는 흠뻑 젖은 몸을 털며 학교로 달려가 버렸다. 달려가는 게 아니라 달아나는 것처럼 보였다.

만월은 사대의 흙을 예전의 무겁처럼 평평하게 골랐다. 과녁 대신 언덕에 솔포를 놓았다. 활시위를 잡아당기고 둔덕에 고정해 둔 솔포를 톺아보았다. 두렵고 무서웠으나 늘 습사하던 때를 생각했다. 처음 활을 배울 무렵 줌손을 똑바로 세워 활을 쏘았을 때 활시위가 오른쪽 팔뚝을 때렸다. 만약 우궁수였다면 왼쪽 팔뚝이었을 것이다. 오른팔이 부풀어 올라도 크게 상관없었다. 만월은 왼손잡이니까 왼손에 힘을 주면 되었다. 남과 다른 방식 때문에 숟가락으로 아버지에게 손등을 맞기도 했으나 행동은 쉽게 고쳐지지 않았다. 다를 뿐인데 아버지는 뭔가 잘못이라도 한 듯 잔소리를 했었다. 만날 잔소리하던 아버지가 포기하고 나서야 만월은 편안하게 왼손을 쓸 수 있었다.

팔뚝이 '만월'에서 파는 공갈빵보다 더 크게 부풀어 올랐다. 각도를 조절해 고쳤더니 이번에는 화살이 뺨을 스쳤다. 아카시에게 뺨을 맞은 것처럼 얼얼했다. 그때부터 활 쏘는 게 두려웠다. 활시위를 놓으면 팔이나 뺨을 맞을 거라는 두려움에 시위를 당기고도 놓지 못할 때도 있었다. 두려움은 두려움으로 극복해야 했다. 맞는 걸 두려워하면 절대 고칠 수 없었다. 아카시의 매질은 극복하는 게 아니라 그 행동이 잘못되었다는 걸 입증해야 했다. 때리기만 하는 아카시는 절대 알 수 없는 사실. 아니면 조선인인데 일본인으로 살고자 하는 대가를 이미 치러서 너무도 잘 아는 사실.

습기 때문에 살걸음이 느렸다. 화살이 느릿하게 날아가는 게 눈에 보였다. 1순을 다 쏘고 나서 화살을 주우러 갔더니 화살은 곰 그림의 이마를 꿰뚫었다. 몇 개는 둔덕 아래에 떨어져 있었다. 과녁을 크게 빗나가지 않았다. 화살이 과녁 근처에 있다는 것은 바탕이 일정하다는 말이다.

아카시가 일본 화궁으로 활터에서 사냥했다면 사범도 그에게 당했을 수 있었다. 사범의 몸에 난 상처를 정확히 기억한다. 가슴 부위에 선명하게 박혀 있던 화살! 만월은 그때 화살이 꽂혀 있다고 생각하고 그 화살이 누구 것인지 따져보지 않았다. 이번에는 지난번과 달리 학교에서 공동으로 쓰라고 준 화살이지만 크기는 제각각 달라서 팔 길이를 재어 화살을 나눴다. 깃간에 각명을 쓰고 자기 화살임을 증명하기 위해 각자 나름대로 꾸미기도 했다.

사범의 가슴에 꽂혀 있었던 화살은 만월의 화살과 비슷했으나 뭔가 다른 점이 있었다. 만월은 그게 뭔지를 알 수 없었다. 분명 달랐다. 다른 점이 있다면 무엇일까. 만월은 사범의 죽음을 봤던 날의 기억을 일부러라도 지우고 싶었다. 지금은 생각해내야 했다. 그냥 살덩이라고 생각했던 것은 어둠 속이었기 때문이다. 화살을 잡아 빼려고 했을 때는 두께나 길이가 늘 주웠던 화살과 달랐다.

가늘고 길었다. 가늘고 길었다?

그것이다.

가느다란 거야 그럴 수 있었으나 화살의 길이는 달랐다. 팔 길이의 차이에서 발생한 길이 차이가 아니라 팔 길이와 상관없는 길이였다. 아카시가 들고 있던 활에 맞는 화살이었다.

만월은 심장이 터질 것 같았다. 가슴이 아파서 몸을 웅크렸다. 눈물이 주르륵 흘렀다. 아카시에게 마지막으로 맞은 날, 앞으로는 절대 울지 않겠다고 결심했었다. 울면 지는 거니까. 상대방에게 항복이라는 말과 같았다. 울지 않을 수 없었다. 아카시가 산에서 너털웃음을 퍼뜨리고 갔듯 산에 울음이 퍼졌다.

그날, 그 시각에 만월이 정신을 잃지 않고 냉정하고 냉철하게 행동했어야 했다. 사람들을 불러 모으고 사체를 검안하도록 해야 했다. 아카시에게 맡겨 둔 채 만월이 사라지면 안 되었었다. 그때 바로 정신을 차려 그 자리에서 의문을 제기해야 했다. 신중하지 못한 만월의 잘못이었다. 그때 오지랖이든 호기심이든 발동해야 했었다.

만월은 터질 듯한 심장을 억누르고 다시 습사했다. 아카시를 공격할 방법을 찾아야 했다. 혼자 하는 대회지만 다른 사람들이 시비를 걸지 못하도록 시수가 잘 나오면 된다.

만월은 미친 듯이 뒷산으로 달렸다. 아카시가 쏜 화살을 찾아야 했다. 그 화살만 찾는다면 증거로 삼을 수는 없으나 적어도 아카시를 협박할 거리는 되었다.

가끔 화살이 과녁을 넘어 뒷산으로 가는 경우가 있었다. 활쏘기가 끝나면 뒷산으로 우르르 몰려가 과녁 근처에서 찾지 못한 화살을 찾았다. 뒷산에는 소나무가 많았으나 진달래나 찔레나무 같은 작은 나무도 많았다. 장마가 끝나 가고 있는 터라 숲이 울창했다. 울창한 숲을 헤치며 화살을 찾기가 쉽지 않았다. 뱀이 나올 수도 있었다. 발을 내딛는 게 두려웠다. 활쏠 때처럼 미리 겁을 먹었다. 두려움은 두려움으로 극복하자. 만월은 수없이 되새겼던 말을 꺼냈다. 두렵다면 아무것도 할 수 없었다. 두려움은 두려움으로 극복해야 했다.

찔레 가지를 치우려고 손을 휘저었는데 가시가 손등에 박혔다. 양쪽 손등이 가시투성이였다. 화살 몇 개는 찾았으나 그것은 대개 국궁에 맞는 화살이었다. 지난번에 찾지 못했던 만월의 화살도 찾았다. 이제는 쓸모가 없는 것들이었다. 아무리 뒤져도 화궁에 맞는 화살은 찾을 수가 없었다. 금방이라도 뱀이 나와 몸을 친친 감을 것 같았다. 포기하고 나오려는데 돌 틈에 뭔가가 보였다. 만월은 나뭇가지처럼 보이는 것을 잡아 뺐다. 길고 긴 화살이었다. 만월은 손에 쥔 화살과 크기를 재어 보았다. 어처구니없게 컸다.

만월은 돌멩이 틈에 화살을 보이지 않게 끼워 두었다. 화살이 있다고 해서 살인범이 아카시라고 단정 지을 수는 없었다. 예측한 게 증거가 될 방법을 모색 해야 했다. 무턱대고 증거물로 내민다면 이번에는 아카시가 만월을 쏠 수도 있었다. 아카시에 의해 만월이 죽는다고 해도 학교에서는 크게 상관하지 않을 것이다. 오히려 만월에게 죄를 뒤집어씌워 죽어 마땅한 사람으로 만들 수도 있었다.

기숙사로 오는 내내 만월은 눈으로 아카시를 찾았다. 아카시를 만나면 편사를 청해 볼 참이었다. 편사하는 동안 화살을 살피고 그것을 내민다면 증거가 아니라며 부인할 수 있으나 최소한 그를 위협할 무기는 될 수 있었다. 만월은 아카시를 사냥할 셈이다.

학교 안을 다 뒤졌는데도 아카시를 찾을 수 없었

다. 교무실에 남아 있던 교사들이 아카시가 외출했다고 했다. 늘 학교를 지키며 숙직실에서 잤던 그가 오랜만에 집에 갔다고 한다. 오늘 중으로 돌아온다는 말을 남겼다고 하니 마냥 기다릴 수밖에 없었다. 만월은 숙직실로 갔다.

기숙사 밑에 숙직실이 있었다. 학교에서 가장 습하고 낮은 곳이었다. 만월과 학생들은 수없이 그 근처를 지나쳤다. 그러나 누구도 숙직실에 가까이 가 본 적은 없었다. 소문에 의하면 아카시는 숙직실에 박힌 못처럼 그 안에서는 줄곧 누워만 있다고 했다. 누워서 담배를 피우고 누워서 물을 마시고 누워서 옷을 갈아입고. 숙직실 안은 아카시가 피운 담배 냄새 때문에 숨이 막힐 것 같다고 했다. 담뱃진이 박여 구멍 틈새까지도 담배 냄새가 막아 버리는 느낌이었다고 했다.

만월은 숙직실 앞에 주저앉았다. 문에 등을 기대고 앉아 아카시를 기다렸다. 오늘 중이라고 했으니 몇 시간만 기다리면 만날 수 있었다. 만월은 몸을 웅크리고 있다가 잠이 들었다.

누군가 만월의 목을 손가락으로 톡톡거리는 느낌

이 들었다. 굵직한 손가락이 목을 지나 어깨로 내려가다 허리 부근에서 멈췄다. 만월의 몸에 뱀이 들어앉은 것 같았다. 만월은 상대가 놀라지 않게 천연덕스럽게 눈을 떴다. 예상대로 아카시였다. 아카시는 불쾌하게 취해 있었다.

"이제는 여기까지 와서 날 유혹하는 거냐? 아니면 대들려고 그러는가?"

"내기를 요청합니다."

"내기? 내기? 내기? 네가 제정신이냐? 이런 식으로 떼를 쓰는 거냐?"

"정식으로 요청하는 것입니다. 제 마지막 소원입니다. 편사에서 지면 저는 더는 국궁을 하지 않겠습니다. 선생님께서 원하신다면 학교도 그만두겠습니다."

"둘 다 싫다면? 네가 국궁을 그만두는 것은 내 알 바가 아니고, 네가 학교를 그만두면 조금은 서운하겠다. 널 때리는 재미가 쏠쏠했는데 그게 사라지면 난 누굴 또 상대로 재미를 붙여야 하나?"

"교장 선생님의 수첩에 대한 비밀을 알려 드리겠습니다."

"비밀? 그건 다 끝난 이야기잖아? 그걸 빌미로 날 설득하시겠다?"

"그렇습니다. 알려지지 않은 사실을 알고 있습니다. 그것을 알려 드리면 교장 선생님께 도움이 되실 것입니다."

"너, 창고에서 나는 고양이 울음소리를 못 들었어?"

아카시가 히죽 웃었다. 시큼한 막걸리 냄새가 웃음을 뚫고 만월에게 달려들었다. 만월의 얼굴이 밀가루 반죽을 조몰락조몰락하는 것처럼 일그러졌다.

만월(滿月)

만월의 아버지 정배는 보름달을 올려다보았다. 보름달 위에 만월의 얼굴이 겹쳤다. 오사카 제빵소에서 첫 번째 구운 게 앙꼬빵이다. 주인은 첫 결과물을 보고 못마땅한 표정을 지었으나 정배는 뱃속에 보름달이 들어앉은 양 든든했다. 달걀만 한 반죽이 보름달처럼 부풀어 오를 때 술빵을 생각했다. 어머니가 여름이면 해 주던 술빵. 정배는 술빵보다 더 많은 빵을 만들고 싶었다.

오늘은 보름이라 시백이 경성으로 가야 하는 날인데 지난달에 뭉칫돈을 보낸 다음에는 소식이 끊겼다. 만월을 위한다는 명목으로 돈을 보내긴 했으나 시백이 잘 전달해 줄지 의문이었다. 시백은 자꾸 웃돈을 요구했다. 정배가 망설이거나 못마땅해 헛기침하면 곧바로 일하지 않겠다고 했다. 그동안의 일이야 자신도 돈을 받았으니 입을 다물겠다고 했다. 대신 앞으로는 절대 빵집 외의 일은 하지 않겠다고 했다. 시백은 정확한 거래를 요구했고, 그만큼 일을 확실하게 마무리했다. 밥값을 하는 유일한 사람이었다.

정배는 오지 않은 시백을 보고 결심한 듯 가게를 청소했다. 주방에 아직 밀가루 다섯 포대가 남아 있었다. 어제 팔지 못한 빵도 매대에 그대로 있었다. 정배는 미련을 버리기로 했다. 밀가루는 옆집 국숫집에 주면 그만이었다. 팔리지 않은 빵은 보육원에 보내거나 길거리 아이들에게 나눠 주면 그만이다. 시백이 마음에 두고 있던 순이에게 말해 뒀으니, 오후에는 와서 빵을 가져갈 것이다. 시백이 아무리 남이라고는 하지만 고아인 순이에게 마음을 둔 게 조금 안타깝기도 했다. 순이는 야무지게 일도 잘하고 보육원 아이들도 잘 돌봤으나 일복만 타고난 사람처럼 재물복이 없어 보였다. 그건 만월과 닮아서 더욱더 마음에 들지 않았다.

정배는 시백의 마지막 말이 거슬렸던 이유가 순이 탓처럼 느껴졌다. 순이가 여염집 자식이었더라면 시백이 그렇게 돈을 밝히지는 않았을 것이다. 시백은 처음에는 가게에서 일하는 것에 감사했다. 정배가 한 달에 한 번 보름에 경성으로 보낸 게 탈이 났다. 시백에게는 차마 사실대로 말할 수 없었다. 한 달 동안 판 빵값의 일부를 경성에 있는 내재봉소로 보냈다. 직접 가지 않아도 될 상황이었는데 중간에 한 번 일이 틀어진 뒤로는 여러 사람을 거칠 수 없었다. 믿음이 보장되지 않은 상태에서 아무에게나 맡길 수 없었다.

"그냥 전달만 하는 것이면 제가 하겠습니다."

"시백아, 네가 경성까지 갔다 오겠냐? 더욱이 이
건 돈이라서 일본 놈들에게 들키면 위험할 수도 있
어."

"그러니까 제가 하지요. 그 대신 조건이 있습니
다. 목숨 수당을 주십시오. 돈만 얹어 주시면 목숨을
다해 지키겠습니다."

"이 돈이 무슨 돈인 줄은 알고 있냐?"

"모릅니다. 하지만 만월을 속이면서까지 큰돈을
어디로 보낸다는 것은 의심할 여지가 충분합니다.
그렇지만 저는 심부름값을 주시면 입을 다물겠습니
다."

"돈이 그렇게 중요하냐? 나라보다도?"

"중요합니다. 나라보다도. 나라가 제게 해 준 것
은 아버지처럼 가난하고 서러운 삶을 물려준 것뿐입
니다."

시백은 흔들림이 없었다. 셈이 정확한 만큼 일도
정확하게 잘했다. 항구에 가서 밀가루를 사 올 때도
남들보다 좋은 밀가루를 싼 가격에 사 오는 놈이다.

피곤하면 가게에서 바로 자도 되는데도 굳이 마을 밖에 있는 자기 집까지 다녀오곤 했다. 팔고 남은 빵이 조금이라도 있으면 꼭 정배에게 허락을 받고 제 어미에게 건네주고 왔다. 그런 시백이 안쓰럽기도 하고 애처롭기도 해서 정배는 외면할 수 없었다. 큰돈을 내재봉소에 보낸 것도 다 나라를 살리기 위함이었다. 우리말과 글을 지키는 곳에도 쓰인다고 하니 시백에게도 좋은 일이었다. 지금 당장은 원망해도 나라를 되찾는다면 나라가 있다는 게 얼마나 큰 위안과 위로가 되는지 알려 줘야 했다.

만월과 시백은 나라 없는 나라에서 태어났다. 처음부터 나라가 없었으니 그 맛을 모르는 게 당연했다. 애국심 따위는 바라지 않았으나 정배가 무슨 일을 하고 있는지 뻔히 알면서도 모른 척했다. 그나마 밀고하지 않은 게 다행이었다. 사실 정배도 그런 시백을 이해할 수 있었다. 돈보다 중요한 것은 없으니까, 시백에게는 나라가 아닌 돈이 필요했으니 당연한 일이었다.

만월이 경성으로 올라간다고 했을 때도 내심 그러길 바랐다. 원동에 있으면 위험할 수도 있었다. 언제까지 숨기면서 돈을 보내 줄 수는 없었다. '만월'과 마주한 일본인의 빵집이 수상했다. 빵 맛은 좋은데 주인은 빵을 팔고자 하는 마음보다는 정배를 훑어보는 일에 열중했다. 같은 업종이라 경쟁 심리가 작용하는 건 당연했다. 문제는 정배의 일거수일투족을 살핀다는 거였다. 심통이 나서 따지려고 해도 걸리는 게 많았다. 정배는 애써 주인의 눈빛을 외면했다. 주인은 눈이 마주치면 잠시 고개를 숙였다가 정배가 한눈을 팔면 여지없이 쳐다보고 있었다.

시백이 경성으로 떠난 날부터는 감시가 줄었다. 대신 정배가 눈치를 보며 가게 물건들을 하나둘 처리했다. 종일 빵만 굽다가 오전에만 빵을 구웠고, 저녁이면 가게 문을 일찍 닫고 불을 껐다.

내가 말이야. 요즘 허리가 아파서 일을 제대로 못해. 만월이 떠나고 난 뒤로는 걱정돼서 일도 손에 안 잡히고. 시백마저 가겟세를 가지고 도망쳐 버렸어. 내가 사는 낙이 없어.

문을 일찍 닫아도 의심하지 않도록 미리 선수를 쳤다. 몰래몰래 가게를 정리하고, 마무리되면 만월에게 가야 했다. 아무것도 모르는 만월이 펄쩍펄쩍 뛰겠지만 사실대로 말하고 같이 만주로 떠나야 했다. 먼저 떠난 국화와 두레는 안전하게 도착했다는 소식을 보내왔다. 만월을 같이 보내지 못한 게 후회될 수도 있었다. 정배는 만월이 모든 진실을 알고 자신의 앞날을 스스로 선택하게 하고 싶었다. 자신이 선택하지 않으면 아무리 나라를 위한 삶일지라도 그건 진실한 삶이 될 수 없었다.

'시백 오라버니 흡혈귀 아니야? 왜 보름달이 뜰 때면 사라져?'

차라리 만월이 시백이 사라진 날이 매달 보름이라는 걸 눈치챘을 때 말할 걸 그랬다. 그랬더라면 경성으로 떠나지 않았을 것이다. 아니다. 만월의 성격이라면 시백 대신 자신이 경성을 오가겠다고 했을지도 모를 일이다. 제 어미를 닮아 이목구비가 조목조목 예쁘고 말도 잘한다. 걸어서 다니는 것보다 뛰거나 방방대며 걷는 자세도 닮았다. 정배는 새삼 자신을 떠나 버린 아내가 그리웠다. 아내는 보름달처럼 둥글둥글하고 포근했던 사람이었다. 칠월 칠석. 하필이면 견우와 직녀가 만난다는 날에 떠나 버렸다.

정배가 아내를 처음 만난 날도 오늘처럼 보름달

이 떴었다. 그날은 고향으로 갔다가 가족들 소식을 듣지 못했었다. 굶주린 동생들을 데리고 먼 곳으로 갔다는데 그곳이 어딘지 알 수 없었다. 정배는 가족들을 찾기 위해 외가로 가는 길이었다. 가는 도중 원동에서 기생들을 대상으로 하는 '미인궁술대회'를 구경했다. 경기가 끝나고 사람들이 흩어졌다. 정배도 발길을 돌리려는데 기생 하나가 과녁 근처를 떠나지 못하고 울고 있었다.

"경기도 끝났고 사람들도 집으로 돌아갔는데 여기에서 왜 울고 있소?"

그녀는 고개를 들고 정배를 빤히 쳐다보다가 정배의 질문에 더 큰 소리로 울었다. 정배는 이러지도 저러지도 못했다. 그저 울음이 그칠 때까지 기다려줄 수밖에 없었다. 보름달이 환하게 비추고 그 보름달도 지쳐 잠들었을 때 그녀는 겨우겨우 일어나 걸음을 옮겼다. 그러다가 얼마 못 가 쓰러졌다. 정배는 그녀를 안고 주막으로 들어갔다. 길도 떠나지 못하고 밤새 그녀 옆을 지켰다. 기생은 그날 한 발 차이로 우승을 놓쳤다고 억울해했다.

"기생에서 벗어날 마지막 기회였어요. 그 대회만

을 위해 경성에서 이곳 원동까지 내려왔답니다."

여자의 말은 선녀가 하는 말처럼 들렸다. 말에서 향기가 나는 것처럼 얼굴에 진달래가 피어 있었다. 한숨을 내쉬는 것조차 안쓰러웠다. 지켜 주고 싶다는 생각이 저절로 들 정도로 정배의 혼을 쏙 빼갔다.

그 인연으로 둘은 원동에 머물렀다. 정배는 벌어 놓은 돈의 절반을 그녀를 위해 썼다. 등을 대고 누우면 서로의 몸이 닿을 정도로 작은 방이었으나 행복했다. 배 속에 다른 이의 훗날이 자라고 있었으나 그것은 정배의 훗날이기도 했다.

여인과 있을 때는 그동안 겪었던 고난들도 보상받는 것처럼 달콤했다. 만월이 태어나고 첫해가 지나 칠월 칠석날 아내가 사라졌다. 처음부터 존재하지 않았던 사람처럼 옷이며 신발까지 자신의 모든 걸 가지고 사라져 버렸다.

지난 시간이 사라진 게 아니라 꿈처럼 느껴졌다. 볼을 꼬집어 보고 허벅지를 꼬집어 봐도 아팠다. 꿈이 아니라 현실이란 걸 알려 주는 건 죽을 듯이 악을 쓰고 우는 만월이었다. 만월은 아직 어미의 손길이 필요했다. 정배가 정신 차려야 만월이 살 수 있었다.

정배는 사라진 아내를 더는 찾지 않았다. 돌아온다고 해도 받아 주지 않겠다고 결심했다. 만월이 크면 어머니란 존재를 모르게 하고 싶었다. 만월은 그 말을 하기도 전에 아내랑 너무 닮아 버려서 모른 척할 수 없었다. 게다가 국궁까지 하겠다는 것도 닮아서 정배는 '만월'을 팔아서 만월을 살려야 했다.

정확한 일정이 잡히지 않았으나 곧 경성종합체육 대회가 열린다. 불어오는 바람 온도가 점점 차가워졌다. 여름을 밀어내지 못했으나 아침저녁으로 불어오는 바람은 가을 언덕을 서성이고 있었다. 열기로 대지를 녹일 듯 으르렁대던 햇살도 부드러워졌다. 잠을 잘 때 기숙사 창문을 활짝 열어 놓아도 부채질하느라 잠을 이루지 못할 때와 달랐다. 서늘한 바람 탓에 감기에 걸리는 사람도 있었고 홑이불을 머리끝까지 덮고도 춥다고 볼멘소리 하는 학생들도 있었다. 귀뚜라미가 울어대면서 매미를 밀어냈다.

아직 한가위가 되려면 음력으로 한 달이나 남았다. 명절을 겨냥해 체육대회가 열릴 예정이었다. 일본은 큰 경기를 앞두고 명절 때문에 고향으로 돌아가서 참석 못 하는 학생들이 많다는 말에 급하게 일정을 바꾸었다. 그만큼 학생들의 참여가 중요한 대회였다. 그리고 대회가 결국 일본을 위해 싸울 사람을 뽑기 위한 것이라는 소문이 퍼졌다. 의심 반 호기심 반으로 출전하는 사람도 있었고, 의심하지 않고 무조건 출전하는 학생도 있었다. 이러든 저러든 매한가지였다. 선택지가 별로 없었다.

학교에서 열린 체육대회도 흐지부지 끝이 났다. 개교 50주년을 축하하기 위한 자리였으나 일부 학생들이 반대 운동을 하면서 작은 소동이 있었다. 개교 기념행사를 반대하는 사람들과 교사가 뜻을 모으면서 일부 경기가 중단되었다. 《경성연합소》새로운 호에는 미화여자고등보통학교 학생들이 얼마나 단체로 억압을 당하고 있는지 호소하는 글이 올라왔다. 학교 내부 사정을 잘 아는 사람만이 쓸 수 있는 글이었다. 아카시의 무자비한 폭행과 불타 버린 교장의 수첩 안에 있었다던 내용도 고스란히 노출되었다. 사람들은 그 내용이 진짜인지 가짜인지 의심하지 않았다. 신문에 쓰인 대로만 믿었다. 반쯤 타 버렸다던 수첩의 내용은 확인할 길이 없었다. 경성 지역 학생들은 아카시의 행동을 모두 알고 있었다. 아카시의 행동이 증거가 돼 버렸다.

아카시는 이미 불타 없어져 버린 수첩 안의 비밀들이 한글로 쓰인 채 버젓이 학생들 틈에서 읽히는 게 이해되지 않았다. 단속하고 또 단속했는데 다들 감추는 특수 훈련이라도 받은 것처럼 비밀 글이 아닌 채로 떠돌아다녔다. 아카시는 교장이 알까 봐 노심초사했다.

교장 수첩 안에 있는 것 중 일부는 교장과 아카시만 아는 사실들도 있었다. 사실 아카시도 수첩 안에 어떤 내용이 기록되었는지 정확히는 알지 못했다. 그저 아는 건 불량 학생과 불량 선생 명단뿐만 아니라 각 종목에서 우승한 사람들을 언제, 어디로 보낼 것인지 세세하게 기록되어 있다는 사실이다. 인기 없는 종목은 성적에 상관없이 학교 대표로 경성종합체육대회에 내보낼 예정이다. 체육대회의 목적은 우승이 아니라 우리 학교도 여느 학교처럼 일본을 위해 몸바칠 일꾼들을 동원할 능력이 있음을 보여 주는 것이다.

'여성 노동력 동원', '황국 신민 체조 적극 권장'

여학생들을 전선으로 보낼 수는 없었다. 하지만 군복을 만들거나 밥을 하거나 위안부라도 보낼 수 있었다. 일본이 그동안 아량을 베풀듯 조선인들을 위해 체육인을 길러낸 것도 다 전쟁 때문이다. 훌륭한 체육인을 양성하는 것은 훌륭한 군인을 생산해내는 일이었다. 일본 정부에서 학교에 요구하는 것들이 많았다. 교육 과정도 수시로 바뀌었다. 교장은 위에서 내려오는 지시를 받을 때마다 아카시를 불렀다. 통제와 교육은 아카시의 담당이었다.

체육 시간에 인원 점검을 하는데 귀찮게 굴던 만월이 보이지 않았다. 하필이면 그때 교장실에서 호출이 와서 불길했다.

아카시는 교장실로 가는 복도가 오늘따라 짧게 느껴졌다. 교실 여덟 칸을 지나야 교장실이 나왔는데 한 칸이 두 칸을 걷는 것처럼 느껴졌다. 방송 스피커를 통해 사이렌 소리보다 더 날카로운 교장의 목소리가 아카시를 불렀다.

"아카시 선생은 당장 교장실로 오시오!"

아카시는 자신의 이름이 불리자 의아했다. 그러다가 곧 정신이 번쩍 들었다. 학생들이나 동료 교사들은 체육 선생님이라고만 불렀다. 부장 선생님이라 부르는 사람도 있었으나 체육 선생이 제일 흔했다. 자신의 이름을 함부로 부를 수 있는 사람은 교장뿐이 라는 사실을 놓치고 있었다.

아카시는 잡지에 실린 학교에 대한 비판과 강제 징병이나 징용하려는 의도로 체육 시간을 늘린 사실 이 들통난 것에 대해 아직 보고를 올리지 않았다. 파 도처럼 한꺼번에 자신을 휩쓸고 지나간 사건을 수습 할 시간이 필요했다. 변명하든 해명하든 교장이 묻는 말에 대답하려면 나름대로 각본을 짜야 했다. 가장 큰 사건은 수첩이 유출된 경로인데 국화는 자기 손으 로 수첩을 불태웠다는 사실을 알리고 사라졌다. 불에 탄 흔적도 분명히 보았고, 국화가 사라진 후에는 아 무런 문제가 없었기에 아카시도 신경 쓰지 않고 있었 다. 그 순간 자신의 이름인 아카시가 하필이면 '증거' 라는 뜻이라서 더 불길했다. 불타 버린 수첩 말고는 둘이 공모한 사실의 증거가 될 사람은 자신뿐이었다. 아카시는 머리를 긁적였다.

복도는 실내화를 끌고 어기적어기적 걷는 아카시 의 발걸음으로 꽉 찼다.

아카시는 교장실 문을 두 번 노크했다. 안에서는 아무런 반응이 없었다. 평소에 부드러운 목소리로 들어오라고 하던 소리는 없었다. 아카시는 교장실 앞에서 옷매무시를 가다듬었다. 교장이 가장 싫어하는 것이 매무새가 단정하지 못한 상태였다. 그건 상대에 대한 예의가 아니라는 점을 강조해서 아카시는 항상 체육복을 양복으로 갈아입고 교장실 문을 두드렸었다. 오늘은 너무 놀라서 운동복을 입은 채 왔다. 생각해 보니 어제 마지막으로 체육대회에 참가할 학생들을 단속하느라 땀을 흘렸었다. 옷을 갈아입고 올 수 없었다.

아카시는 비굴하게 교장실 문을 열고 들어갔다. 허리를 구십 도로 꺾어 교장에게 인사를 했다. 교장은 의자를 돌려 앉아 뒤통수만 보였다. 두 사람 사이에 한동안 정적이 흘렀다. 아카시는 고개를 숙인 채 교장의 말이 떨어지기를 기다렸다. 교장은 부를 때와는 달리 돌아보지 않았다.

고개를 숙인 아카시의 이마에 땀이 송골송골 맺혔다. 종아리 근육이 허리를 타고 올라가 눌러앉은 것처럼 허리가 묵직하고 찌릿했다. 이럴 줄 알았다면 처음부터 큰 소리만 내고 고개를 살짝 숙였다가 일어서야 했다. 교장에 대한 충성을 다하고 있다는 걸 증명하고 싶은 마음으로 고개를 숙였다가 낭패를 당했다. 그렇다고 이제껏 고개를 숙인 것을 그만둘 수는 없었다. 그러는 와중에 교장이 종이를 집어 던졌다. 미소를 지으며, 침착함을 가장하려고 했던 아카시 얼굴에 떨어졌다. 별이 반짝이면서 콧구멍에서 뜨끈한 게 흘러내렸다. 아카시는 《경성연합소》와 바닥에 떨어진 자신의 코피를 보면서 알 수 없는 분함을 느꼈다. 이제껏 온갖 지저분한 일을 처리한 대가가 고작 코피라는 생각에 억울함마저 들었다.

"이게 뭔지 아시오? 몰랐다면 업무 소홀이고, 알고도 보고를 안 했다면 업무 방해인가?"

"교장 선생님, 그게 말입니다. 저도 방금 알게 된 경우라 정확한 진위를 파악하려는 시간이 필요했습니다."

"진위라? 우리가 언제 그딴 것 신경 쓰고 살았소? 우리에게 이득이 되면 그게 진실이고 정의 아니었소?"

"맞습니다만, 워낙 위중한 상황이라 증거가 필요

했습니다."

"증거? 여기에 실린 이야기들이 증거가 되겠지요. 그건 그렇고 이걸 어떻게 해결할 것이오? 우리의 속셈이 이렇게 제 마음대로 부는 바람처럼 사방으로 뿌려졌는데 어떻게 하실 거냐고요?"

아카시는 대답 대신 계속 흘러내리는 코피를 체육복 소매로 닦았다. 코를 깔아뭉갤 듯 거칠게 닦았더니 피가 멈추는 게 아니라 더 많이 흘러내렸다. 멈추지 않는 코피가 신경 쓰였으나 교장이 코피를 보며 측은지심을 느끼게 하고 싶었다. 아무리 쇳덩이 같은 교장이라도 그동안 자신을 위해 충성하는 모습을 기억해 잠시라도 마음을 가라앉히길 바랐다. 교장은 코피보다 뜨겁게 아카시를 불덩이로 만들어 버릴 것 같았다.

"난 모르는 일이오. 이건 다 아카시 선생 혼자서 판단해서 저지른 일이오! 학교와 상관없이 독단적으로 선택해서 저지른 일, 그 일을 하게 된 경위는 나라에 충성심이 강한 이유라고 할 것이오."

교장은 이미 사태의 책임을 아카시에게 적용할 것을 염두에 두고 확인받기 위한 절차만 남겨 놓았다. 나중에 징계 위원회가 열리면 책임을 면피하고자 하는 의도가 뚜렷했다. 그렇다면 차라리 다행이었다. 결정이 끝난 것을 통보해 주는 교장을 고마워해야 하는지도 몰랐다. 이후에 일어난 일을 책임지려면 이 정도는 알아 두는 게 나았다. 견디지 못하면 도망치면 된다. 도망친다? 사라진 사람들도 아카시를 견디지 못해 도망쳤다는 결론이 나왔다.

만월이 나타나야 했다. 만월만 나타난다면 교장의 미움도 한순간에 삼킬 수 있었다. 그동안 만월을 쫓아내기 위해 안간힘을 썼듯 이번에는 만월을 찾기 위해 안간힘을 써야 했다.

만월은 얼굴을 향해 불어오는 숲의 바람을 느끼며 팔을 뻗었다. 풍기가 없어도 촉바람이라는 걸 알수 있다. 몸 안에 숲의 정령들이 스며들도록 온몸으로 바람을 맞았다. 무기력함에 움직일 수 없을 때도 장군봉 솔재로 올라와 바람을 맞았다. 원동과 무진의 경계에 있는 솔재는 이 근방에서 소나무가 가장 많고 소나무 사이사이로 바람도 가장 많이 불었다. 종일 소나무 사이에 앉아 있으면 그동안 아카시한테 맞아 생겼던 두려움도 함께 바람을 타고 날아가는 듯했다.

"분명 뭣이 잘못된 거여. 우리 만월이가 보름달 뜨는 날 여우한테 잡아먹혀서 지금 여기에 있는 만월이는 여우가 둔갑한 거여. 내 딸이 아니여."

정배는 만월을 흘깃거리며 쳐다보았다. 만월은 웃지도 않고 방금 만들어 온 앙꼬빵만 우적우적 씹고 있다. 입에 재봉질한 것처럼 먹을 때 외에는 소리를 내지 않았다. 참새가 쪼듯 얼굴만 보면 잔소리를 퍼부어대던 모습과 전혀 달랐다.

만월은 떠날 때도 급작스레 떠나더니 돌아올 때도 급작스레 돌아왔다. 시백이 마지막으로 주고 간 정보에는 만월이 살인 누명을 쓰고 있다고 했다. 그거야 이미 들었는데 시백은 자꾸 같은 말만 되풀이했다. 정배는 웃돈을 얹어서라도 소식을 알고 싶었으나 시백은 돈을 받은 만큼만 정보를 주는 사람이라서 채근할 수 없었다. 노심초사하고 있을 때 뜻밖에 만월이 들어섰다. 안심할 사이도 없이 만월은 입을 닫고 마음까지도 닫아 버렸다. 쇠 자물통 잠그는 소리가 정배의 명치를 때렸다.

"만월 식 화법을 해도 웃지도 않으니 이 애비는

그냥 콱 죽어 버려야겠다."

정배는 과장하며 만월이 등지고 있는 소나무 기둥에 머리를 박았다. 만월은 꿈쩍도 하지 않았다.

"내가 죽지 못하고 사는 것은 우리 만월이헌티 평생 앙꼬빵을 만들어 줘야 헌께 못 죽는 거여."

"아버지, 왜 나를 낳았소?"

"낳기는 내가 낳은 게 아니라 니 엄니가 낳았지."

"긍께. 엄니랑 나를 왜 거뒀냐고? 그냥 놔뒀으면 내가 세상에 나오지도 못했을 거고, 억지로 사는 일도 없을 거고만."

"만월아, 애비 앞에서 죽는다는 말은 함부로 하는 것은 아닌디. 난 그래도 니 엄니를 사랑했고, 누가 뭐래도 넌 내 딸이여."

"긍께. 하필이면 아버지 딸이 되어서 이 앙꼬빵 하나 먹는 것도 눈물이 나서 소금빵이 돼 부네."

"허허허, 우리 만월이 입이 이제야 풀렸고만. 그동안 말하고 싶어서 얼매나 갑갑했냐?"

"긍께. 난 역시 촌년인가 벼. 고향에 오니까 사투리도 쓰고 좋네. 좋아. 신여성은 개뿔. 장군이나 줘 버려야지."

만월은 아버지를 따라온 장군이한테 빵을 떼어 주었다. 장군이는 빵을 받아먹으며 연신 꼬리를 흔들었다.

기숙사에서 끝까지 버티고 학교 대회도 참가하고 싶었다. 마음을 바꾼 이유는 '오무도(五武道)' 때문이었다. 일본은 실제 전투에 투입하기 좋은 다섯 가지 무예를 강조했었다. 유도, 검도, 총검술, 사격, 궁술. 우리 학교에서는 궁술밖에 할 수 없었다. 학생들에게 인기 종목인 정구도 있었으나 여기에는 포함되지 못했다. 만월이 국궁 대회에 나가지 않으면 다른 이가 나가게 된다. 나갈 사람은 있어도 무사답게 활을 쏠 사람은 한 명도 없다는 사실. 만월은 그것을 이용할 작정이었다.

만월은 여경이 그토록 자신을 한심하게 생각하는 이유를 알지 못했다. 『조선의 궁술』을 정리한 분이 이중화 선생이라는 사실을 알고 생각을 달리했다. 정말 소중한 것을 지키기 위해선 무턱대고 감정을 드러내는 게 아니라 차분하게 마음을 잡아야 했다. 그동안 감정이 시키는 대로 움직였었다. 말실수 때문에 혼나기도 했으나 하고 싶은 말을 다 하는 편이라 속은 시원했었다. 큰 걸 얻기 위해 입을 다물고 펼쳐진 멍석을 둘둘 말아 보관하듯 흩어진 마음을 모아 집중하는 일은 쉽지 않았다. 만월은 아버지에게 부탁해 솔포 놓을 자리를 봐 달라고 했다.

빵집을 팔아 버려서 남은 게 없어도 정배는 수입 일부를 떼내어 차곡차곡 인근의 땅을 사 두었었다. 깊고 깊은 산속이었다. 아는 사람만이 아는 장소이자 사람의 방해를 받지 않고 자연 일부가 되어 숨을 쉴 수 있는 공간이었다. 한량이었던 시백의 아버지를 고용해 한 사람이 활을 쏠 정도의 공간을 가꿨다. 중간에 돈을 갖고 사라져 버려서 방치된 곳이긴 했으나 오히려 음습하고 안전했다.

"우리 아버지가 이렇게 부자인 줄 알았으면 아버지한테 잘할 것인디. 그동안 소녀가 망언하고 아버지를 흉보고 다니는 패륜을 저지른 것을 용서하시오."

"그건 니가 애비한테 허는 걸 봐서. 아무리 그래도 지 애비가 빵집 사장인데 빵집이 더럽다고 허면 아버지 낯이 서냐? 안 서냐?"

정배는 부러 만월의 이마에 알밤을 주었다. 만월이 엄살을 부렸다. 이렇게라도 말문이 트여서 다행이었다. 만월에게 당부하고 싶은 말이 많았다. 그 말 중에는 정배가 없을 때도 당황하지 말고 기다리라는 말도 포함되어 있었다. 조금이라도 돈을 더 모아야 만월을 도울 수 있었다.

만월이 사대에 서려는 순간 장군이가 짖었다. 숲속에서 개 짖는 소리가 나는 건 위험했다. 이쪽도 저쪽도 자신 말고도 또 다른 사람이 있다는 사실을 알아채 서로의 신변이 노출돼 위험할 수 있었다. 정배는 장군이의 입을 막았다. 장군이는 정배를 뒤로하고 숲속으로 뛰어 들어갔다.

숲을 헤치고 늙은 남자가 나타났다. 얼큰하게 취해 비틀거렸는데 장군이가 다리에 매달려 꼬리를 치고 있었다. 남자는 비틀거리는 와중에도 만월을 위아래로 훑었다.

"이게 누군가? 하늘도 안 무서워하고, 일본 놈들도 안 무서워하는 정배가 이 세상에 가장 무서워하는 유일한 사람 만월이 아닌가?"

남자의 입에서 시큼한 막걸리 냄새가 났다. 백 년은 더 된 초가집 같은 몸으로 비틀거리지만, 기둥처럼 몸을 받치고 있는 두 다리는 단단했다. 보통내기가 아닌 것 같았다. 만월은 정배 등 뒤로 갔다. 남자와 눈을 마주치고 싶지 않았다. 정배는 뒤에 있는 만월을 잡아당겨 앞세웠다.

"만월아, 인사드려라. 내 돈만 떼먹고 도망친 한량이시다."

"시백 오라버니 아버지라고?"

"그려. 아버지인지 원수인지는 모르겠으나 호적상 아버지라고 되어 있을 것이다."

"하하하. 원수겠지."

남자가 큰 소리로 웃자 메아리도 따라 웃었다.

만월은 마지못해 고개를 숙였다. 단단한 기둥 같은 몸이 거슬렸던 이유가 시백을 닮아서였다. 아무도 모르는 곳인데도 시백의 아버지는 불쑥 찾아들었다. 낯선 이로부터 집을 지키라고 데려다 놓은 장군이마저 편으로 만들어 버렸다. 아버지에게 묻지 않았으나 시백도 그랬을 것이다. 처음에는 쓸모에 의해 데려다 놓았으나 쓸모보다는 쓰지 않고는 안 될 상황을 만들어 값을 올리는 사람. 시백은 알면 알수록 예측할 수 없는 사람이었다. 시백 안에는 똬리를 튼 뱀이 백 마리는 더 들어 있었다.

"그건 그렇고 내 돈을 갚으러 왔당가? 아님 뭔 낯짝으로 왔어?"

"내 평생 아비 노릇은 못 하고 살았는디 요번에만 한번 해 보려고."

"그게 무슨 소리여? 자네가 아비 노릇을 할 자식이 어딨어?"

"시백이. 시백이가 찾아왔어. 나가 오늘은 시백의 부탁으로 왔네."

"뭔 소리여? 시백은 지금 어디에 있단가?"

"고것은 비밀이고. 내 이 말만 전하고 가네. 만월이 학교에서 찾는다네. 다음 주 월요일까지 안 오면 진짜 퇴학이라네. 와서 국궁 대회만 나가면, 아니 여기에서 잠깐!"

"말을 끊지 말고 어서 혀! 애간장이 다 녹는구면."

"국궁은 나한테서 배워야지. 이래 봬도 나가 한량이구면. 여하튼 대회만 나가면 원하는 것은 들어준다네. 무슨 소리인지는 난 모르겠으나 만월은 뭔 말인지 알겠지."

시백의 아버지는 말만 뿌리고는 사라졌다. 장군이가 낑낑거리며 정배 얼굴과 시백의 아버지가 내려

간 곳을 번갈아 쳐다봤다. 만월이 손바닥으로 장군이
의 엉덩이를 가볍게 쳤다.

"사람도 쉽게 배신하는 세상인디 너라고 안 그러
긋냐? 그래도 쥔을 버리면 혼나야지."

만월은 다시 습사했다. 마음이 어지러울 때는 활
을 잡아야 했다.

만월, 만월, 만월, 만월.

곧 보름달이 뜬다. 그 전에 경성종합체육대회가
열린다. 아카시는 복도를 왔다 갔다를 수십 번 하고
있다. 만월은 이치카와 사범이 사라졌을 때 활터에
도 있었고, 여경을 팰 때도 있었고, 도망간 사범을 붙
잡아 화를 참지 못하고 그를 향해 분노를 표출할 때
도 있었고, 이치카를 가둔 창고 앞에도 있었다. 범인
으로 몰아가 죽을 듯 팼어도 도망가지 않고 기숙사로
돌아왔다.

지금 만월은 없다.

정작 있어야 하는 순간에는 없었다. 게다가 시백
을 통해 거금을 주고 고향으로 연락했는데도 오겠다
는 약조도 받아 오지 못했다.

본보기, 본보기.

교장은 만월을 본보기 삼아야 한다고 했다. 조선인들에게는 우승자에 대한 기대감을 줘야 했고, 일본에는 충성심을 보여 줘야 했다. 하필이면 시답지 않은 조선의 궁술로 충성심을 보여 줘야 한다는 게 마음에 들지 않았다. 마치 이치카와 사범처럼.

아카시는 이치카를 사랑했다. 자기 눈에 고여 있는 살기 대신 이치카 눈에 고인 맑은 우물을 사랑했고, 코스모스처럼 하늘거리는 걸음도 사랑했다. 예전에는 다른 학교에서 근무했지만, 합동으로 단속하면서 넌지시 마음을 전하기도 했었다. 이치카는 긍정도 부정도 안 했으나 아카시를 대하는 모습과 사범을 대하는 모습은 달랐다. 자신에게는 차가운 정도였으나 사범에게는 부러 차갑게 대하는 것 같았다. 이치카 주변을 맴돌며 어떻게든 눈에 띄고 싶었다. 키가 큰 게 다행이라는 생각이 들었다. 남들보다는 한 뼘쯤 위에서 볼 수 있었다. 정갈하고 단정한 그녀의 머리카락을 한 올 한 올 만지고 싶은 날도 있었다. 아카시가 손을 뻗기도 전에 그녀의 손은 사범에게 가 있었다.

아카시는 거의 해체되다시피 한 국궁을 되살리고 그것을 학교 교과목에 집어넣어 교육한다는 걸 이해할 수 없었다. 일본식 규도를 가르치면 될 것인데도 굳이 국궁을 내버려 둔다는 사실에 충격을 받았다. 일본에서 내려온 전갈이라고는 하나 교장 선에서 충분히 거부하고 자체적으로 바꾸면 될 일이었다. 교장은 융통성이 없었다. 행여 공문에 나오는 대로 하지 않았다가 일이 생기면 모든 게 자신의 탓으로 오해를 사게 될 것을 염려해 뒷일까지 생각해서 결정했다. 학생과 교장 중간 위치인 아카시는 어쩔 수 없이 교장이 시키는 대로 해야 했다. 교장이 우려했던 일이 생기면 자신도 방어책이 필요했다.

'이건 다 아카시 선생 혼자서 판단해서 저지른 일이오!'

삿된 것은 없애야 한다는 교장의 말을 듣고 사범을 제거하는 일에 앞장선 것은 사범을 미워하는 마음도 컸으나 혼자 결정한 일은 아니다. 교장도 조선의 전통을 그대로 물려받은 국궁을 싫어했다. 눈치가 빠른 학생들은 알아서 정구팀으로 옮겼다. 수영반으로 간 학생들도 있었으나 몇몇은 남아서 활터가 유지되었다. 강압이 아닌 인원 부족으로 자진 해체가 된다면 모든 시름이 싹 잘려 나간다. 본국에서는 아량을 베풀었는데도 그것을 누릴 줄 모르는 조선인이라는 오명을 뒤집어씌우기도 좋았다.

사범은 단단하고 상대하기 고단한 녀석이었다. 소문으로는 갑오년 개혁으로 없어진 무과 시험에 실패한 아버지 밑에서 활을 배웠다는 소리도 있고, 화가 나서 활을 배웠다는 소리도 있었다. 일본은 국궁을 다른 목적으로 쓸 요량이었다. 그 덕분에 사범이 학교에 들어왔다. 눈엣가시인 놈의 사연이란 게 고작 활과 관련된 일만 있었다. 정식 교사도 아니라서 별다른 이력 없이도 대회 우승한 기록으로 임시로 채용했었다.

사범만 붙잡아 둔다면 될 줄 알았다. 학교에는 빈 건물이 많았다. 본 건물을 지나 기숙사로 올라가는 길에 있는 창고가 좋은 장소였다. 그런 곳은 교장실에서 액자를 떼고 지하실로 연결되는 곳에도 있었다. 교장은 자신이 왔다 갔다가 하는 발밑에 사범을 숨겨 두는 걸 질색했다. 천장을 뚫고 자기 다리를 내놓으라며 귀신처럼 들러붙을 것 같다는 엄살을 부렸다. 고르고 고른 곳이 기숙사로 가는 길에 있는 창고였다.

창고는 사람들이 많이 오가는 길목에 있었다. 그런데도 사범을 찾아내는 사람은 없었다. 한 번도 의심하지 않았기에 오래도록 숨겨 둘 수 있었다. 사범도 끌려오기 전에는 그렇게 발악하더니 창고에 갇히는 순간 모든 걸 포기한 채 벽만 바라보며 조용히 있었다. 끌려온 이유를 묻지도 않았다. 밥을 굶지도 않았고 소리치지도 않았다. 이치카가 아카시를 의심해 윽박질러도 넘어가지 않았다. 방법을 바꿔 콧소리를 내며 몸을 밀착해 다가와도 알려 주지 않았다. 마음이 쉽게 바뀌는 사람은 돌아설 때도 쉽게 돌아선다는 건 뻔한 사실이었다. 불쌍한 표정을 짓는 이치카를 외면했는데 며칠 매달리지도 않은 그녀가 사라져 버렸다.

사람들은 둘이 거의 동시에 사라진 걸 두고 '사랑'이라고 불렀다. 게다가 사랑이라는 단어 앞에 '아름다운'이라는 말이 달렸다. '아름다운 사랑'. '조선인과 일본인의 이루어질 수 없는 사랑', 이루어질 수 없으니 함께 도피해 버렸다, 함께 자살했다 등등의 소문이 퍼졌다. 아카시는 소문을 견딜 수 없었다.

마음이 출렁일 때마다 사범에게 매질했다. 사범은 단단함과는 달리 물렁물렁했다. 매를 맞으면 금방 쓰러졌고, 살려 달라며 빌었다. 이치카에게 네가 사랑한 놈은 이렇다고 보여 주고 싶을 정도로 비굴했다. 차라리 근육질처럼 마음의 근육이 단단해 버텼더라면 질투는 나도 자신도 사범을 좋아했을지도 모른다. 달라도 너무 다른 모습에 고단했다. 방치가 답이었다.

그날은 교장실에 도둑이 들어 수첩을 훔쳐 간 날이었다. 아카시는 다른 선생의 도움을 받아 도둑을 쫓았고, 결국 범인은 잡지 못했다. 창고 앞을 지날 때 만월과 마주쳤다. 만월은 숲속으로 도망쳤다고 했다. 만월과 사범의 거리가 몇 걸음 안 되었다. 만월이 창고 안으로 들어가 지하실을 발견한다면 위험했다. 아카시는 이러지도 저러지도 못했다. 그러다가 수첩이 더 중요하다는 생각에 범인을 쫓았다.

범인도 놓치고 해가 뉘엿뉘엿 졌을 때 그제야 사범 생각이 났다. 얌전하게 있다고는 했으나 지하실에 있어서 바깥 소리가 들렸을 것이다. 소란이 요란하

게 끝났으니 사범도 호기심이 가득했을 것이다. 아카
시가 창고 앞에 갔을 때 깨진 유리창에 익숙한 천 조
각이 미세하게 남아 있었다. 발길질했을 때 허벅지를
움켜쥐며 쓰러졌을 때 봤던 옷과 비슷했다. 지하실로
내려가는 발바닥에도 유리가 박힌 듯 걸을 수가 없었
다. 스물네 개의 계단을 내려가다 몇 번이고 주저앉
았다. 겨우 계단을 내려갔을 때 자기가 채워 둔 자물
쇠가 그대로 있는 걸 보고 맥이 풀렸다. 괜히 마음을
쓰고 불안에 떨었던 시간이 아깝기도 했다.

　교장이 없다고 종로 주막에 가서 술을 마실 생각
에 들떠 있었다가 한순간에 나락으로 떨어진 마음을
보살펴야 했다. 미운 사람을 보는 것은 도움이 되지
않았다. 자물쇠가 그대로 있다는 것은 사범이 그대로
방치되어 있다는 뜻도 되었다. 마주하고 싶지 않아
뒤돌아서서 나가려는 순간, 이상한 느낌이 아카시의
목덜미를 잡았다. 서늘하고 싸늘한 기운으로 친친 감
기는 것 같았다.

　자물쇠를 여는 손이 바들바들 떨렸다. 학생들을
후려칠 때랑 비슷했다. 살과 살이 닿으면 쾌감과 함
께 두려움이 들었다. 자신이 몽둥이가 되어 버리는

착각에 몸이 흥분에 휩싸였다. 몽둥이가 살에 닿은 순간 진동으로 인해 떨렸던 손과 비슷하지만 다른 느낌. 쾌감과 두려움이 아니라 두려움과 공포가 짝을 이뤄 눈앞에 펼쳐졌다. 사범 대신 이치카가 들어와 있었다, 감쪽같이.

만작(滿酌)

고양이 울음소리를 기대했다. 창고 가까이에 갈
수록 손전등을 든 만월의 발걸음 소리만 들렸다. 만
월은 제 발걸음에 놀라 고양이 소리를 듣지 못한 게
아닐까 걱정했다. 학교에는 고양이가 없었다. 고양이
울음소리를 처음 들었을 때 사범의 죽음을 목격했다.
아카시가 비꼬듯 고양이 울음소리를 들었는지 묻지
않았더라면 바로 기숙사로 돌아갔을 것이다. 이상하
게 걸리는 게 있었다. 마치 고양이 울음소리가 아닌
누군가의 울음소리를 들은 것처럼 느껴지기 시작했
다. 국화와 두례는 만주로 갔고, 여경은 백화점 거리
에서 봤고, 사범은 사대 근처에서 죽었다. 사라진 사
람 중에 유일하게 소식을 모르는 사람은 이치카였다.
이치카는 일본인이라서 걱정 목록에서 지웠다.
　　문 앞에 섰을 때 아직 가을이 닿기도 전이건만 싸
늘한 기운이 만월을 감쌌다. 만월은 저도 모르게 어
깨를 움츠렸다. 늦가을 같은 싸늘한 기운과 함께 썩
은 내가 났다. 만월은 목울대로 침을 삼켰다. 고양이,
쥐, 박쥐, 강아지, 닭, 염소, 사람. 창고 안에서 어떤
것이 나오든 절대로 놀라지 않을 것이다. 결심이 서
고 나서야 호흡을 고르고 천천히 문을 열었다.

발을 들여놓기 전에 손전등으로 안을 살폈다. 냄새와 창고 안의 공기를 봐서는 누군가가 있었을 걸로 짐작되었으나 아무도 없었다. 창고는 오랫동안 비어서 그런지 벽면이 곰팡이로 가득했다. 바닥에는 여기저기 모래가 뿌려져 있었고 쓰다 만 책상과 의자 몇 개가 덩그러니 놓여 있었다. 책상 서랍에 산길을 타고 온 고양이가 숨어 있을지도 몰랐다.

책상 서랍에 손을 넣었다. 고양이는 없었다. 괜히 긴장한 게 어이가 없어서 피식 웃었다. 교무실로 가서 아카시를 만나더라도 어이없게 웃었으면 하는 바람으로 창고를 나오려는 순간 바닥에 눈에 띄는 그림이 있었다.

곰이었다. 붉은색 물감을 뒤집어쓴 곰. 가슴 중앙에는 쓸개를 뺏겨 버린 것같이 피를 흘리는 듯 보이는 곰. 곰은 곰인데 익숙했다. 곰은 곰이니까, 곰은 곰이라서, 곰은 그냥 곰이다. 곰은 그냥 곰이어야 된다고 생각했다. 곰에게 다른 의미를 부여한다면 또 다른 호기심이 발동해서 곰이 무얼 상징하는지 고민해야 했으나 그러다 보면 사소한 일에 마음이 부서져 활 쏘는 데 집중할 수 없었다.

만월은 다시 경성으로 돌아온 이유를 명확히 기억해야 했다.

'어허, 만월, 프렌드. 호기심은 고이 접어 두고 얼른 아카시한테 가시게. 가서 어떻게 아카시를 협박할 것인가 고민해 보게나.'

만월은 당장 중요한 것만 생각하기로 했다. 자신이 생각하는 일, 누군가가 아카시한테 잡혀 와서 갇히고, 고문당하다 죽어 나가는 일 따위는 일어나지 않기를 바랐다. 그런 일이 일어나지 않았다는 걸 눈으로 확인했으니 호기심은 접어야 했다. 그나저나 아카시를 만나면 어떻게든 편사를 신청해야 했다. 화살을 확인해야 증거를 내밀 수 있었다. 만월은 긴 화살을 숨겨 둔 곳도 가 보고 싶었으나 밤이 깊었다. 아침에 해도 되는 일이었다. 그곳에 화살이 있다는 것은 만월만 아는 사실이었다.

늦은 밤인데도 아카시와 교장은 만월을 기다리고 있었다. 만월은 어깨를 펴고 당당하게 안으로 들어섰다. 두 사람이 어떤 제안을 하든 급한 성격대로 대답하지 않기로 했다. 곧바로 대답해 버리면 후회할 것 같았다. 이번만큼은 여경이 되기로 했다. 차분하고 냉철한 사람.

교장은 아카시를 시켜 차를 내오라고 했다. 아카시는 군말 없이 탕비실로 가서 차를 내놓았다. 아카시는 학생들에게 소리 지를 때와 달리 고분고분했다. 익숙하지 않은 모습이었으나 찻물을 끓여 조심스레 물을 붓는 모습이 꽤 어울렸다. 커다란 덩치로 몸을 웅크리고 어기적어기적 걷는 모습이 마치 곰을 닮았다. 곰? 만월은 창고에서 봤던 곰이 아카시를 닮았다고 생각했다. 누군가가 아카시한테 맞고 분풀이로 바닥에 똥칠하듯 아카시를 그려 넣은 것 같아 통쾌하기까지 했다. 그러면서 자신은 왜 그런 식으로라도 아카시를 골려 줄 생각을 못 했는지 머리라도 쥐어박고 싶었다.

찻잔이 다 식어 가도 셋은 아무도 입에 대지 않았다. 커피를 홀짝이던 시백과 정록이 생각났다. 그 둘은 지금 어디쯤 있을까. 만월은 중요한 시점에서 두 사람이 생각났다. 시백보다는 정록이 보고 싶었다. 시백은 어디로 갔는지 모르겠으나 자신의 아버지를 통해 학교의 소식을 전달했다. 나타나기만 하면 발로 정강이를 차 주고 싶었다. 만월이 이를 갈고 시백을 기다리고 있다는 걸 알기라도 하듯 나타나지 않았다. 아버지에게 시백이 하는 일을 전해 듣고는 그동안 쌓였던 정이 일순간 무너졌다. 두례가 시백과의 관계를 물었을 때 오라버니라고 했던 말도 취소하고 싶었다. 정록은 달랐다. 그의 따스한 손길을 잊을 수가 없었다. 사랑 때문에 죽고 사는 사람이 되고는 싶지 않았으나 사랑 때문에 열병을 앓고 싶기도 했다. 상대가 정록이라면 당연히 그럴 수 있었다.

"만월? 정신 차려. 여전히 산만하고 여전히 예의가 없군."

"아카시 선생, 좀 조용히 하시오."

"알겠습니다."

교장의 말에 잠시나마 딴생각 때문에 산만했던 만월이 제정신을 차렸다. 하필이면 정록을 생각할 때 제정신으로 돌아온 게 아쉬웠으나 찬물이라도 껴안고 정신을 차려야 할 때이다.

"저를 부르신 이유를 먼저 말씀해 주십시오."

"성격이 급하군. 그동안 내가 만월 학생한테 가했던 매질에 대해 먼저 사과할게. 나는 이 학교를 책임져야 할 사람이잖아. 그렇다면 어떻게 하겠어? 통

제하려면 본보기가 필요하고 본보기가 되려면 만월
처럼 학생들한테 인기가 많은 사람이라야 관심을 끌
지.”

“저는 원동에서 올라온 촌뜨기라 경성 학생들 사
이에서 인기가 없습니다.”

“그건 만월이 생각이고. 나와 교사들은 만월 학생
에게 거는 기대가 컸어. 우리 학교를 대표할 무사인
데 말이야. 안 그래요. 아카시 선생?”

“교장 선생님 말씀이 맞습니다!”

아카시가 자리에서 일어나 차렷 자세로 대답했다.

“봐 봐. 학생 지도 담당 선생이 이렇게까지 호응
하는데 인정해야지. 겸손이 지나치면 그건 겸손이 아
니라 자만이 될 수도 있어.”

교장이 개화경을 벗고 치맛자락을 들어 올려 닦
았다. 안경을 벗은 눈이 메기 눈처럼 작고 날렵해 보
였다. 눈동자 안에 서린 살기가 밖으로 삐죽 튀어나
올 것 같았다. 만월은 애써 눈을 피하지 않았다. 자기
눈에도 살기가 두 배쯤 많이 있었으면 좋겠다고 생각
했다. 아버지는 살기는 마음에서 자란다고 했다. 사
람을 미워하고 독한 마음을 품으면 그게 자라서 눈으

로 나온다고. 그래서 사람을 볼 때는 항상 눈을 먼저 봐야 한다고 가르쳤다. 만월은 아침저녁으로 세수하면서 눈에서 살기가 자라지 않기를 늘 바랐다. 지금은 아니다. 독기를 품었으니 대나무처럼 살기가 쑥쑥 자라서 악랄한 상대방의 눈과 싸우고 싶었다.

"저를 학교로 부른 이유를 알고 싶습니다. 이미 개교 기념행사는 끝났으니 경성종합체육대회에 나갈 사람들도 다 정해졌을 거로 짐작됩니다."

"만월 학생이 학교에 없는 동안에 많은 일이 있었답니다. 아카시 선생? 그런 이야기는 안 했습니까?"

"아직 못 했습니다."

"업무 태만인 걸 알죠? 자꾸 이런 식으로 만월 학생과 나 사이에 어색한 상황을 만들면 곤란합니다."

"죄송합니다."

아카시가 바로 허리를 꺾어 구십 도로 절을 했다. 평소에 미워했던 아카시가 교장 앞에서 당하는 모습을 보니 유쾌하지 않았다. 비굴했다. 학생들을 통제할 때처럼 교장 선생에게 대들었다면 그나마 더 미워할 수 있을 것 같았다.

"제가 어떻게 하면 되겠습니까?"

만월의 목소리가 교장실을 휘젓고 다녔다. 만월의 질문에 두 사람은 서로 얼굴만 바라볼 뿐 대답하지 못했다. 여경 흉내를 내고 차분하게 생각해 보려했다. 그건 만월 식이 아니라서 힘들었다. 만월은 만월이니까 자기만의 화법이 편했다.

"내일 다시 이야기하지."

교장이 눈빛으로 만월을 내쫓았다. 아카시가 만월의 옷소매를 끄집고 복도로 나왔다.

협상은 힘 있는 자에게 우선권이 있다. 어젯밤보다 더 많은 숫자를 염두에 두고 주판알을 튕겼다. 낯선 곳에서 정착하기 위한 계산은 아니다. 패권을 누가 쥐느냐에 따라 사범의 사망을 정확히 밝힐 수 있었고, 우리의 국궁도 지킬 수 있었다. 마냥 물렁이가 되면 우선권은 교장과 아카시가 갖게 된다. 저항할 수 없는 상황이지만 꿈틀거릴 기회는 남았다. 꿈틀거리다 밟혀 죽어도 움직여야 했다.

날이 샜는데도 만월이 꿈쩍하지 않자 교장이 기다리지 못하고 협박하듯 말했다.

"경성종합체육대회에 나가."

"왜요?"

"이유는 없다. 무조건 명령에 복종해야지."

"저는 퇴학을 당하겠습니다. 제게 국궁 대회 우승은 아무 의미 없습니다."

"왜지?"

"원래 국궁은 시수를 겨루는 게 아니라 마음을 다스리는 종목이니까요."

"그걸 지금 말이라고 하나? 만월은 여태껏 우승하려고 안간힘을 쓴 게 아닌가? 우승한 사람에게 주어지는 특권 때문에 친구들을 배신한 것 아닌가!"

뜨거운 찻잔에 담긴 찻물보다 따스하고 온화했던 교장의 말이 허공을 부유했다.

언어는 습관이다. 언어로 상황을 모면하려 감싸도 언젠가는 습관적으로 튀어나왔다. 교장이 일본에 대한 충성의 맹세로 만월을 들이밀어도 만월이 원하지 않으면 억지로 할 수 없는 일이 국궁이다. 그동안 무력으로 일삼았던 일이 아부로도 되지 않았다. 충성의 값을 올리기 위해서는 최상인 것을 선택해야 했다. 쓸데없는 것들을 태산처럼 모은다고 해도 값어치 있는 것 하나와 겨룰 수 없었다.

"저는 대회에 나가지 않겠습니다."

"만월! 교장 선생님께 무슨 버릇인가?"

아카시가 눈을 동그랗게 뜨고 광화문에 걸린 전등보다 더 뜨거운 눈빛으로 만월을 쏘아봤다. 만월은 고개를 빳빳이 들고 만월답게 히죽 웃었다. 만월이 이 학교에 다니면서 깨닫게 된 것은 생각보다 일본인이 무섭지 않다는 것이다. 이미 《경성연합소》에 미화여자고등보통학교와 관련된 사건들이 낱낱이 알려졌으니 정확한 증거 없이는 살인범으로 처벌하는 건 불가능했다. 아무리 매로써 복종하게 만드는 아카시도 만월을 함부로 대할 수 없었다.

학교에서 만월에게 원한 건 공식적인 업무이다. 학교의 명예를 드높이는 것, 조선 것을 지켜서 얻는 이익, 조선인들의 전쟁 참여를 끌어내는 것이다.

"죄가 있다면 차라리 퇴학당하겠습니다. 이건 지극히 동물적이고 개인적인 느낌인데, 예전부터 두 분은 이상하게 저를 싫어하지 않으셨습니까? 그렇다면 이번 기회에 잘라 버리십시오."

"중요한 순간에 장난이라니, 후회는 없는가?"

"퇴학은 당할 수 있으나 살인범이 아닌 것은 명확

히 밝혀 주십시오."

"그러려면 학교가 원하는 걸 해 줘야 하지 않는가? 이대로 퇴학당하면 후회되지 않겠는가?"

"후회 같은 것은 없습니다."

교장은 아카시를 원망스러운 눈빛으로 쳐다보았다.

침묵, 침묵, 침묵.

"고양이 울음소리에 대해 말해 주면 국궁 대회에 나갈 것인가?"

아카시가 마지막 카드를 내밀듯 말했다.

"저는 이미 그 울음소리의 진범을 찾았습니다. 알려 주지 않아도 됩니다."

또박, 또박.

만월의 목소리는 촌스러움을 박박 지우고 경성 사람 말투였다. 만월의 태생이 바뀌지 않아도 생각이 바뀌니 말투도 바뀌었다.

'생각이 바뀌면 행동이 바뀌고, 행동이 바뀌면 인생이 달라진다.'

아카시가 단체 벌을 줄 때마다 학생들에게 외우게 한 문장이었다. 생각 없이 읊조렸던 문장이 어느 틈에 의식 속에 스며들어 만월을 바뀌게 했다. 바뀌기 위해선 의도를 가지고 하는 사람의 생각에 동조하는 게 아니라 시키는 대로 외우는 것들을 거부해야 했다.

"거짓말!"

"거짓말이란 건 증거를 보이지 못했을 때 무작정 비난하는 것입니다. 저는 증거를 가지고 있습니다."

"고양이 울음소리의 정체는 무엇인가? 아무리 국궁 대회에 참가할 사람이 없어서 교장 선생님이나 내가 자네를 불렀다고 해도 살인범이 아니란 증거를 댈 수 없다면 헛짓이네."

만작(滿酌)

술잔에 술이 가득한 상태, 활시위를 당겼을 때 줌손과 깍짓손이 팽배한 힘겨루기를 해서 한 치의 양보도 할 수 없는 상태.

'쏘리, 이게 아니거든 패스하시게. 아니 패스해 주시게.'

"고양이는 죽었네. 더는 울지 않아."

아카시가 만월의 가슴에 화살을 쏘았다.

'피융!'

뭔가를 잃어버려서 밤새도록 찾아 헤맸을 때, 그게 꿈이라는 걸 알았을 때도 안심하기보다는 가슴 한쪽이 아린 적이 있다. 뭔가, 소중한 것을 잊어버렸을 때처럼. 그 무엇인가가 무엇인지도 모른 채 가슴에 진동하는 상실감이 과녁을 빗나간 화살보다 두려웠다.

"사범이 왜 죽었을 것 같은가? 일본이 아닌 사랑을 선택해서, 잘못된 선택을 해서 운명이 달라졌단 말이야. 만월, 잘 생각해. 여기는 교장 선생님과 나, 너. 셋만 있어. 너는 이미 살인범으로 용의선상에 있어서 네 선택에 따라 미래가 달라져. 조선? 국궁? 포기하면 돼! 어차피 일본 대제국이 조선의 전통 따위에 굴복하겠는가?"

"궁술이 궁도가 된 이유를 알고 계시지 않습니까?"

"진실 따위를 따지는 건가? 그딴 것은 없어!"

만월은 갑자기 달라진 아카시의 행동에 의심이 갔다.

아버지는 상대가 어려운 사람이라면 그 사람의 눈빛을 보라고 했다. 아무리 나쁜 의도를 가진 사람

일지라도 인간에 대한 예의가 있는 사람이라면 진실을 말하고 있는 사람을 바라볼 때 눈빛이 달라진다고 했다. 살기가 살얼음으로 바뀌어 조심하게 된다고. 아카시와 교장은 살모사의 눈빛이었다. 절대 바뀌지 않을 살기를 내뿜는 살모사였다.

"응하지 않으면 만월을 없애야지. 무슨 뜻인 줄 아는가?"

"모릅니다."

"고향에 있는 빵집을 없앤다거나 지금 여기에 있는 만월을 전쟁터로 끌고 가면 돼. 우리에게는 특권이란 게 있지. 이래도 반항할 텐가?"

"조건을 말해 주십시오. 경성종합체육대회가 끝나면 저는 자퇴를 하겠습니다. 빵집과 아버지는 건들지 마십시오. 기왕 끌려가는 거라면 만주가 좋겠습니다."

"지금 장난하는 건가? 여러 사람의 목숨이 네게 달렸어!"

만월은 순수하지 않았다. 계산한 대로 나갈 뿐이다. 1차, 2차, 3차 계획까지 세운 터라 놀라지 않았다. 무지막지하게 마음대로 행동했던 만월은 다시 학교로 돌아오기 전 훗날을 계획했다. 지켜야 할 것들이 많았으니까. 그것들을 지켜내는 것은 '만월' 덕분이다. 지켜내지 못해 목숨을 잃는다고 해도 후회는 없었다. 훗날 누군가가 너무 어리석은 일이지 않나 물으면 그 시절에는 그렇게밖에 할 수 없었을 거라 전해 주고 싶다. 이 시절에는 이게 맞는 일이니까.

활터도 사라진 상황에서 국궁을 알릴 수 있다는 것조차 큰일이었다.

교장과 아카시가 놓친 부분이 하나 있다. 경성종합체육대회에서는 국궁과 같은 전통 무예에 대한 점수가 컸다. 물론 겉으로는 전쟁에 필요할 인재를 기르는 오무도에 포함되어 있기 때문에 일본인들은 알리가 없었다.

'우리 것을 소중히 모르는 것들 앞에서 내가 끝까지 국궁을 지켜내고자 했던 것은 한 가지여. 왕이 우리 것을 버렸기 때문이여.'

시백의 아버지가 했던 말이 가슴에 맺힌 이유를 어렴풋이 알 것 같았다. 개혁이 중요했다지만 지킬 것은 지켜 나가야 했다. 다른 나라 황제가 와서 엉뚱한 소리를 한 것을 두고 그게 최고인 양 따라 하는 것 자체가 치욕임을 알지 못하는 시대였다. 만월은 남들처럼 하고 싶지 않았다. 우궁수의 세상에서 좌궁수라는 사실 하나 가지고도 흉이 되는 세상을 지나왔는데 정작 지켜야 할 것들을 지켜 나가는 일이 흉이 된다는 사실이 서글펐다.

"국궁 대회에 나가기 전에 체육 선생님께 배우고 싶습니다. 고전이나 사범도 없는 상황에서 연습하려면 선사가 있어야 하지 않겠습니까? 전공이 아니더라도 선생님께서는 활을 잘 쏘지 않으십니까?"

만월은 원동을 떠나올 때처럼 진지하게 물었다. 헛소리처럼 들리기도 하고 허깨비 같던 소리. 아무도 귀 기울여 듣지 않아도 말하는 사람에게는 진심이 담긴 말. 터과녁 뒤 숲속 바위 밑에 아카시의 화살을 다시 숨길 기회. 분명 만월은 아카시의 화살을 숨겨 두었으나 누군가 돌멩이를 파헤치고 화살을 가져가 버렸다. 국궁을 했던 사람만이 알 수 있는 자리였다. 덜렁이인 만월이 우연히 한 번 더 살피지 않았더라면 모를 일이었다. 만월은 아카시의 화살이 사라졌다는 사실에 절망했다. 하지만 기회는 있었다. 2차. 실패하면 마지막은 만월 식 화법의 절정을 보여 줘야 했다.

"경성종합체육대회는 다음 주 토요일 두 시이다! 그때까지는 최선을 다하도록!"

에누리 없는 아카시 식 말투였다.

"최선을 다하겠습니다."

이건 만월 식 대답이었다.

이룰 수 없다면 되돌아보지 않는 것. 후회와 걱정보다는 무모하리만큼 앞장서서 가는 뚝심.

만월은 사대에 섰다. 정확한 거리를 잴 수 없었으나 무겁을 중심으로 둔덕에 다시 솔포를 펼쳐 놓았다. 한량 말로는 나무를 하다가도 지게를 과녁 삼아 활쏘기도 했고, 짚단을 쌓아 놓고도 활을 쏘았다고 한다. 전통이 아닌 생활 습관 같은 거라서 누구든 아무 데서나 할 수 있었기에 귀한 줄 모르고 있었다고. 귀한 것을 귀한 것으로 알지 못하는데 귀한 것으로 지켜 나가야 하는 막막함에 한숨부터 나왔다.

아버지는 어쩌자고 제빵소를 만들어서 만월을 힘들게 했을까. 만월은 국궁을 하고 싶지 않았다. 억지로 하는 건 의미가 없었다. 화살이 활을 벗어나 피용 소리를 내며 날아가는 순간을 맛보고 싶었다. 심연에서 피어오르는 안개 같은 것들이 햇살을 맞는 그 느낌을 사랑했었다. 누군가를 사랑하는 건 화살이 과녁을 향해 날아가는 것처럼 쏜살같고 신비로운 일이라 여겼다.

아카시는 끝내 편사에 응하지 않았다. 만월은 아카시의 화살을 구해야 했다. 그 화살만 찾을 수 있다면 사범의 살인범을 찾을 수 있었다. 아카시답게 발뺌해서 범인을 가릴 수 없을지라도 의심이 아닌 진짜라는 걸 한 번이라도 보여 줄 수 있었다. 아카시가 했는지 아니면 다른 사람이 했는지 모르겠으나 이번에는 화살이 사라져서 힘이 빠졌다.

솔포를 둔덕에 고정하고 그 안에 그려진 곰을 쳐다보았다. 곰의 이마에 화살이 맞으면 과녁의 눈썹을 맞히는 것이고, 곰의 심장을 맞힌다면 과녁의 홍심을 맞히는 것이다. 만월은 연전길을 걸어 사대로 돌아왔다. 곰이 아닌 과녁을 상상하며 활을 쏠 참이었다.

줌손과 깍짓손에 정확히 반의 힘이 담길 정도로 활시위를 잡아당겼다. 만작. 과녁을 향해 활을 쏘려는데 곰이 익숙했다. 그냥 솔포에 그려진 곰이 아니라 창고 안에서 봤던 곰처럼 보였다. 사범이 곰을 그렸을지도 모른다. 창고 안에 갇혀 울부짖으며 활 쏠 때를 기억하며 참았을 수도 있었다. 곰의 심장을 홍심으로 생각하며 마지막으로 자기 피부를 뚫고 나오는 피를 모아 홍심에 닿고 싶은 마음을 표현했을 것이다.

"훔치려면 나라를 훔쳐야지. 사랑이 뭐야? 이치카가 뭐가 예쁘다고."

만월은 깍짓손을 뺐다. 화살은 과녁 근처에 가지 못하고 무겁보다 안쪽으로 떨어졌다.

"습사무언이란 걸 모르는 거야? 사범이 그렇게 가르쳤니?"

등 뒤에서 날카로운 쇳소리가 났다. 목소리가 익숙했다.

"내가 미쳤어, 정말 미쳤어. 이런저런 일 때문에 신경이 예민해져서 이제는 헛소리까지 들리네."

만월은 활시위를 잡아당겨 두 번째 화살을 날렸다. 이번에는 화살이 정확히 곰의 가슴에 맞았다.

딱!

과녁을 맞았을 때처럼 큰 소리가 났다.

솔포 뒷면에는 흙이 있었다. 저런 소리가 나면 안

되는 거였다.

"집중해! 집중해!"

만월은 세 번째 활시위를 잡아당기고 몸을 돌렸다. 이치카가 서서 노려보고 있었다.

"사람에게 활을 겨누는 것은 궁도에 어긋나는 거 아냐?"

이치카였다. 이치카. 출석부로 만월의 머리를 토도독거리던 이치카. 이치카는 그때보다 더 뚱한 표정으로 만월을 쳐다보았다. 만월은 한마디도 하지 못하고 손에 힘을 뺐다.

"내가 낮도깨비를 만났나? 아니면 미쳤나. 나, 정말 나 때문에 못 살아."

"과장과 엄살은 여전하군. 그동안 연습을 게을리했나 봐."

"뭐예요? 일본으로 떠나지 않았어요? 사범님 소식은 들었어요?"

이치카가 활시위를 당겼다. 아카시의 활과 비슷했다.

"몸이 아파서 잠깐 쉰 거야. 사범 소식을 왜 내게 묻지? 범인으로 지목된 사람은 만월이 아닌가? 어

때? 나랑 편사할까?"

편사, 편사. 만월이 아카시랑 해서 화살을 찾으려 했던 편사였다. 이치카와 활은 연상되지 않았다. 하지만 사범에게 활을 배웠으면 충분히 가능한 일이었다.

만월이 어정쩡하게 서 있는 사이 이치카가 활시위를 당겼다. 이치카의 화살은 정확히 곰의 심장에 맞았다. 만월은 제 심장에 맞은 것처럼 가슴이 아렸다. 화살을 맞고 핏물을 쏟아내는 것처럼 갑자기 눈물이 쏟아졌다.

"만월이가 나를 만나 반가웠나 보네. 날 그렇게 좋아했다면 내가 그 마음을 알아줬을 텐데."

"반가움이 아니라 제가 곧 미칠 것 같아서 그래요. 심장이 터져 버릴 것 같다고요."

만월은 울먹거리면서도 활시위를 당겼다. 화살은 이치카의 화살처럼 곰의 심장에 닿았다.

이치카는 다섯 발 중에 세 발을 관중했다. 만월은 겨우 한 발만 관중했다. 화살을 주우러 가는 길에도 둘은 말이 없었다. 무겁에 떨어진 화살을 주우며 만월은 사범이 얼마나 이치카를 사랑했는지 짐작할 수 있었다. 이치카의 활은 살걸음이 빠르고 정확했다. 타고난 운동 감각일 수 있었으나 오랫동안 습사했을 것이다.

만월의 화살은 다섯 발을 찾았으나 이치카의 화살 한 발이 없어졌다.

"내가 돌아온 걸 아카시 선생이 알면 혼이 나가겠지? 내가 바빠서 그러는데 내 화살 좀 찾아 줘."

이치카는 대답도 듣기 전에 쌩하니 되돌아갔다. 만월은 어이가 없어 이치카에게 눈을 흘겼다. 이치카가 다리를 절었다. 왼쪽 복숭아뼈부터 종아리까지 흉터가 있었다. 날카로운 칼이나 유리에 찔린 것 같은 상처였다.

화살은 둔덕을 넘어 풀숲으로 갔을 것이다. 만월은 덤불을 뒤져야 했다. 혹여 뱀이라도 나올까 걱정했는데 화살의 크기 때문인지 쉽게 찾을 수 있었다. 화살을 보자 나쁜 생각이 들었다. 이치카를 범인으로 몰고 싶었다. 중요한 순간에 나타나 혼란스럽게 만든 이치카가 더 미웠다. 자신을 사랑한 사람이 죽었는데도 태연한 척하는 게 무서울 정도였다. 생각이 바뀌면 행동이 바뀐다고 했는데, 예전이나 지금이나 생각도 바뀌지 않은 것 같았다.

관중한 화살은 곰의 심장에 정확히 꽂혔다. 자랑스러운 화살이었다. 만월은 화살을 잡아 뺐다. 흙이라 쉬울 것 같았는데 잘 빠지지 않았다. 힘을 줬더니 솔포까지 뜯겨져 버렸다.

"이런 제길. 되는 일이 없어. 주여, 이번 일만 잘 해결해 주시면 저는 고향으로 돌아가 얌전히 살겠습니다."

만월은 혼잣말하며 솔포 중앙을 꾹꾹 눌렀다. 흙이 아닌 딱딱한 게 잡혔다. 산을 깎아서 만든 활터라 돌이 많았다. 돌이려니 생각하고 돌아서려는데 이상했다. 돌이라면 화살촉이 깨져야 했다. 화살촉이 멀쩡했다. 만월은 솔포를 걷어내고 곰의 심장 쪽이었던 곳을 손으로 파 보았다. 손가락 한 마디밖에 안 되는 곳에 검은 물체가 보였다. 만월은 급한 마음에 양손으로 흙을 팠다.

이치카가 만월의 머리를 때렸던 출석부가 들어 있었고, 출석부 안에는 그토록 찾던 교장의 수첩이 있었다. 만월은 수첩을 뒤적거렸다. 글씨가 빼곡했다. 거기에는 일본으로 보낸다던 조선인의 명단도 없었고, 경성종합체육대회에 관한 내용도 없었다. 학생들과 교사들을 벌벌 떨게 한 '공포의 늪'에 관한 내용도 없었다.

그러나 수첩은 '공포의 늪'이 맞았다.

만월은 사범을 봤을 때처럼 몸을 움직일 수가 없었다.

사이렌이 울렸다.

만월은 활터에서 운동장까지 단숨에 뛰어내려 왔다. 아무리 빨리 뛰어도 제일 꼴찌였다. 활터가 다른 곳보다 멀리 있어 죽도록 뛰어도 소용없었다. 이치카가 못마땅한 듯 만월에게 운동장을 다섯 바퀴 돌라고 했다. 활터가 멀어서 그런 거라며 아무리 사정해도 봐주지 않았다. 학생들은 히죽 웃으며 만월의 등을 떠밀었다. 만월은 씩씩거리면서도 마음과 달리 몸은 이미 운동장을 돌고 있었다.

정규 수업이 중단되었다. 온종일 체육밖에 하지 않았다. 남은 시간에도 기숙사에 들어가지 못하고 체력 단련을 해야 했다. 사이렌은 여전히 시도 때도 없이 울렸다. 전보다도 울리는 간격이 줄었으나 자꾸 울리다 보니 무감각해졌다. 이치카에게 묻고 싶은 게 많았으나 틈을 주지 않았다.

전쟁 준비 때문에 경성종합체육대회도 무기한 연기되었다. 생명도 유예가 된 것 같았다. 만약 선택의 시간이 빠르게 찾아왔다면 만월은 아버지와 '만월'을 선택했을지, 아니면 학교의 명예를 높이는 쪽을 선택했을지 아직도 알 수가 없다. 선택은 나의 훗날이오, 라며 노래를 부르고 다녔으나 막상 결정의 순간이 다가오니 쉽게 선택할 수 없었다.

사이렌이 울릴 때면 학생들은 운동장에 모여 군가를 부르거나 체육을 한다. 교장과 아카시는 일본에 갔다는데 소식이 없다. 다른 선생들도 딱히 학생들을 통제하지 않는다. 학교 안에만 있으면 된다는 말만 했다.

이치카에게 운동장을 돌았다는 확인을 받고 만월은 다시 활터로 왔다. 화살이 과녁을 맞혀도 소리가 나지 않는다. 둔덕 뒤에 있는 숲 돌덩이 아래 아직 화살이 남아 있다. 몇 번이고 화살을 들이밀며 사범의 죽음에 대해 밝히고 싶다. 아카시가 없는 상태에서 이치카에게 물어볼 수 없었다. 이치카는 돌아왔으나 마음은 다른 곳에 놓고 온 것 같았다. 만월을 대하는 모습은 달라진 게 없으나 눈빛이 달라졌다. 예전의 눈빛이 일본인의 눈빛이었다면 지금은 조금 부드러워진 눈빛이다. 일본인인데 일본인이 아닌 느낌. 국화가 있었더라면 자신의 느낌이 맞는지 물어보고 싶을 정도로 달라졌다.

만월은 무겁으로 옮겨 둔 출석부를 꺼냈다. 만월이 잡지나 금지된 책을 읽을 때 겉모습만 바꾸어 놓은 것처럼 출석부도 출석부였으나 넘겨 보면 수첩이었다.

만월은 수첩을 품에 안고 기숙사가 아닌 샛길로 샜다. 만월이 운동장에서 벌을 받는 모습을 많은 사람이 봤고, 이치카가 만월에게 벌을 준 것도 봤다. 만월은 이제 몇 시간쯤 사라진다 해도 크게 없어진 티가 나지 않을 것이다.

그 시간에 경성역으로 달려가서 정록을 만나기로 했다. 정록은 만월이 찾아와 수첩 이야기를 해도 놀라지 않았다. 놀란 건 만월이었다. 정록은 모든 게 짐작대로였다고만 했다.

수첩 안에는 '만월'에서 올라오는 자금과 내재봉

소를 드나드는 사람들이 빼곡히 적혀 있었다. 불량 학생 이름과 불량 단체 등도 낱낱이 적혀 있었다. 시백이란 이름과 정록, 만월의 이름도 있었다. 시백이 보름달이 뜨면 경성에 오르락거리던 이유를 확실히 알게 되었다. 시답지 않은 경력의 소유자가 사범을 대신해 사범으로 오게 된 것도 짐작할 수 있었다. 아카시와 교장이 일본이 아닌 다른 곳으로 간 것 같은데 목적지가 중하다기보다는 시간을 벌려는 속셈 같았다. 일본 경찰이 학교 앞을 지키며 두 사람을 찾고 있었다. 만월이 조금 여유가 있다면 경찰들에게 활터에서 있었던 일을 말해 주고도 싶었다. 사범이 죽은 날 봤던 화살에 대해서도, 돌 밑에 있는 화살을 꺼내 증거로 들이밀고 싶었다.

이번 기회에 아카시를 날려 버릴까, 하는 하루살이 같은 생각이 윙윙거렸다. 편사한 사람이 이치카라서 그게 걸렸다. 이치카는 알 수 없는 인물이었다. 수첩 같은 곳에도 이름은 없었다. 사라진 이유는 짐작이 갔으나 돌아온 이유를 짐작할 수 없었다. 이치카를 대하는 아카시의 뒷걸음질 치는 시선도 이해할 수 없었다. 만월은 서양 책에서 봤던 탐정처럼 되고 싶었으나 머리를 굴려도 속이 시원한 답을 찾을 수 없었다. 게다가 이것저것 생각거리도 많아서 하나에 집중할 수 없었다.

"정심정기(正心正己)"

경성역 앞에서 낯선 남자가 만월의 어깨를 쳤다. 경성역을 서성일 때 만월의 손에 《경성연합소》를 쥐여 주던 느낌이 났다. 만월은 모자를 눌러쓴 사람의 얼굴을 마주했다. 남자는 시선을 피하지 않았다. 그런데, 그런데, 그런데. 익숙한 느낌의 남자가 모자를 벗고 미소를 지었다.

"나를 사랑하게 된 건가? 그 눈빛은 예전부터 날 보던 눈빛이 아닌데? 만월? 정신 좀 차리고 집중 좀 해. 그러다가 철로에 넘어지기라도 하면 어떻게 하려고."

"내가 낮도깨비를 여럿 만나네. 내 눈에만 이런 것들이 보이는 건가."

만월은 정록에게 눈을 흘겼다. 직접 주면 될 것을 굳이 비밀스럽게 건네준 의도가 궁금했다.

"내가 아버지를 닮아서 감각적인 느낌이 강한데

그때 책을 전해 준 사람이 오라버니란 사실을 왜 몰랐을까?"

"내 손에는 비밀이 있다, 라고 몇 번 말했는데 모르더군. 만월의 의심이 너무 강해서 그럴 수밖에 없었어. 출처를 알면 괴로울 것이고, 괴로우면 또 제빵소에서처럼 한번씩 흡혈귀가 될 수도 있잖아."

"흠흠. 그게 무슨 소리야? 나를 봐 봐. 내가 흡혈귀인지. 그것은 시백이 오라버니가 흡혈귀였다는 말이야. 흡혈귀는 아니었지만, 결론적으로 시백 오라버니가 보름달이 뜨는 날 사라진 건 맞잖아."

"만월은 똑똑하기도 하지."

정록과 역 앞에서 장난을 치면서도 둘은 모든 감각 더듬이를 세우고 주위를 살피고 있다. 만월은 두리번거리며 이치카를 찾았다. 이제 이치카를 생각하면 보름달처럼 마음이 따스해졌다. 솔포 안에 중요한 장부를 넣어 둔 사람이 이치카이길 바랐다. 아니면 사범일 수도 있었다. 둘의 관계가 사랑이든 치정이든 장부는 만월의 손에 닿았다. 이것을 들고 먼 여정을 거쳐 만주로 가야 했다. 한 번도 가 보지 못했던 곳, 두례와 국화가 있는 곳. 그곳에서는 일본인의 계략이 아닌 뿌리를 내리기 위해 활을 쏘아도 된다. 『조선의 궁술』은 가져오지 못했다. 대신 만월의 몸이 화살을 잡았던 감각을 기억했다.

두 사람이 탈 기차가 도착했다. 둘은 말이 없었다. 침묵하면 뒤에는 선택으로 이어졌다.

정록이 먼저 기차에 올랐다. 만월도 따라 탔다. 빈 좌석을 찾아 자리에 앉았다. 차창 밖으로 헤어지는 사람들의 아쉬운 얼굴이 보였다. 만월은 이치카가 마음에 걸렸다. 자신이 사라진다면 학교는 발칵 뒤집힐 것이다. 이치카의 절룩거리는 다리를 본 이상 이유를 들어야 했다. 의심을 남겨 두고 가는 것은 만월 식이 아니었다.

"기차가 곧 출발할 거야. 눈을 붙여 둬. 아주 먼 여정이 될 거야."

"오라버니, 난 내려야겠어."

"무슨 소리야? 여기에 남아 있으면 위험할 수도 있어. 게다가 만주에서 널 기다리는 사람이 많아."

"많겠지. 그건 당연한 거고. 내가 원래 인기가 많잖아."

"허세는. 같이 가자."

"허세가 아니라 기세야. 난 절대 도망치지 않을 거야. 내 땅을 지키고 고향에 있는 제빵소 만월을 지킬 거야. 그게 만월 식이야!"

만월은 정록이 말릴 새도 없이 기차에서 뛰어내렸다.

"사랑은 원래 낭만이지. 기다려 줘. 난 여기에서 해결해야 할 일이 남아 있어. 다음 달 보름달이 뜰 때, 그때 흡혈귀로 변해서 오라버니를 찾아갈게."

기차의 경적에 만월의 소리가 묻혔다. 정록의 얼굴이 점점 멀어져 갔다.

만월은 이런 식으로 도망치고 싶지 않았다. 만월이 도망치면 이치카가 어려움에 부닥칠 수도 있었다. 만월은 길을 걸으며 궁술인으로서 지켜야 할 아홉 가지 도리를 외우며 깍짓손을 꼼지락거렸다. 인애덕행(仁愛德行), 성실겸손(誠實謙遜), 자중절조(自重節操). 이번에는 행실을 신중히 하고 지조를 지킨다는 자중절조가 마음에 꽂혔다. 정록에 대한 설렘보다는 활을 떠난 화살이 공기를 가르고 날아가는 그 소리의 설렘을 잊을 수가 없다. 자신을 도우려 했던 이치카를 지키는 것 또한 궁술의 예였다.

"오늘은 보름이니까 만월이 떴네. 자, 그러면 이번에는 내가 흡혈귀가 돼 볼까?"

만월은 천천히 걸어 학교 쪽으로 발길을 돌렸다.

멀리서 사이렌이 울렸다.

질곡의 운명을 떨치고
주체적 삶으로 잇는 날 선 활쏘기

김홍정

질곡의 운명을 떨치고
주체적 삶으로 잇는 날 선 활쏘기

김홍정(소설가)

1. 김해숙 소설의 시의성 '활쏘기'

김해숙 장편소설 『모던 걸즈, 달을 쏘다』를 읽기 시작할 무렵 두 개의 뉴스가 관심을 끌었다. 하나는 백 년 만에 다시 열린 파리 올림픽에서 한국 양궁 선수단이 이룬 양궁 전 종목 제패 소식이다. 다른 나라의 기자들은 수상자 인터뷰에서 한결같이 한국 선수들은 어떻게 그리 활을 잘 쏘느냐고 질문했다. 묻는 말에 선수들은 이구동성 공정한 경쟁을 답으로 내놨다. 어릴 적부터 익숙해진 경쟁 방식, 과녁에 명중하는 것만이 대표 선수로 뽑히는 최우선의 자격이라는 상식적인 답이었다. 활을 쏘는 기술의 연마는 굳이 말하지 않아도 너무도 당연하게 깔린 노력의 성과이고, 혹자의 말처럼 조상 대대로 내려오는 궁술의 유전적 성과 또한 모르지 않을 것이다. 동이족(東夷族) 호칭에 들어 있는 활[弓]의 연원을 새삼 따질 일은 아니다. 올림픽 대회 동안 우리 국민은 궁사들의 활

약에 그저 즐거웠다.

다른 하나는 일본 니가타현 사도 광산을 유네스코 세계문화유산으로 결정했다는 소식이다. 더구나 이 결정에 줄곧 반대해 온 한국 정부가 양국 관계 개선을 위해 찬성했다는 논평이 이어지자, 현 정부는 일본 정부가 조선인 징용 노무자의 노동 현실을 알리고 추모하는 전시실을 마련했다는 구차한 말로 언론의 공격을 피하려 했다. 많은 국민은 일제 강점기 시절, 전시 국가 총동원법과 국민징용령 등으로 전장으로 끌려가 피해당한 아픔을 되새기며 친일적 태도로 일관하는 정부를 비판했고, 이미 재판의 결과로 입증되었음에도 그 보상마저 모르쇠로 일관하는 일본의 태도에 분노했다.

김해숙은 일제가 감추고자 하는 전시 국가 총동원법과 국민징용령의 실체를 습사무언(習射無言)을 금과옥조로 아는 '궁술'을 통해 다룸으로써 불편한 시대를 고발하는 저력을 보여 준다. 이는 독립유공자의 후손으로 일본에 거주하면서도 한국인으로 올림픽에 나가 싸우라는 할머니의 가르침을 받아들여 은메달을 딴 국가대표 유도 선수의 고백과 다르지 않다.

일제 강점기 피폐한 민중의 이야기에 문학적 상

상력을 더한 작품에 대한 민족주의적 시각의 의견은 다양하다. 민족의식의 공감을 말하기도 하고, 계몽적 근대성을 내세운 문학의 미적 탐구 측면에서의 부정적 평가도 있다. 또한 근래 여성을 주인공으로 삼은 현상을 중심으로 인물의 속성을 따지지 않고 페미니즘 문학으로 보고 문학 작품으로서의 성과에 대한 정치적 올바름을 평하는 한편 미학적 논쟁도 치열하다.

그러나 김해숙의 소설 『모던 걸즈, 달을 쏘다』를 당대의 현실로 미루어 정치적 올바름이나 미학적 가치 판단으로 접근하는 것에 대해 우려하지 않을 수 없다. 빌헬름 딜타이(Wilhelm Dilthey)의 견해처럼, 개인적 체험을 창조적 표현으로 실현하는 과정은 개인을 고립된 존재로 보지 않고 언제나 개인을 둘러싼 환경의 맥락에서 반성적 상호작용으로 볼 수 있기 때문이다.

김해숙은 역사적 실재에서 벌어지는 사건의 주체인 등장인물을 작가의 정신세계에서 재구성하고 있다. 황국 신민 정책에 굴종하거나 저항해야 하는 선택에서 만월의 아버지 정배나 국화의 어머니가 보여주는 전 세대의 민족적 당위성을 내세우는 윤리 의식을 표방한다. 그러나 김해숙은 이 소설 속의 여성 주인공들을 통해 당위성이 아니라 갈등하는 내면적 면

모에 충실하고, 인물 각각이 스스로의 문제 해결 방식으로 풀어 가는 세대적 특징을 보여 준다. 이는 소설 읽기에서 민족주의 혹은 페미니즘 소설로 제한하는 익숙한 방식에 날 선 활쏘기를 하는 것이 아닌가 한다.

2. 조선의 궁술에 대한 실체적 접근과 작위적 계략

소설을 읽기 전, 우리 활에 대한 내력을 잠시 살펴보고자 한다. 동예(東藝) 이중화(李重華) 선생이 편집한 『조선의 궁술』 중 '호시(楛矢)와 석노(石砮)'에 인용한 『삼국지』「위서」동이전의 기록이다.

그 활의 길이가 사척(四尺)이니 힘이 쇠뇌와 같으며 화살은 호(楛)를 사용하니 길이가 일척팔촌(一尺八寸)이며 청석(靑石)으로 촉을 하니 옛날 숙신 나라이다. 활쏘기를 잘하여 사람을 쏠 때 모두 맞히며… 사람이 맞으면 모두 죽으며… 그 사람들이 비록 적으나 살고 있는 산이 험한지라 이웃 나라 사람들이 그들의 궁시(弓矢)를 두려워하여 마침내 능히 굴복시키지 못한다.

이 기록은 고조선을 계승한 고구려가 부여, 옥저,

예맥을 병합하고 읍루를 속국으로 삼았다는 기록에 이어 읍루 사람들이 쓰던 활을 설명한 글이다. 이중화 선생은 1929년 『조선어 사전』 편찬 집행 위원을 하며, 조선궁술연구회와 함께 우리나라 활에 대한 전반적인 사항을 적은 『조선의 궁술』을 편집했다. 이 책에는 활쏘기의 몸가짐, 활터 예의, 활터 및 활쏘기 경기 종류와 규율 등도 정리했고, 삼국시대부터 조선시대에 이르기까지 역대 '활 잘 쏘는 사람(善射)'들의 이야기와 활과 화살의 재료와 제작법, 사용법도 그림과 함께 들어 있다. 아울러 편집에 참여한 실제 궁사와 문인, 화가, 무인 등의 이름을 밝혔다. 그들의 활동이 김해숙의 소설 속 인물들의 전형이 되었을 것이다.

이중화가 편집한 『조선의 궁술』은 김해숙 소설의 중요한 맥락으로 작동한다.

만월은 조심스레 책을 넘겼다. 고구려의 시조인 동명성왕에 관한 이야기가 제일 먼저 나왔다. 그 이전의 명궁과 선사에 대해서는 기록이 없어 전하지 못한다는 이야기도 있었다. 그 뒤는 백제 시조 온조왕의 아들인 다루왕 이야기였다. 백제의 8대 왕 고이왕이 시월에 사냥한 사슴은 마흔 마리가 넘었다고 한다. 삼국시대를 지나 고려

시대 문종의 이야기, 예종의 이야기. 고려를 지나 조선을
세운 태조의 이야기까지 이어졌다.

활터에 어둠이 짙게 내려앉아 더는 책을 볼 수 없을 때
만월의 가슴에 불길이 일었다. 명궁의 이야기가 아니라
우리나라 역사였다. 만월은 책을 품 안에 감싸고 오래도
록 책 내용이 가슴에 스미도록 껴안았다.(175쪽)

어쩌면 『조선의 궁술』은 금서일 수도 있겠다. 만
월은 흥미롭게 읽은 이 책이 발각되지 않도록 숨기려
한다. 또한 그 내용을 제대로 알려고 했고 책을 지은
동기와 목적에 집착한다.

사범은 '예'를 강조했다. 그건 사범의 말이 아니라 우
리 전통이라고 했다. 그래서 활을 지키는 게 우리 민족을
지키는 일이라는 말을 작고 느리지만 단호하게 했었다.
(185쪽)

만월에게 궁술을 가르치는 사범은 오로지 궁술의
진수를 고집한다. 학생들은 사범에 호의를 느끼고 사
범의 가르침을 따른다. 이러한 사범의 가르침과 학생
들의 학습 태도는 학생들을 감시하던 체육 교사 아카
시의 시선을 끌게 되고 결국 사범은 죽음을 맞는다.

국궁을 권장하고 경성종합체육대회에서 국궁 우승을 노리는 교장의 집요한 방침에는 학생들에게는 알릴 수 없는 계략이 숨어 있었다.

교장은 그 계략을 수첩에 낱낱이 적고 그 진행 과정을 밝혀 두었다. 그 계략을 맡아 진행하는 이가 체육 교사였다. 학교 밖 학생들의 모임 경성연합소에서 학교의 계략과 행동을 알게 된 학생들은 교장실로 잠입하여 수첩을 찾아내 밖으로 빼돌린다.

교장 수첩 안에 있는 것 중 일부는 교장과 아카시만 아는 사실들도 있었다. 사실 아카시도 수첩 안에 어떤 내용이 기록되었는지 정확히는 알지 못했다. 그저 아는 건 불량 학생과 불량 선생 명단뿐만 아니라 각 종목에서 우승한 사람들을 언제, 어디로 보낼 것인지 세세하게 기록되어 있다는 사실이다. 인기 없는 종목은 성적에 상관없이 학교 대표로 경성종합체육대회에 내보낼 예정이다. 체육대회의 목적은 우승이 아니라 우리 학교도 여느 학교처럼 일본을 위해 몸 바칠 일꾼들을 동원할 능력이 있음을 보여 주는 것이다.

'여성 노동력 동원', '황국 신민 체조 적극 권장'

(255쪽)

3. 미화여자고등보통학교의 상상적 배치에 부합하는 주체적 인물 설정

역사를 다루는 서사적 글쓰기는 여러 유형으로 구분할 수 있다. 전기와 평전은 철저하게 실재했던 사실 관계를 다룰 것이다. 평전과 구분하여 역사적 맥락과 개연성을 중시하는 미적 구조물을 이루는 허구화, 역사에서 모티브를 차용하지만 맥락과 디테일을 다르게 변형하는 역사소설이 있다. 그런데 이런 구분을 이해하기 위한 전제가 있다. "역사소설은 실제 사건을 허구화하는 것이 아니라 실제 역사를 더 잘 이해할 수 있게 하는 허구다."라는 움베르토 에코의 소견이다.

김해숙은 움베르토 에코의 소견에서 한 발자국 더 나간다. 그것은 역사를 더 잘 이해하는 과정에 머무는 것이 아니라 살아 보지 못했던 그 시대와 공간을 현재화하여 살게 하는 과정으로 보아야 한다. 이 소설은 조선인들을 전시 동원하여 황국 신민으로 복무하게 하고 전쟁에 대비하게 하고자 한 과거 일제 강점기의 정책을 알게 하는 것에 그치지 않는다. 황국 신민화 정책을 시행하는 공간, 미화여자고등보통학교를 설정하고 학당에서 신여성이 되기를 갈망하여 학업을 수행하는 학생들에게 전혀 예기치 못했던 황국 신민화 정책에 맞서 나가며 자유인으로서 담론을 펼치는 지혜롭고 주체적 여성의 면모를 제시한다. 미화여자고등보통학교는 김해숙이 펼쳐내는 상상적 배치이고 이 학당에서 전개되는 여성들의 담론은 옛 삶의 상상적 기호의 표출이 아니라 시공을 뛰어넘는 현재의 담론일 것이다. 그렇기에 이 학생들은 전 세대의 아버지들이 지녔던 신념과 고집스런 행동과는 다른 양상을 보인다. 역사의 실재를 재현하는 것에 머물지 않고, 오늘의 현실로 소환하여 새로운 상황에 대처하는 변증법적 전환을 시도한다. 종전의 역사소설이 지녔던 이념성과 도덕성보다는 사실적 허구의 방식을 택해 생동감을 부여한다. 이런 방식은 김훈, 김별아, 김연수, 김탁환 등이 취하는 방식으로 역사적 사실이 배경으로 설정되나 정작 소설의 구성은 작가의 상상력을 자유롭게 펼치는 현실적 공간으로 재현된다. 그 현실적 공간의 주인공이 등장인물이다.

김해숙 소설 속 등장인물들은 크게 두 세대에 걸쳐 사는 삶의 단면을 드러낸다. 전 세대는 만월의 부친, 시백의 부친, 국화의 모친 두례 등으로 일제 강점 이후 자신들의 삶의 터전에서 쫓겨나 전전긍긍하지만 단단한 의지와 신념으로 뭉쳐 억압된 사회를 벗어나고자 헌신하는 영웅적 면모를 보이는 이들이 그들이다. 궁술과 관련 있었던 그들의 삶은 피폐해진 궁술의 현장을 떠나 각각 돈을 버는 현장으로 옮긴다. 그들이 버는 돈은 오로지 식민지 조국을 구하는 독립자금으로 귀착된다. 이는 역사소설이 표방하는 영웅이다. 하지만 자신의 자식들은 독립 투쟁의 현장에 머물기보다는 개인적 소망을 이루는 신여성, 신청년으로 변모하길 원하고 지원한다.

만월은 《신여성》 잡지에 기사화된 신여성 김애순에 몰입한다. 자유연애에 빠질 수 있는 자유인을 꿈꾼다. 위안스카이의 비서였던 류비청은 비서직을 그만두고 미국으로 떠나는 신여성의 전형이다. 만월은 김애순과 류비청을 자신의 여성상으로 여긴다. 국화는 만월과는 다르다. 자유연애보다는 홀로 노동을 통해 삶을 꾸리는 여성을 꿈꾼다. 또한 그 꿈을 이루기 위해 재봉으로 군복을 만들고 만주로 떠날 준비를 한다. 여경은 또 다른 면모를 보인다. 여경은 아버지가 경성에서 포목점을 운영하여 안정적인 삶을 살고 있으나 학생들 독서 모임 경성연합소에서 덕희라는 필명으로 이름을 날린다. 외모를 꾸밀 줄 알고 자신의 목표를 향해 강하게 추진하는 신여성의 면모를 갖추었다.

학교의 '큰 아이'로서 학생들을 대표하지만 '큰 아이'로서 규칙을 어겼다는 죄목으로 학교에서 쫓겨난다.

정록과 시백도 마찬가지다. 그들은 식민지 조국을 위해 행동하는 활동가다. 하지만 정록은 자유로운 삶을 누린다. 술과 담배를 즐기고 불온한 일도 서슴지 않으며 함부로 말을 내뱉는다.

'불란서 거울방처럼 조선의 종묘도 이제 달라졌는데 인제 와서 나라를 지키면 뭐 할 것이고, 지배자의 틀에 맞춰 살 것이냐. 나라가 망했으니 우리에게 제일 중요한 것은 개인의 자유이다.'(129쪽)

정록은 경성보도연맹의 감시 대상이기도 하지만 성냥 공장 여공들을 위한 싸움에 나선다. 정록과 시백은 조선궁술연구회 이중화의 제자로서의 직분을 수행하며 독립운동과 노동운동에 참여한다.

김해숙 소설에서 중시해야 할 인물상은 구시대의 영웅 면모를 보여 주는 전 세대의 어른들이 아니다. 신여성을 꿈꾸는 이들이 겪는 사건이 중심이다. 그들이 처한 상황은 만만하지 않다. 거대한 황국 신민화 정책이 도사리고 있기 때문이다.

"이상하게 여학생들이 자꾸 사라진대. 돈을 많이 벌게 해 주겠다고 하면서 군용차에 태웠는데 돌아오는 사람은 없대. 그게 끌려간 거지 뭐겠어. 그리고 그들이 데려갔다면 좋은 일 시키려고 데려갔겠어?"(145~146쪽)

그들은 자신들이 처한 현실에 갈등하고 위기에 빠진다. 하지만 이들은 폐기되었던 궁술을 통해 조선인의 진면목을 보여 주고자 한다.

전통을 지킨다는 사명 따위는 오래전에 버렸다. 우리 것을 '우리 것'이라 주장할 수 없는 시대에 살아서 웬만한 것은 가지려고 욕심부리지 않았다. 지금은 다르다. 『조선의 궁술』속에 나와 있는 수많은 명사를 기억해내고 싶었다. 그 기억을 몸으로 체득해 남겨야 했다.(224~225쪽)

위기는 사범의 살인 사건으로 계속된다. 체육 교사 아카시가 꾸민 살인 사건에 휘말린 만월에게 아카시는 자백과 굴종을 강요하지만 만월은 저항한다.

"사범이 왜 죽었을 것 같은가? 일본이 아닌 사랑을 선택해서, 잘못된 선택을 해서 운명이 달라졌단 말이야. 만월, 잘 생각해. 여기는 교장 선생님과 나, 너. 셋만 있어.
너는 이미 살인범으로 용의선상에 있어서 네 선택에 따
라 미래가 달라져. 조선? 국궁? 포기하면 돼! 어차피 일본
대제국이 조선의 전통 따위에 굴복하겠는가?"……"고향
에 있는 빵집을 없앤다거나 지금 여기에 있는 만월을 전
쟁터로 끌고 가면 돼. 우리에게는 특권이란 게 있지. 이래
도 반항할 텐가?"(291~292쪽)

운명은 저항하는 사람이 개척한다. 만월에게 굴
종을 강요했던 교장과 아카시는 전쟁이 심화되어 학
교를 떠난다. 마침내 국화가 훔쳐낸 교장의 수첩에
기록된 내용들이 공개된다.

수첩 안에는 '만월'에서 올라오는 자금과 내재봉소를
드나드는 사람들이 빼곡히 적혀 있었다. 불량 학생 이름
과 불량 단체 등도 낱낱이 적혀 있었다. 시백이란 이름과
정록, 만월의 이름도 있었다. 시백이 보름달이 뜨면 경성
에 오르락거리던 이유를 확실히 알게 되었다. 시답지 않
은 경력의 소유자가 사범을 대신해 사범으로 오게 된 것
도 짐작할 수 있었다. 아카시와 교장이 일본이 아닌 다른
곳으로 간 것 같은데 목적지가 중하다기보다는 시간을
벌려는 속셈 같았다. 일본 경찰이 학교 앞을 지키며 두 사

람을 찾고 있었다. 만월이 조금 여유가 있다면 경찰들에게 활터에서 있었던 일을 말해 주고도 싶었다. 사범이 죽은 날 봤던 화살에 대해서도, 돌 밑에 있는 화살을 꺼내 증거로 들이밀고 싶었다.(304~305쪽)

학생들은 각자 자신의 길로 나선다. 하지만 만월은 학교로 돌아와 궁술에 전념한다.

4. 김해숙 소설의 내면적 실체와 기대

김해숙 소설이 지닌 강점은 우리 문화의 전통적 정서가 담긴 소재를 과감하게 작품 전면에 내세우고 그 구성의 중심에 의지적 여성을 등장인물로 설정하는 특징일 것이다. 일찍이 김해숙은 장편소설『금파』에서 남성들이 점유한 소리판의 전형을 깨트리고 소리꾼의 정점에 섰던 소리꾼 금파의 삶을 통해 여성으로 사는 삶의 질곡을 선명하게 그려냈다. 『모던 걸즈, 달을 쏘다』의 주인공도 만월이다. 여성들에게는 제한되었으나 드물게 기생에게는 허용되었던 궁술에 몰입하는 여학생이다. 만월은 신여성의 삶을 지향하지만 일제 강점기 현실로 미루어 여성들의 활동은 제한적이었을 것이다. 그럼에도 이 소설에서 만월을 비롯한 국화, 여경은 신여성으로 모자랄 것이 없는 모습을 보여 준다. 더구나 전 세대인 국화의 어머니 두례를 통해 자립하여 노동하는 여성의 모습을 그려내고 신여성의 표상이었던 김애순과 류비청을 소환하여 여성의 새 면모를 제시한다. 이는 자크 랑시에르(Jacques Rancière)의 미학적 새로움을 인식할 때 "지배적 삶의 형식에서 스스로 떨어져 나옴으로써 그런 삶에 저항하는 방식"*을 택함으로써 새로운 여성성을 드러냈다 할 것이다.

물론 이 소설에서도 등장인물은 전형성을 드러낸다. 만월을 비롯한 여성들은 일제 강점기 황국 신민 정책의 희생이 될 운명이다. 하지만 그 운명을 스스로 개척해 가는 여성으로 구현된다. 이러한 등장인물 설정은 그동안 식민지를 거치면서 소설 속의 여성에 대한 계몽자를 남성으로 그려내는 기존의 방식, 곧 시대 정신과 상반되게 민족주의적 감정이 여성을 억압하는 가부장성을 드러내는 구체제의 계급적 위계 질서를 강화하는 양상과는 다른 방식이다.

루카치는 역사소설 속의 인물은 개성과 보편성의 중간에 있는 중도적 인물이 부합한다고 말했다. 역사소설이 실제 삶을 반영한 것이라면 중도적 인물은 객관적 관찰자로 사건의 당사자로서는 적합하지 않다.

---

* 《창작과비평》182호, 창비, 2018, 42쪽.

등장인물은 그들의 대화를 통해 현실적 실상을 드러
내고 작가의 메시지를 전달하는 전달자이기 때문이
다. 만월은 중도적 관찰자 역할을 회피한다. 남들이
하고 싶지 않은 새로운 상황에 스스로 주체적으로 대
처하는 인물이기 때문이다.

> '우리 것을 소중히 모르는 것들 앞에서 내가 끝까지 국
> 궁을 지켜내고자 했던 것은 한 가지여. 왕이 우리 것을 버
> 렸기 때문이여.'
> 시백의 아버지가 했던 말이 가슴에 맺힌 이유를 어렴
> 풋이 알 것 같았다. 개혁이 중요했다지만 지킬 것은 지켜
> 나가야 했다. 다른 나라 황제가 와서 엉뚱한 소리를 한 것
> 을 두고 그게 최고인 양 따라 하는 것 자체가 치욕임을 알
> 지 못하는 시대였다. 만월은 남들처럼 하고 싶지 않았다.
> 우궁수의 세상에서 좌궁수라는 사실 하나 가지고도 흉
> 이 되는 세상을 지나왔는데 정작 지켜야 할 것들을 지켜
> 나가는 일이 흉이 된다는 사실이 서글펐다. (293~294쪽)

김해숙은 활쏘기가 국궁이 되고 궁도로 변하는
흐름을 나라의 운명이 변화하는 것으로 인식한 것처
럼 보인다. 이미 조선궁술연구회 이중화가 정리한 조
선의 궁술은 현대에 이르러 제 모습을 찾을 수 없을

정도로 변했다. 이 소설이 묵시적으로 전하고자 하는 절규일 것이다. 돌이킬 수 없는 길로 치닫는 현실이 새삼스럽지 않은 당위로 인식되어서는 곤란하다는 견해도 있다. 이 소설에 사용된 궁술의 어휘들……관중, 접장, 줌통, 솔포, 줌손, 풍기 등은 모두 과거 조선의 궁술에서 사용되던 어휘로 굳이 이 작품에 옮겨 적은 작가의 의도를 미루어 짐작할 수 있다.

작가의 말

사라져 간 것들에 대한 기억

우연한 기회에 국궁을 접하게 되었다. 활에 대한 설명과 함께 기초 자세를 배우면서 국궁과 관련된 어휘에 매료되었다.

깍짓손, 만작, 몰기, 무겁, 사대, 살걸음, 연전길 등.

활 용어에 반해 국궁에 관한 책을 읽게 되었다. 그런데 읽다 보니 일제 강점기에 여학교에서 활쏘기 대회가 열렸다는 사실을 알게 되었다.

'일제 강점기에 왜 여학교에서 국궁 대회를 했을까?'

이 질문으로부터 소설이 시작되었다.

여러 책과 논문을 읽으면서 우리나라를 지배하려는 일본의 철저함에 놀랐다. 일본은 학교에서 쓰는 단어 하나하나에도 공문을 내려 학생들을 가르쳤다. 체육 시간을 늘리고 '우리의 것'을 허용한 것도 다 계획이 있었다. 그걸 모르고, 아니 안다고 해도 거부할 수 없는 시절이라서 안타까웠다. 그리고 국궁이 전통 무예를 넘어 우리 민족을 상징하는 은유라는 사실도 알게 되었다. 국궁 안에 담긴 수많은 언어와 예를 중요시했던 활터 예절이 그 증거이다.

글이 막힐 때마다 산을 오르고 들판을 걸었다. 특히 산에 오를 때는 숲속 깊은 곳에 자리 잡은 나무 기둥의 무늬를 살폈다. 수많은 세월 동안 비, 바람, 눈, 우박 등의 손길로 빚어진 나무의 무늬는 같은 장소에 있어도 다 다르다.

그 무늬를 보면서 내가 그려낸 일제 강점기 속 사람들의 무늬를 생각했다. 우리가 우울하다고 여겼던 시대에도 희망은 있었다. 각자 그 시대를 살아가는 자신만의 방법으로 무늬를 만들어냈다. 어떤 이는 훼절하는 사람도 있고, 어떤 이는 나라를 구하기 위해 만주로 가는 이도 있고, 묵묵히 제 일을 하며 나라를 돕는 이도 있었다.

난 그들이 어떤 선택을 하든 자유 의지로 움직이게 하고 싶었다. 실수도 하고 좌절도 하고 절망에 부딪히기도 하지만 '어떻게 살아야 할까?'를 고민하게 해 주고 싶었다. 같은 상황이라도 선택에 따라 삶이 달라지기 때문에 올바른 선택을 위해 고민하는 이들을 그려냈다.

내 소설에는 그 시대의 영웅이 나오지 않는다. 난 영웅이 아닌 소시민의 삶을 담아 좀 더 가까운 주변인으로 만들고 싶었다. 이 소설을 읽고 영웅이 아닌 사람들이어도 그 안에서 살아 숨 쉬며, 자기만의 무늬를 만들어 가는 사람들이 있었다는 걸 기억해 줬으면 좋겠다. 그 무늬 안에는 절망의 시대를 견뎌 온 희망의 무늬가 담겼으면 좋겠다.

흔히 역사를 옛것으로만 보는 경향이 있다. 하지만 우리의 현재를 알기 위해서는 반드시 과거를 알아야 한다. 그래야 비슷한 상황이 왔을 때 잘못을 되풀이하지 않고 현명한 선택을 할 수 있다고 본다. 그래서 난 오늘도 '사라져 간 것들'을 기억하려 소설을 쓰고 있는지도 모른다.

2024년 12월, 장성군 축령산에서
김해숙

모던 걸즈, 달을 쏘다

2024년 12월 19일 초판 1쇄 펴냄

지은이　　김해숙
펴낸이　　김성규
편집　　　김안녕 조혜주 한도연
디자인　　신혜연
펴낸곳　　걷는사람
주소　　　경기도 용인시 기흥구 동백중앙로 358-6, 7층 (본사)
　　　　　　서울 마포구 월드컵로16길 51 서교자이빌 304호 (지사)
번호　　　031 281 2602 / 02 323 2602
등록　　　2016년 11월 18일 제25100-2016-000083호

ISBN　　　979-11-93412-73-2 03810

*　이 도서는 2024년 문학 창작산실 발간지원금을 지원받아 출간되었습니다.
*　이 책 내용의 전부 또는 일부를 재사용하려면 반드시 지은이와 출판사의
　동의를 얻어야 합니다.
*　잘못된 책은 교환해 드립니다.